ONE BRANCH

绿
山

著

一枝

完|结|篇

长江出版社
CHANGJIANG PRESS

他的山

家签名　宋野枝

藏编号　001

是他一生中　见过的　最好的山

正文

I 无声宣告 001
II 远行 019
III 白色纸片 031

IV 赔罪 054
V 他的山 070
VI 归来 089
VII 洗尘宴 110

VIII 同学会 129
IX 又新年 147
X 向南飞 168
XI 浮木 186

正文

XII 温柔梦 203
XIII 别 226

的时刻
忆欢与
尘封的遗书

246　248　267

第一章
无声宣告

连日来的第一个好天气，太阳高升，气温回暖，人和动物都从蜷居的窝里走出来迎春。

寒假结束，宋野枝趁易青巍去上班，一个人拖着行李箱回家了。

陶国生正在收拾门口的猫窝，把垫在里面的棉被拿出来晒太阳。看到宋野枝拖着行李箱从巷口走来，他手撑木架，微直起身子，问："怎么不说一声？陶叔和爷爷接你去！"

宋野枝加快脚步，小跑过去，说："没多少东西，省得您和爷爷多走一趟。陶叔，我爷爷哪儿去了？"

"去遛弯儿了。要吃饺子吗？"

"刚吃了早餐呀，陶叔。"

宋野枝把箱子搬进客厅后就没再管，急忙换了衣服和鞋往外跑，争着把打扫猫窝的活儿干了。陶国生乐得清闲，转身看到行李箱立在门口，眼里又有了活儿。

"小野，这些天有没有放着没洗的脏衣服？"

门外的宋野枝没听到，他抖着棉被，在漫天的猫毛中，把被子搭到了朝阳的晾绳上。

陶国生把箱子放平，拉开拉链，见里头衣服没几件，全是沉甸甸的书本，便把轻巧的那边掀起来，一些书本凌乱地散在眼前。

蹲在摊开的行李箱前的陶国生傻了眼。

宋野枝眯着眼睛捻开和睫毛缠在一起的猫毛，走进客厅，看见摆在最上面的那封署了自己名字的信，和陶国生面面相觑。

沉默并未持续太久。

陶国生用手撑着膝盖徐徐站起来，低着头轻咳一声，干立着没有动作，随后又蹲下去，把衣服拣出来，抱去卫生间，头也没回，闷声安排道："先把东西拿出来分好类。"

宋野枝挠了挠后颈，垮着肩看着陶国生的背影。

东西虽多，但种类少，除了衣服就是书。他一股脑儿地倒在桌上，一本本摆起来摆整齐，整个过程花了不过两分钟。

宋野枝攥了攥衣角，把手心的汗擦干，将信捏在手里，挪步去找陶国生。

陶国生正往洗衣机内蓄水，两个人一坐一站，一内一外，谁都没有开口。

空间狭窄，水流过塑料管，泻入桶里的声音被放大，格外明显。

直到水位慢慢升起来，陶国生才站起来，朝里面放衣服。

"我……从你出生到如今，陶叔一直陪在你身边，对不对？"陶国生背对着宋野枝，突然说。

宋野枝没说话。

"小野，那封信……是你收的还是你准备送的？"

"准备送同学的。"宋野枝很坦荡。

陶国生早知道答案，不过是多余问那一句。他轻声说："你告诉陶叔，到底怎么回事？"

陶国生转过身，两个人都低着头。他扶着洗衣机在矮凳上坐下，伸出手，去牵宋野枝不知不觉攥得死紧的拳头。

一老一少，连在一起。

"没事，你跟陶叔说，陶叔……不告诉其他人。"

宋野枝沉默以对。

陶国生自顾自地说："你现在还小，青春期，性格都没定。况且，感情复杂得很，可能……可能年轻男孩子一冲动，图一时新鲜……"

感觉到后背的汗密密麻麻渗出来，宋野枝说："陶叔，我不是冲动，也不是图新鲜。"

到底还是少年，最忍受不了被误解，藏着一股别扭固执的劲，非要把是非曲直辩清楚。

陶国生半张着嘴，没出声。

他暗自在心里斟酌，酝酿着接下来该如何说这件事。

"小野，我来你家快三十年了。那个时候，小宋俊才十岁出头。"

见陶国生无端说起自己，宋野枝抬起头看向他。

"那年发生了很多事情，我父亲病重……啊，你们这群小辈应该都不知道，我的父亲是你爷爷的老师。那年他得罪了小人，即使病得下不了床，也逃不过对方的打击报复。当时，那些人蛮横得很，听不进话，怎么求也没用，非要把老爷子拉出去教训一番才肯罢休。后来是你爷爷站出来说'我替老师'。"

陶国生的父亲教了大半辈子的书，有过很多学生，但只有宋英军从人群里站出来，大声说"我替我的老师"。

"你爷爷当年替我父亲扛下了那场祸，年纪轻轻腿脚就落下了伤病。他的腿当场断了一条，养伤的时候又不得不四处奔波，后来就治不好了。我那时二十四岁，是家里独子，父亲虽躲过了那场灾祸，却也没熬几个月便去了。我料理完后事，了无牵挂，找到宋哥……其实他治伤的日子我该在的，该守着他好好照料的，但我能力有限，害他跛了脚。我找到他，铁了心要补偿他，前途全不要，就想安安稳稳地待在你家，照顾你们一辈子。"

陶国生笑笑，又说道："不过这么些年，与其说是我补偿他，不如说是他和你奶奶夫妻俩一直当我是亲弟弟，对我好。

"你看看现在，陶叔连孙子都有了，小陶勋都上小学了。陶叔无怨无悔是真的，想报答一辈子也是真的。

"小野，你懂我跟你说这个的意思吗？一切都会变好的，一切都会被时间推上正轨的。"

年代久远，故事沉重，宋野枝消化了几秒。

时间，掌控一切，能赋予你，也能硬夺你。陶国生如今能平平淡淡地讲出这件事，就是被它磨平了。

宋野枝点了点头。

可是——

宋野枝吃力地露出了一个笑容，耸了耸肩膀道："您不用太担心，我……真的不会给任何人带来麻烦的。"

陶国生摇头道："我担心，担心你这偏脾气，不撞南墙不回头。我担心我们家小野会受苦。"

"陶叔……"

门外传来一声脆响，宋英军刚从外面回来，眼睛盯着宋野枝手里的信，问："老陶，你刚才那句话是什么意思？"

陶国生急忙站起来。矮凳翻倒。

"宋哥！"

宋英军涨红了脸，粗着脖子问："宋野枝，你来说，来客厅，我听你说。"

天已黑尽，胡同里各家各户开始起灶做饭，锅里"刺啦"声一起，香味四散。

"小野，来喝点儿水。"陶国生把声音放得很低，可还是被客厅里的宋英军听见了。

"不准他喝。"

宋野枝在院中央跪得笔直，朝陶国生摇了摇头。

"给我跪！跪到想明白为止。再有一句糊涂话让我听到，都甭想起来！你自己算算离高考还有几天，不好好学习，却想着这些事。你把信送给同学后，是不是还想进一步发展？一步错就会步步错，我绝不允许你走出这第一步！"

听见这话，宋野枝暗自动了动发麻的脚腕，屏着呼吸，挺直脖颈。

颠勺炒菜的声音停了许久，换成了刷碗洗筷子的声音。一切动静，在院子里的人都听得很清楚。

陶国生搬了凳子，坐在门口，守着里边那位，看着外边这位。

"陶叔。"宋野枝哑着嗓子说，"您去劝我爷爷吃点儿饭吧。"

太阳西斜，天空挂上月亮，宋英军和宋野枝始终僵持不下。

宋英军从房里出来，双手拄着拐棍，立在客厅门口。

"我叫你想的事，你想得如何了？"

"想好了。"

"说。"

"我没错。"

宋英军将手里的拐棍掷出去，直直砸中宋野枝的头。

宋野枝不闪不避，闭着眼硬生生地挨了这一下。

陶国生跑过去挡在宋野枝身前，捧着他的头，扒拉开头发看伤势，嘴里劝道："好好说，他听得进去的，对不对？小野，你也好好跟爷爷说！"

宋英军佝偻着腰问他："吃饭，你还想着要我吃饭？你这样，你……"

宋野枝始终垂着头。

两个一晚没睡的人在早晨碰见，四个黑眼圈相对。

易青巍昨天忙完医院里的事，很晚才回家，后半夜躺在床上胃疼得难受，睁眼到天明，起床后又抽了烟，身上有浓重的烟味，又有早晨空气中特有的冷冽的清新香味。

易槿闻到二者混合的味道，皱眉道："你大早上抽这么多烟？"

易青巍垂着头，答非所问："你去上班？"

"你等会儿。"易槿拉住他，"我有事跟你说。"

易青巍揉了揉脸，求道："我得洗个热水澡，马上要去医院的。"

易槿把包和钥匙丢到柜子上，双手抱胸，下巴一仰，说："去洗啊，今天我送你，我们在车上聊。"

易青巍速战速决，顶着湿漉漉的头发，换上羽绒服，喝了碗热汤，坐上易槿的车。

易槿抓了一把他的头发，而后把他赶下去，盯着用吹风机吹干头发才罢休。

"你这样能去上班吗？"

"怎么不能？"

"知道有早班还不好好睡觉，你在琢磨什么烦心事？"

易青巍瞟了一眼后视镜，说："别倒了，快抵着坎儿了。"他靠在椅背上，无精打采的，"你找我什么事啊？"

"我问你。"路遇红灯，车停稳了，易槿才说，"小野的事。"

"他有什么事？"

"你和他关系那么好，你不清楚？"

"他跟你说了？"易槿的问话似乎在意料之中，易青巍没有异样，自然而然地回问。

易槿急了，捶了他的肩膀一拳，说："你别给我吊儿郎当的！"

"你怎么知道的？"

"我早就觉得他整个人不对劲。"易槿说，"听陶叔说，昨天他回去，箱子里的信被发现了，也不知道是要给哪个同学的。就为这事，宋叔发了好大的火。这么看来，我猜对了？"

易青巍笑着自言自语："不对劲？我怎么没发现……"

易槿转头朝他飞了记眼刀，警告道："我说了，收起你那吊儿郎当的样儿。"

易青巍充耳不闻，身子坐直了点儿，伸出手指在雾蒙蒙的玻璃窗上划拉。羽绒服宽大，衣袖过长，他只露出一小截白皙的食指。易槿在一旁看着弟弟，这样的他像个稚气未脱的学生。

不一会儿，一个漂亮的"宋"字挂在车窗上。

易青巍端详了几秒自己的作品，说："姐……你说，这事我是管还是不管？"

易青巍出生时，易槿十一岁，他是她带大的，他心里真正想什么，她最清楚。

"你别害他。"易槿沉声说。

易青巍突然垮了，像瞬时被吸干水分的一株植物，精神迅速萎靡下去。

"他正是叛逆的时候，学业又重，宋叔严格管教是对的。你抽空找他聊聊。"易槿语气凝重。

"你听到我说的没？"易槿问他。

"听到了。"

易青巍的声音很轻。

天光大亮，日头正盛，往常充斥着鸟鸣和猫叫声的院子今天异常安静。易槿踩着高跟鞋，脚腕都提着劲，轻轻推开院门，正房客厅的门紧闭着。

她前去叩门，喊道："宋叔？我，小槿。"

陶国生开门，打过招呼，礼貌地请人进屋。他面色憔悴，眼袋明显，笑着说："宋哥和小野昨晚都没休息好，在房里补觉呢。"

易槿接过陶国生手里的茶壶和水杯，应道："没事，陶叔，我自己来。"

她坐在沙发上，问："陶叔，我可不可以去看看小野？"

二人的眼神一对上，陶国生就知道了易槿此行的目的。

"行。"他缓缓点头。

陶国生走回自己的房间，其间回头，叫住正要敲门的易槿，说："小槿，无论怎样，他都是个很好的孩子。"

她看着陶国生和蔼而疲惫的目光，霎时间神思恍惚。

太像了！相似的话语，一模一样的神态。

"我知道的。"易槿说。

宋野枝并未睡觉，而是坐在床上，背靠床头，两腿直直放着，上面搭了条毯子。

他早早听到动静，在等她，待她一进门就紧紧盯着她。

"小姑。"他乖巧地叫人。

易槿在床沿坐下，把刚才倒的热水递给他。

"痛不痛？"她问。

房间内充斥着刺鼻的药味，易槿慢慢掀开毛毯，只见宋野枝宽松的棉裤挽至大腿，双膝肿得不成样子，与细白的两条小腿形成鲜明的对比，因为上了药，什么颜色都有，像两个被糟蹋了的调色盘。

易槿的心里越发不是滋味。

"中午擦药了没？"

"陶叔刚刚给我擦过。"看易槿眉眼间全是心疼之色，宋野枝笑得像个没事人，还反过来安慰她。

"小野。"易槿探身去摸他的头，拇指不住摩挲他的鬓角，动作轻柔，温和淑静的一面全表露了出来。

"小野，爷爷是对的，他说的话你要听。"

宋野枝笑不动了，怔怔的。

宋野枝小声讲话，更像是在自言自语："小姑，你们都站同一边去了。"

人在沿海城市生活久了，北方干燥的气候就变得蛮横。宋俊刚下飞机没多久，一擤鼻涕，带出来些血丝。鼻炎恶化，他窝着火的心里更添一层怨气。

车子到了胡同口，车门被摔得震天响。路过垃圾桶，宋俊将大把卫生纸狠狠往里砸，有几团弹了出来，滚到路边，宋俊头也没回，满身煞气地朝家走去。

"垃圾，没丢进去。"宋野枝站在便利店门口，目睹了全过程。

宋俊回过身，定睛一看，逮到罪魁祸首，怒目圆睁，作势要开始骂人。宋英军紧跟着从便利店里掀帘而出，看到儿子，不咸不淡地说道："来得还挺快。"

把手里的大包小包拿给宋俊提着，宋英军负手走在前头。宋野枝在后面僵直着双腿靠墙慢慢挪动，宋俊看在眼里，问并肩而行的宋英军："爸，您打他了？"

"没有，跪的。"

宋俊惊愕道："还治不了他了？"

到了家，宋英军整理买的东西，宋俊就叉腰站在院子里，一腔怒气地等宋野枝。看宋野枝皱眉忍痛抬脚过门槛，宋俊一想到他受伤的缘由，心下更多的是难言的尴尬和冲天的怒气。

"宋野枝，我当初就该直接把你带走。"他说，"哪会等你变成现在这个无法无天的样子!"

宋野枝不知道宋俊会来,但看爷爷的反应,应该是他叫来的,因为自己的破事。

"我怎么了?"宋野枝问。

宋俊最看不得宋野枝这副样子,破口骂道:"你问老子,老子问谁?宋俊家生了个好儿子,你好的不学,无师自通去……"

"去干什么?"宋野枝故意激他。

果然,宋俊见他满不在乎的样子,火气更盛。

"你真是……"

"嘭"的一声,一个土豆甩到宋俊背上,而后滑落在地,将他的话打断。

宋英军冷着脸说:"捡起来。"

宋俊今年四十好几岁,年纪不小了,疼得龇牙咧嘴的同时还没了脸面,但还是听话地蹲了下去。

"我叫你来,不是让你来对你儿子哇哇乱叫。刚才那番话……"宋英军叹了一口气,问,"我只教会你怎么当儿子,没教你如何做父亲,是不是?"

"宋俊家生了个好儿子。"宋英军重复宋俊的话,好笑地摇头,脸上尽是失望之色,"宋俊,你不是又生了另一个吗?"

"看小野做什么?!"宋英军突然的大喝声让宋俊乖乖将头扭回来,听他继续呵斥,"你真把你爸当傻子瞒,以为我老糊涂了,什么都不知道吗?还当着我的面在小野面前充老子,你有什么资格?你有个做爸爸的样子吗?!"他深吸了几口气,摆了摆手,"把小野出国的事办好了,你就赶紧回你的南方去,少在我面前晃,还我个清净。"

出国。

宋英军真找到了治宋野枝的好办法,一听到这两个字,这几天来一直认罚认骂、油盐不进的宋野枝终于急了眼，慌了神。

"出国？"

"对，出国去。想去哪个国家你先挑，我和你爸都觉得合适再定。"

"我不去！"宋野枝顾不上疼，连忙凑到宋英军跟前，张皇无措，慌不择路，好像认为隔得近了，人与人之间就可以更精准地互通情绪，话语就可以变得更具穿透力，"爷爷，我哪儿都不去，我就在这儿。"

"由得你？"宋俊说。

"给你一天，考虑周全些，只用给我一个地名，其余的不要多说。"宋英军转身，准备回房。

宋野枝站在院子里，令人窒息的无力感涌上来，导致他半个字节的音都发不出，全数堵在胸口，卡在嗓子眼儿里。

和一年前没有不同，他又变回那列被人铺排轨道、失了车轮和风笛的火车。

可是，这次不说，就真的什么也没有了。

但，说了有用吗？

战栗感从神经、血液里层层叠叠地冒出来，不休不止。

"爷爷，我什么都没有做错。"

宋英军遥遥看着爱孙。

"这个世上，不是什么事都得判个对错。你今年十八岁不到，我是你爷爷，我才不愿意让你往后都为一件判不出对错的事买单。你现在的首要任务，就是好好完成学业。该读书的年纪多读书，将来才不会后悔。"

宋野枝完全昏了头。

他说："随便，我不在意。"

宋俊要说话，被宋英军瞪了回去。

宋英军停了一下，语气和神色都变得愁苦："我这次去参加的葬礼，算是喜丧，但终究是死，能喜到哪里去呢？你要是真的铁了心地在我面前日日气我，我不知道这副身子骨能撑多久。"

宋野枝不作声了。

句句点明要害，狠戳软肋。

微风舞树枝，朦胧的灯光下，阴影移到宋野枝的脸颊上。

暮光已至。

"送我走，去多久？"宋野枝问。

宋英军等来这一句话，心安稳了一半。

"至少读完大学。"

宋野枝的喉咙暗自发痒。

"我……我可以出去走走吗？"他问。

"你拖着这双腿想去干吗？"宋俊问。

"去！好好想。"宋英军允了。

宋野枝就这样走了，走入暗橙色的夕阳余晖中，身影比四周光秃秃的街景更荒颓。

出租车最多能停在小区门口，再往里就不准进了。宋野枝下了车，一路上并不顺利，磕磕绊绊，冷汗涔涔，好在他的意志力是弹簧塑的。

他越走越疼，越疼越能忍。

斜坡长，一路全是新春开的花。

宋野枝分心去想，以后他住的房子要带前院，一年四季都种花，供过路的人赏。

楼栋近在眼前，二层左侧的房间亮着灯。

宋野枝按响门铃，是李姨开的门。

"小野？哎哟，快进来，这么冷的天，吃饭没？"

宋野枝摇头道："李姨，我找小叔。"

"在家呢。"李姨让开身子，指了指楼上。

"麻烦您帮我叫他一下。"

"先进来呀，多冷啊。"

"我在这儿等他。"

"我知道，我去给你叫，你进来坐着等。"

宋野枝的脚在门前钉着，他不为所动，只说道："几句话，我说完就走。"

现在的孩子，脾气一个比一个倔。

"好，好，我去叫，你站柱子那儿去，挡风。"

宋野枝站直身子整理头发和衣领，下一秒，风卷过来，再次乱了。他转了转眼睛，动了一步，移到圆柱后去。

易青巍来得很快，在家也披着外套，站在玄关处，眼眶和嘴唇红得异常。

他握着门把手，看着宋野枝，说："进来。"

"你感冒了？"宋野枝首先问。

"进来。"他重复道，声调一低，更显沙哑。

宋野枝两手拢紧衣袖，吸了吸鼻子。

"哦。"

宋野枝慢吞吞地走向客厅的沙发，易青巍垂眸观察他走路的姿势。

很正常，膝盖没有受伤的迹象。

"上楼，去我的房间等我。"

易青巍找热水吃退烧药。

"啊？"

"你不是有事情跟我说吗？"易青巍一直看着他。

"对，但是……"

"在这儿说？"

李姨及时地摆手道："你们先聊着，我出去买点儿菜。"

宋野枝叫住她："没事，李姨，我们去房间里聊。"

他背对着易青巍，面对眼前这两层楼梯，如临大敌，悄悄深吸一口气，憋在胸口，正欲抬脚，结果身体失重，天旋地转。

易青巍赶紧扶住他。

"伤了就伤了，装什么？！"易青巍说。

宋野枝瞄了一眼身后，李姨已经不见了。

方才长得难以跨越的楼梯，瞬时变短了，快要到尽头。

"小叔，"他闷闷地问，"你怎么知道我受伤了？"

易青巍用手指推开门，微抬下巴。

"你小姑告诉我的。"

宋野枝磕磕绊绊地挪进房间，易青巍见他这副模样，让他去床上躺着。

宋野枝摇头，说："我没有换衣服。"

易青巍历来无法接受除了睡衣及穿着睡衣的人以外的任何东西上床。

他果然顿了一下，然后说："没事。"

宋野枝张开双臂往后倒，最大面积地贴着床。

灯光刺目，他不躲不闪。

宋野枝说起另一件事："爷爷说要送我出国。"

易青巍怔住。

出国。

宋叔对宋野枝当真上心，杀伐决断，抹杀一切变数。

桌上有烟盒，易青巍走过去，把它丢进抽屉里，转而拿起书架上的地球仪，缓缓抬高，轻巧一拨，注视着，出了神。

旋转了几圈，地球仪停下。

"哪个国家？"易青巍问。

"你认为呢？"宋野枝说。

"A国？留学首选。"

固定两个点，伸出手指，将两者连接，中间是纯净的蓝色，浩瀚的太平洋，没有边际。

1∶50000000。

比例尺的数字过大，易青巍无法想象，他按在球面上的两指在宋野枝看不见的地方顿了下来。

宋野枝问："你也是这样想的？"

"或者R国？近些。但是纬度太高，太冷了。"易青巍更像是在自言自语。

"你也是这样想的？"宋野枝执拗地想要个答案。

"这确实是目前最妥帖的方式。"易青巍放下地球仪，这样回他。

"什么方式？"

"出去看一圈并不是坏事。"

"你说，什么方式？"

"让你认清自己的方式。"

"我现在就很清楚。"

不够，易青巍想，你要去看看更美更宽阔的世界。

"你怎么确定？"易青巍刁钻地问。

宋野枝闭上眼睛，不想再和他做无济于事的争论了。

"你也是这样想的。"第三遍，他何时成了喋喋不休、追根究底、惹人讨厌的懵懂孩子，"想把我丢出去，得个安宁。"

"不是丢，没有任何人……"

"我走了，可能再也回不来了，也可以吗？"宋野枝说。

易青巍以为他在赌气。

"你乖一点儿。"

易青巍走近，想安慰他。

宋野枝"唰"地坐起来，撞到易青巍，易青巍外套的拉链在他的额头上印出一道红痕。他伸手捂住，起身往外走去。

"我带你下去。"易青巍拦他。

宋野枝视若无睹，径直出门，手刚搭上扶手就被拉住了。

看着空荡荡、一级一级的楼梯，他问："我都说只在门外说就好了，为什么偏要拉我进来？现在又要我自己走出去。"

下半句话带着哭腔。

易青巍探身去仔细瞧他。

宋野枝的睫毛不再扇动，他睁大眼睛，抬眼定定地望着易青巍。

"没有任何人想把你丢掉。你随时可以依靠我，我永远值得你依靠。从前是，往后是。"

"可不可以别让我走？我不想。"

宋野枝还是说出了这话，用请求的语气。

"可能不行。"易青巍说，"决定好哪个国家，哪天走，告诉我，我去送你。"

宋野枝往后退了一步，一言不发地准备下楼，没有怨愤，只感到难堪。

"我送你下去。"易青巍说。

这一次，宋野枝摇了摇头。

宋野枝转头专注地走自己的路，膝盖的伤变得无足轻重，他顺利地下了楼。

到了大门口，他想，走出来，其实不会太难，对不对？

晚上九点，宋野枝步履蹒跚地回到家。

宋英军和宋俊还有陶国生正襟危坐地等了许久，一见到他，立刻离了座，三个人异口同声道："怎么这么晚？"

光影交错，宋野枝的表情晦暗不明。

"爷爷，抱抱我。"他小声哀求道。

宋英军慌慌张张地抛开拐杖，疾步走到他面前，问道："怎么了？啊？怎么了这是？"

他急急地把宋野枝紧紧抱住。

他们两个人都急需这个拥抱。

宋野枝一靠上去，宋英军的半个肩头顿时湿了。

"爷爷，我想好了，去 Y 国。"

他嘴巴一张，声音就藏不住了，从默默流泪变成抽泣，从抽泣变成号啕大哭。不过几分钟，宋野枝哭得喘不过气，整个人脱了力，站都站不稳，全靠宋英军使劲撑着。

"怎么了？跟爷爷说。啊？因为出国的事情？咱先不提它了，行不行？"宋英军没见过宋野枝这副样子，心疼得要命，"等你想去了咱再去，好不好？不哭，别哭，跟爷爷说。"

"爷爷，疼。"

"哪儿疼？爷爷给看看。"

"膝盖。"

三个人凑上去检查，发现他的膝盖肿得连裤子都提不上去了。宋俊跑去找剪刀，把裤管剪开，发现伤势恶化得没法看。

宋俊在一旁看着宋英军上药，心里很不是滋味。

宋野枝用右臂蒙着眼睛，不管不顾地哭，胸口起伏，全身都在轻颤，开始时还死忍着，咬破了嘴唇，血泪掺在一起。

"爷爷，真的好疼。"

宋俊上一次见宋野枝如此，还是他三岁被送去托儿所时。

分别时，宋野枝被老师箍在掌中，隔着铁栏，双手张着，一开一合，要他抱，最后什么都没抓住。

看宋俊上了车，宋野枝才悟出事实，吐了嘴里的棒棒糖，开始大哭大叫，涕泪横流道："爸爸，不要丢下我！爸爸别不要枝枝，爸爸，带我一起走吧！求求你了，爸爸。"

声音听得人心碎。

他那个时候，也是现在这副撕心裂肺、伤心欲绝的模样。

托儿所里没有洪水猛兽，他只怕宋俊一去不回，被人放弃，行至末路，不知归途。

第二章
远行

　　蓝白相间的地图平铺在木桌上，左下角有零星浅淡的粉色痕迹，是西瓜汁，去年夏天他们聚在一起嬉闹时不慎留下的。硬壳纸上，一根修长的手指缓缓移动，在两个红点之间流连。

　　"你去了这里。"她问，"那我去哪儿？"

　　"你就留在这儿。"

　　赵欢与披头散发，跷着二郎腿躺在宋野枝的床上。

　　她比赛结束，回到学校，才知道宋野枝请假一周了。赵欢与直追到他家。在这个房间里，他们从早晨待到下午。

　　听他这样说，她摇了摇头。

　　"要离开的，离远一点儿。"赵欢与俏皮地转头，看向坐在书桌前的宋野枝，"要不我和你一起走？"

　　宋野枝放下笔，说："我是不得不走。"

　　"我也不得不走。"她用食指遮住"首都"，大拇指下滑，犹豫地说，"去南方吧，'中大'。"

　　"你竞赛刚拿了一等奖，去'清大'应该不悬。"

　　"他和甘婷艺定下来了，三年内肯定能完婚。"

　　屋子寂静下来，无人应声。

　　"三年，一眨眼的工夫就到了。"

躺久了头晕，赵欢与伸了个懒腰，长吁短叹，去望窗外雾蒙蒙的天，说这话的语气老气横秋。

宋野枝幼时被安排和太爷那一辈的人围坐在一个火炉旁，听他们谈论自己的死期，谁都希望自己死在一个好的季节。

"春天呀，转眼就到了。"

他们大多是这样感慨。

"去跟周也善道个别吧。"赵欢与又说。

"道过了，昨天去学校办手续的时候。"

"他什么反应？"

"呆呆的。"

赵欢与又笑起来。

"你打算怎么办？"她愁眉不展道，"好奇怪，放眼望去，我们前面的路，有时四通八达，有时日暮穷途。"

人生一向如此吗？

"走一步算一步。"宋野枝肯定道，"下脚走一走吧，也许不能只是望。"

"你就是在找新的路。"她说。

他笑了笑，不置可否。

"小野，我舍不得你。"

"你每个假期都可以来找我玩，让我爷爷带上你。"

"好。"

她看着他乌紫的膝盖，喃喃劝道："以后可别再受伤了。"

傍晚来得很快，他们轻而易举地消磨了一天。

赵欢与光着脚在房间里找书包，翻了个底朝天，而后双手叉腰，拍脑袋道："我好像压根没带来，留在教室里了。"

"要不要吃完饭再走？"宋野枝站起来说。

赵欢与没答好，也没答不好，只看着他。

"明天我到机场送你。"她憋出几个字。

宋野枝低头，地面上没什么可看的，又转眼看墙壁，墙壁也没什么可看的。

"别来。"他说。

赵欢与没说什么，只垂下眼皮点头，蹲下穿鞋。

黑色的帆布鞋，白色鞋带被打了死结。她不胜其烦地扯，宋野枝则不厌其烦地等。她的动作愈显烦躁。

末了，他陪她蹲下去，两颗头挨在一起。宋野枝伸手把鞋带接过来，井井有条地解开，再漂亮地系上。一滴泪滴到他的手背上，蓦地一烫，倏然转凉。

"对不起。"赵欢与抽噎着，立刻帮他擦去。

哪知擦不尽，她越抹面积越大。

"没关系。"他回道。

等两只鞋的鞋带都被系好，她起身，握着门把手，叫他。

"宋野枝，再见。"

"好，再见。"

"重来。"

"赵欢与，再见。"

"抱一抱。"

"好。"

他们哭了又笑，如刚咽下的蓝莓味汽水一般，甜过又涩。

门锁被人旋开，门内的谈话声乍停。

一串钥匙从外面飞进玄关柜子上的铁盒里，之后才有人跨进来。赵欢与关上门，脱鞋，顿了一下，没松鞋带，左蹭右蹭，坐着硬生生把脚拔了出来。

她路过客厅回房间，摆手道："你们继续啊。"

易青巍抱着一堆资料坐在沙发上，手里夹着笔转，回道："这一趟您走得够久啊。"

赵欢与认真看了他一眼，然后敷衍地笑道："对啊。"

沈乐皆说厨房里还有菜，如果她想吃，他可以去热。

临关门，赵欢与说："不用，才从小野家吃了来的。"

"砰——"

她关门，上锁。

沈乐皆对赵欢与这个样子见怪不怪、习以为常，但她对易青巍也这样就不正常。易青巍比他受她尊敬。

"你看看你的排班，看哪天比较闲，饭局我来组。"沈乐皆接着说正事。

易青巍有些心不在焉。

"他们这个机构还算靠谱，我的一个学长当时也是在这家咨询的。"

赵欢与从房里探出头来，问："你们在聊什么？"

沈乐皆回头看她，答道："你能不能别光着脚穿鞋？把袜子套上。"

"天已经不冷了。"她说。

"但也不热。穿上。"沈乐皆说，"小野要出国——你不是刚从他那儿回来吗？"

她走了出来，捡起桌上散落的纸翻阅。

"我知道。我是问，你们在聊什么？"

"你小叔在帮他看学校。"

易青巍问她："你比赛比得怎么样？"

赵欢与盘腿坐下，头也不抬，晃了晃食指。

在沈乐皆看来，她太过臭屁。

"第一名就说第一名，竖根手指头出来干吗？"

"要你管。"赵欢与白了他一眼。

她大声把纸上的字念出来，一长排，前几个全是 A 国的大学，手写备注了州市，甚至还有距离。赵欢与随意读了几个，就不再看了，用它在脸边扇风。

"这是你们看的学校？"她问。

"对。"沈乐皆说，"你也看看，提点儿意见。"

"嗯……"赵欢与点头，"可是小野已经决定好去 L 市了，资料和申请宋爷爷都帮他弄好了。"

随后她又若无其事地抛下一颗巨雷。

"明天走。"

"明天？"沈乐皆放下纸，"这么急？"

"小野想早点儿离开。"

沈乐皆奇怪道："我一直想不通，好好的他怎么要出国啊？还火急火燎的。"

"出国多好啊，天高海阔任鸟飞。"她说，"我都想出。"

"你拉倒吧，别到时候毕业证都拿不到。"

"你别总小瞧人。"

"是你从没正视自己。"

"我和你能好好聊天吗？"

"是我不想吗？"

"至少刚才是你先的。"

"先干吗？"

"找碴儿。"

"我那不叫找碴儿，叫实话实说。"

"哦，那就让我出国啊，看看事实是什么。"

"可以，赵欢与，还学会用激将法了。"

兄妹俩你来我往，一人一句。坐在一旁的易青巍捧着一堆废纸，陷入迷茫。

他端起桌上的茶狠灌一口。茶凉了，渗进唇齿间，极苦，他等了许久，不见回甘。

"茶不是你这么喝的。"沈乐皆看见了，说了一句。

易青巍将那些打印出来的资料一张一张归类整理好。

"几点的飞机？"易青巍手上没停，"他说了吗？"

"他不要别人去送。"

"几点？"

赵欢与并未沉默太久。

"晚上九点。"

易青巍攥着那一沓厚重的纸，扬了扬，说："那我先回去了。"

他匆匆来，匆匆去，没等沈乐皆说什么，门已经关上了。

赵欢与瘫倒在沙发上，叹气。

"你看小叔的样子，像是开心吗？"她问沈乐皆。

"什么？"

"既然没有人开心，那为什么非要让他走？"她小声嘟囔，翻了个身，把脸埋进柔软的毛毯里。

易青巍平静地坐入车内，准备启动车，才发现面前这沓纸碍手碍脚，便下车找了个垃圾桶，一股脑儿地投进去。

其中有几张纸腾空而起，在空中飞舞了几下，落到了桶外。

漆黑的夜，漆黑的大地，它们躺在地上。

至此，他正式从某人的舞台上退场，好像……再也没有能为宋野枝做的事了。

垃圾桶旁，易青巍抽完了一支烟。

"咚咚咚"三下，赵欢与一听就知道是易青巍敲的门，轻，脆，有规律。

她拿了沙发上掉落的车钥匙，一开门就递过去。

"给你。"

易青巍却问："你哥呢？"

"洗澡去了。"赵欢与问，"你还有事找他？"

"我找你。"易青巍转身就走，"出来几步，问你点儿事情。"

见他神神秘秘的，赵欢与满心好奇地跟过去，问："什么事情？"

易青巍站到一片灌木丛前，不自觉地折断一截树枝，随后又及时收手，把断掉的那一小段努力拼回去。

"你今天算是最后一次见宋野枝了。"

"对。"

"他有没有跟你说什么？"

"叫我好好学习。"

"还有？"

"大黄怀孕了，平时得格外关注它。"

"还有？"

"得经常去找宋爷爷聊天。"

"……"

"关于我的。"他说。

赵欢与没再答，抬眼看着他。

易青巍回视她，等她的话。

"没有。"

"一句也没有？"

"没有。"

他又有些想抽烟，但不承认这是烟瘾。

"行，回去吧，早点儿睡。"

"小叔。"赵欢与叫他。

易青巍转过身，似是在期待着什么。

"你的车钥匙。"

他顿了顿，接过钥匙，离开。

赵欢与没动，盯着易青巍的背影。

他们说了很多话，天南地北，不着边际。

易青巍的车渐远，沈乐皆身披着浴衣出来找人。

两者的影子都变得模糊。

宋野枝离开那天，当真没有一个人送他。

吃过晚饭，没有人说话。

宋野枝开始收拾碗筷，端到碗池里去。在原地呆呆地站了一会儿，他拧开水龙头，放水，挽起袖子，将一个个碗、一根根筷子，仔仔细细地洗干净。

他拉行李箱的手还在滴水，水落下去，将铁灰色的箱包染成了深黑色。

宋英军还要抬脚，被宋野枝一句话拦在门槛内。

"爷爷、陶叔，就送到这儿吧。你们在家好好的，我走啦。"

他挥了挥手，大步向前，消失在夜色深处、长巷尽头。

晚间高峰，车水马龙。

"这还是开春以来第一场雨。"出租车司机突然说。

听到这话，一直低着头的宋野枝抬起头来。细如牛毛的雨落到窗上，司机开了雨刷，拿上干毛巾去擦车外的后视镜。

车流停滞不前，道道车灯灯光乱横，角度不一，捣破黑夜。雨丝跳进灯光的地盘，此方世界更添混乱。

红白光影里，雨点儿变了样。

"像雪一样。"宋野枝说。

司机也抬眼看去，没看出名堂，但还是接了话。

"正说呢，刚过去的这个冬天居然没有下雪。"

"不下雪是稀罕事吗？"宋野枝问。

"少见呀，北方几乎年年都下。"

"哦。"宋野枝重新低下头。

"你不是本地人吗？"司机乐呵呵的，"我听你有本地口音呀。"

"只在这里待了一年。"

从冬天，待到另一个冬天，然后在春天时离开。

"那你是哪里人？"

宋野枝想了想，笑道："我也不知道。"

司机指了指后面的行李，问："那你要去哪儿呢？"

"L市。"

"啊！我说呢……正开学没多久。"车群松动，可以挪移了，"留学好啊，读完了回来建设祖国。"

宋野枝没再说话，只点了点头。

到了机场，司机下车帮他搬行李。两个行李箱，一个躺在后备厢里，一个躺在后座上，司机费力地提下来，不忘夸道："现在的孩子真是越来越独立了。"

宋野枝向他道谢。

司机爽朗地笑道："祝你一路顺风，学成归来。"

宋野枝拒绝亲友来送，就是因为不想听到这类祝福。而司机一路上都在渲染离别远行的气氛，在下车后达到顶峰。

他只好再道一次谢。

宋野枝没有立即进入安检区，或许因为排的队伍过长，又或许因为距起飞的时间还早，总之他没有进去，而是把自己安置在大厅的角落里。

坐下后，他感觉膝盖有一丝裂开的疼。

他环顾四周，完整地看了一圈，发现大多数人是结伴同行，在聊天；少数人落单，在看书、打盹、吃泡面。

宋野枝没有书，没有泡面，也没有困意，不知道自己该做些什么，只好望着地面，干巴巴地端坐。

这一晚奔波太久，起坐频繁，如今安静下来，他感觉到膝盖处结的痂越裂越大，又痒又疼，润润的，不知道是不是流血了。

宋野枝没继续坐下去，从背包里拿出两片纱布，去了卫生间。

膝盖没有流血，是他的错觉，但确实裂开了。以防万一，宋野枝还是给两个膝盖贴上了纱布。

大厅光亮充足，宋野枝从卫生间出来，看向自己之前的座位，那里有人，侧身而立，站得笔直，双手揣在大衣兜里，微微低头打量着行李。

宋野枝被晃了眼睛，有一瞬间的梦幻感。

他忽然明白了自己傻傻等在大厅里的缘由。

易青巍似乎完全不知宋野枝内心的震动，察觉到他走近，只是歪了歪身子，然后指着箱子低声说："你这样做，行李会丢的。"

宋野枝问："你什么时候来的？"

雨势转大，而眼前的人丁点儿未被淋湿。

宋野枝接着问："你之前在哪儿？"

易青巍反问他："那边的住宿办好了吗？"

宋野枝垂下眼，不答。

"有没有室友？"

"你之前站在哪儿？为什么我没看到？"

"如果是一个人住的话，睡前一定要锁好门窗，平时也要备好医药包，晚上尽量不要出门，人身安全最重要。"

宋野枝气馁了，心想，在内心秩序被摧毁之前，他得离易青巍远一些。

易青巍抓住行李杆，答："我刚才在大厅门口。"

"既然来了，为什么不出来见我？"

"你不想要别人送你。"

宋野枝说不出话，沉默着。

"刚才我说的，你都要记住。平时注意作息和饮食，尤其要保重身体，一个人在外面，生病了会很可怜。国外的学习模式不比国内，但我相信你的能力，别太紧张，不要平白给自己压力，我希望你过得轻松愉快些。"易青巍絮絮叨叨，仿佛变了个人。

宋野枝低着头，不知有没有在听。

时间一分一秒地过去，离别将近。

"我也希望。"宋野枝说。

"你对我说了这么多。小叔，你会想我吗？"

宋野枝眼里有细碎璀璨的光，清澈明朗。

"会。"

宋野枝笑了笑，仰着脖子舒了一口气。

雨彻底停了。

明天又会是一个好天气，太阳照常升起，万物未改变。

跨过那道门，站在安检台上，宋野枝面无表情，看着易青巍逐渐被人潮淹没。

宋野枝跟着众人走过廊桥，登上机舱，要了一杯热水。他喝得很急，一口水含在嘴里，滚过喉咙，一路火辣辣地烧下去。

空姐递来一包纸，宋野枝捂着脸接过，道谢后，又解释了一句："是因为被烫到了。"

空姐很善解人意，微笑道："没关系的。"

飞机起飞，身体失重。

宋野枝的青春，在这阵巨大的、令人不适的、避无可避的轰鸣声中，终结。

短暂地拥有，漫长地失去，相逢无期。

大厅空旷，易青巍险些寻不到出口。

他一边走一边在兜内掏火柴盒，拿到手里摇了摇，不经意一瞥，余光扫到了两个熟人。

宋英军和陶国生站在正厅门口，满脸惆怅之色。

他们也是偷偷来送他的。

易青巍把齿间未点燃的烟取下，揣到包里。

远远地，宋英军一直看着他。

离得近了，宋英军说："少抽些烟。"

"最近才抽得多了些，以后会好点儿。"

宋英军杵了杵手下的拐棍，率先转身："小巍，劳烦你送我们回去。"

宋英军和陶国生看了他们告别的全过程。

在车上，宋英军问："小巍，你说，这件事，我做得对吗？"

易青巍没想太久，真心实意地回答："让他出去多多经历，是好的。"

北方一夜骤雨。

是第一场雨，也是最后一场雨。

分解，支离，在 L 市缠缠绵绵地下了六年。

第三章
白色纸片

窗帘在两年前被换成了双层的，纯黑色，阻隔一切光源。在室内，昼与夜无甚分别。饶是如此，他依然会在每个凌晨的四五点醒来，难以二次入眠，只好睁着眼睛，在昏暗中时而回忆梦境，时而回忆从前。

梦，多数是好的，由从前衍生。

易槿一直以为弟弟的睡眠状况有好转，常常在出门上班前才敲门叫人起床。而易青巍往往已经端坐在书桌前很久，听到喊声，关掉台灯，慵懒地应一声"好"。

春天，北方杨柳飘絮。

易青巍手持一杯咖啡，脚下生风，疾步走进急诊部。来往的人看见他，纷纷停下打招呼。

"易医生好。"

他点头，微微笑道："早上好。"

护士小刘快速追上去，一边跟上他的脚步一边汇报："易医生，前天送来的 26 号房病人高烧还没退，两天两夜了。"

"上一次量体温是什么时候？"

"一个小时前。"

"温度多少？"

"四十摄氏度。"

易青巍抬腕看表，到了办公室，灌了几口咖啡，取下白大褂，利索地穿上。

他一面走一面低头整理纽扣和名牌，问道："胸片呢？"

"肺部有阴影。"

"呼吸？"

"有喘憋现象。"

"马上再量一次体温。"

"好。"

"等等。"

小刘马上停步回头，看向他。

"记得戴好口罩。"易青巍指了指自己的嘴巴示意。

小刘的脸有些红，因为这不是易医生第一次提醒她了。他们做医护这行，行差踏错一步，就会把一生赔进去，有时是病人的，有时是自己的。

"好的，我以后一定记得。"

"辛苦了。"

易青巍来到病房里，病床上的患者还未醒，是个三十岁左右的女人，脸色发紫，睡梦中呼吸声极大，喉咙里卡着一口浓痰，上下不得。在一旁照看的家属看到医生来了，立即起身，着急不已道："医生，她这是普通感冒吗？用的什么药？怎么一直不见好转？"

"您别太紧张。"易青巍神情轻松，与他聊家常一般，"你们是从南方过来的吗？"

"您怎么知道？对，我们是南方人，做生意的，前几天刚把货运到这边来，我老婆就倒下了。"

小刘接话道："那边的人的口音很容易听出来，对吧，易医生？"

易青巍笑了笑，点头说："对。"

他又问了几句患者的情况，才大步从病房里出来，脸上的笑意消失，取而代之的是紧绷的严肃神情。

"再给她试其他药，用抗生素，要最好、最先进的。照顾那个病人的所有人员必须戴上口罩，包括家属。"他对小刘说，"之后很有可能会有相同症状的病患入院，同样的做法。"

"易医生，这……"

"疑似传染病。"

小刘惊恐万状，忙不迭地去办了。

易青巍争分夺秒，跑回电脑前在搜索引擎里输入"肺炎""传染病治疗"等词条，信息零散，毫无借鉴性。

预感不祥，疑虑重重，极度不安的情绪在易青巍心里蔓延开来。

他层层上报，从主任到院长，开了个小小的紧急会议。

"确实有所耳闻，这种怪病传染性超强，但具体情况并不清楚，我们这边没有获得准确消息的渠道。而且，北方各大医院互不相通，也不知道其他医院有没有接收类似的病患。"主任一五一十地叙述眼下的情况。

"我看过电视台前段时间发布的报道，这种病虽然容易反复，但还是可治可控的。"一位医生这样说。

沉默良久的易青巍说话了："常规药在那个病人身上全部失效，刚才用了抗生素，如果还是毫无起色，那么，我想，可控的结论或许值得商榷。"

此话一出，在座的每一个人都头皮一麻，鸡皮疙瘩层层冒起。

第二天，病患确诊，所有无防护接触过那位病患的医务人员全部隔离。

同日下午，易青巍所在医院的传染病隔离病区开始建立。

旦夕之间，传染病暴发。

一辆辆急救车穿梭在城市的街道上，长笛四起，盘旋在上空，如一柄柄利剑，刺穿安宁祥和的表面。

无色硝烟，人心惶惶。

四月，L市阴雨连绵。

"Look!（看！）"

"Look at me!（看我！）"

"Look at me, please.（请看看我！）"

吉姆不断晃动自己的一头红发。

"宋。"他用蹩脚的中文吸引那人的注意力，"天哪，不可思议，居然发生了这样的事。"

站在离心机前全神贯注的人在关闭机器的间隙抬眼看了一下吉姆，又低头取出离心试管，把样品存置好，随后慢条斯理地摘下手套，脱下白大褂，从吉姆身边经过。

"怎么了？"他拧开水龙头洗手，漫不经心道。

见他终于搭理自己，老早就做好出发准备的吉姆立刻问："我们中午吃什么？"

"给你做火锅。"

"太好了，我爱火锅。"

"发生了什么事？"

高大壮实的吉姆抬臂举着笔记本电脑，一边阅读一边往实验室外走，结结巴巴地翻译道："11个顶尖实验室试图找到这种新型病毒的病因，并将这种病症视为一种传染性极强的呼吸综合征。"

"什么时候的事？"

吉姆凑近，看了一会儿，说："三月份。"

一句话，吉姆译了三分钟。宋野枝在一旁好脾气地忍到他说完，才接过电脑，一目十行地快速浏览起来。

病毒、传染……

他"啪"一下合上电脑，加快脚步，说："先回家。"

吉姆心心念念的火锅泡汤了。

宋野枝回到公寓后，茶饭不思，坐在电脑前查了一个下午的资料。天色渐黑，吉姆端着今天的第二桶泡面站到宋野枝身后静静地吃，以气味彰显存在感。

吉姆瞟到宋野枝的电脑屏幕上满屏都是关于传染病的详细报道。

几个小时了，宋野枝像一张拉满的弓，时刻警戒着。吉姆最后一口汤嘶到一半，转椅上的宋野枝突然松懈下来。

箭已离弦，独留弓在原地萎靡，失措。

他缩在宽大的软椅里，呆呆地望着屏幕失神，不知在想什么。

吉姆见状，递去一根巧克力棒，代替宋野枝放在齿间细细啃咬的手指。

"怎么了？"

宋野枝没接巧克力棒，倒是松了口，哑声说："我要回去。"

这四个字，第一次从他嘴里说出来，像吹响了久违的冲锋号角。

他马上起身收拾行李，胡乱塞了几件衣服，又返回去订国际机票。这个过程中，他思绪大乱，唯有刚才阅读到的某条报道很鲜明，钉在脑海里，挥之不去——

"某医院因传染病病情过于严重，多数医务人员被感染，丧失救治能力，现已闭院，系建院以来第一次停止接诊。"

"What？（什么？）"吉姆也慌了，围着宋野枝团团转，"回去？你要回哪里去？"

他又明确道："我的家乡。"

"你家？那个传染病重灾区？"吉姆难得唤他的全名，"宋野枝，以现在的局势，人想从那个地方跑出来都难，你居然想闯进去？你是想当逆行者吗？这么简单的道理，逆行是要遭殃的！"

宋野枝没解释，目光不离电脑，请求道："吉姆，麻烦帮我拨一下赵欢与的电话。"

吉姆拿着电话来回踱步，说："没通。"

"往下翻，爷爷。"

半响。

"没通。"

"再往下。"他顿了顿，做出抉择，"易。"

"还是没通。"

吉姆及时提醒他："现在中国是休息时间。"

爷爷和赵欢与在睡觉时手机处于无人接听状态是正常的，可易青巍——易青巍就算那年尚是实习医生，也二十四小时保持手机畅通，随时待命。

宋野枝咬着牙，红着眼骂了一句。

最近的航班是晚上十二点的，他放弃了笨重的行李箱，翻箱倒柜地找齐证件，背上背包，夺门而出。

就这么走了？

吉姆难以置信，他在宋野枝身后大喊："你还有实验项目！"

宋野枝留了一句话："我会给老师发邮件。"

而后他迅速消失在雨幕中。

一阵兵荒马乱过后，宋野枝顺利坐在候机室里，逐渐趋于平静。

一切已办理妥当，现下他能做的只有等待。

碰巧，这么久了，他最擅长的事就是等待。

未知的、无尽的等待。

窗外的雨未停，淅淅沥沥的。

同样的雨，同样的夜晚，同样的候机厅……宋野枝眨了眨眼，场景重叠，好像回到了过去。而这苦闷孤独的六年，若梦若幻。

月亮，是同一轮月亮。夜色，是同一场夜色。仿佛他还留在国内，从未出逃，从未被驱逐。

可是，几千个日夜囤积的情绪那么真，有烙印，有证明，烫在时间刻度上。

2231 天。

12300 公里。

宋野枝走进只有寥寥几个人的机舱，乘坐去往高危地域的飞机，不顾生死，去会不知生死的故人。

时年二十四岁。

万丈高空上，他眉头紧锁，抱着手臂缩在座位上发呆，亦如某一年手术室门前的金属椅上，那个忐忑不安又不得已强逼自己镇定的男孩儿。

小叔，你千万要平安无事。

他赶上了落日。

黄色余晖、红色袖章、白色口罩、蓝色消毒桶、红白封锁线……

滔天的醋味、刺鼻的 84 消毒水味……

空无一人的地铁、门可罗雀的街道、药店门口的长龙、街上低头捂嘴疾行的路人……

阔别六年，他所见的尽是萧条景象。

宋野枝下了车，取了口罩，走入胡同。

胡同很静，家家闭户。

不远处，猫窝还在那儿，看起来是新木头做的，才换过不久。有几只猫在那附近绕圈，宋野枝看了，突然有些失落。都换了面貌，他一只也不认识。

院门没关，翠凤凰高挂屋檐下，羽毛不及以前鲜亮了，但见到宋野枝站在门外，还是蠢蠢地歪头歪脑地打量来人，大约过了半分钟，竟放声高叫起来，声音极其嘹亮。

木门"嘎吱"一声开了，宋野枝底气不足，被吓得后退一步，屏息敛声地立在墙角。

宋英军从里面走出来，抬头看鸟，问道："您无缘无故地唱什么呢？"

L市天气不好，宋英军腿脚不好，二者相克，再加上国际航班耗人气血，宋英军去一次便是受一次罪。

他们上一次相见，是一年前的事了。

宋野枝拿出手机长按开机键，几条未接来电的提醒短信争相跳出来，他一一点开。

第一条，欢与。

第二条，欢与。

第三条，爷爷。

第四条，爷爷。

第五条，爷爷。

他不死心，还要往下看，直接按了翻页键，屏幕不断显示"加载已完成"，除此以外，再无其他。

欢与，我回来了。

他编辑文字，点击发送。

踌躇几秒，他拨通了宋英军的电话，没"嘟"几声就有人接起。

"喂？"宋英军心情很好。

"喂，爷爷。"

宋英军不知在客厅还是卧室里，话筒里传来纸张"哗啦"的声音，应该是去看他制作的L市和北方两地时间差的表了。

宋英军问："起床了？"

宋野枝问："爷爷，传染病这么严重，昨天打电话时您怎么不告诉我？"

"我怕你担不必要的心嘛，我们都好好的。"

"您和陶叔有没有注意些？"

"你放心。我们除了买菜都不出门的。你吃早餐了没有？"

"爷爷——"

"嗯？"

"您有没有小叔的消息？我联系不上他了。"他紧捏着手机外壳的指尖泛白。

宋英军反应很快，意识到什么，厉声问："你现在在哪儿？"

"云石胡同，14户，门外。"

宋英军马上推开窗往外看。

"小野——"

宋野枝握着手机往左跨了一步，站到大门中间，没有抬头。

黄昏弥留，春风凛冽，揉乱他的一头短发。

光线昏暗，宋英军从房里看他的模样，灰色连帽衫，发白的牛仔裤，两手空空，像十七八岁时放了学刚回家的少年。

宋英军有些害怕。

宋野枝这几年比他以往任何时期都上进努力，本科结束后拿到免研直博的名额，主动结交新友，拓宽朋友圈，尝试和人建立亲密关系，忙忙碌碌，兢兢业业，焕然一新，却又日日如常。

春去秋来已经轮过六遍了，不牢靠的东西早该被碾散，消失世间了，却有坚韧的、不可摧的东西，在激荡而无聊的岁月长河中安然自若。

　　临时搭建的传染病定点医院，隔离病区内。

　　每一个医生和护士都被套进了密不透风的面罩和厚重的防护服里，全体统一。

　　"38床，甲强龙由原先的500毫升降到250毫升。"

　　富有磁性的男声透过面罩传出来，更显低缓沉稳，极易安抚人心。

　　"好的，易医生。"

　　面罩的橡胶味浓烈，时刻冲袭鼻间。易青巍能明显感觉到全身在出汗，不知是虚是热。

　　"情绪怎么样？"他问道。

　　"很不稳定。"

　　"告诉他，见到曙光了，我们都在陪他战斗。"

　　又有新的病人被推进来。

　　易青巍准备上前去接病人，被护士拦了下来。

　　"易医生，你该去休息，不能继续工作了。连续熬了两个大夜，铁打的身子也会倒。"

　　易青巍一边听护士劝，一边迈着大步跟着推车走，应道："嗯，诊完最后一批。"

　　护士是接了指令来的，势必要把人劝回，又劝道："人手确实紧张，但要是倒了一个，就相当于没了十……"

　　推车即将左转，就要消失在直直的长廊上，但因为惯性过大，磕到了墙角。一瞬间，易青巍心脏刺痛，他顿住脚，似有所感。

　　易青巍转身，回头，看向隔离区外的玻璃门。

　　那个人站在那儿，恍如静止，不知观察了自己多久。

他的脸还是巴掌大小，一个口罩就差不多遮全了，剩一双眼睛露在外面，目光死死锁定易青巍。

易青巍定住了，思维、身体、时间，一切停滞，又觉得水在流动，花在绽放，树在长高，万物欢呼。

太远了。

太长了。

遥遥而立，像梦境一样。

宋野枝等了很久，没想到最后可以等到他转身。宋野枝缓缓地咧开嘴，笑了，因戴着口罩，不见全貌，只眼眉弯弯，笑意盈盈。

易青巍走过去。

一步。

两步。

他跑了起来。

三层隔离衣，双层面罩，全副武装的易青巍把手贴到透明的玻璃上。另一边，隔着这道隔离门，宋野枝轻轻地、缓缓地向前，将额头贴了上去。

一头温驯、乖顺的小兽，兜兜转转，落回旧港湾。

"我去你们医院，医院像一栋衰败废弃的烂尾楼，里面的人告诉我没有易青巍这个人。我又跑去你家找易爷爷和小姑。

"以前你教过我，有需要就找你，找不到你就上你家。小姑不在家，易爷爷说你早就被调去别的医院了。我又赶过去，他们说，易医生确实在他们医院工作，但前几天已经自愿申请，通过选拔，去了定点医院。

"我问他们定点医院是什么地方，你什么时候能回来。他们说是集中隔离救治传染病病人的地方，可能形势得到控制之后回来，可能永远回不来。进去的医生和护士，都得提前交代好后事，免得无声牺牲了，连只言片语都留不下来。

"小叔，我找你找得好辛苦。

"我跟爷爷保证，会早点儿平安回去，可是我忘了时间。你别怪我，好不好？不是我的错。"

宋野枝在说，易青巍也在说。

"宋野枝……起初，我想，宋野枝今年就该回来了，我每天下班绕路去云石胡同看一遍。

"后来，我的睡眠出了点儿问题，去看心理医生，但我抵触药品，抵触酒，宁愿睁眼一宿到天明。做医生好累，没人送饭，胃也坏掉了，挨了你易槿小姑和易焰叔叔好多骂，还和你乐皆哥哥打了一架。"

他喋喋不休，不知疲倦。

口罩和面罩那么多层，除了自己，谁听得清？也正因听不清，对方不知道，无所谓重不重要。

在这个恐慌、混乱、人人自危的春天，千万里，宋野枝回来了。

宋野枝，多年前的那片雪花，依旧被困在你的眼睛里。

后来，是易青巍先离开的。

像以前每一次打电话，说完再见，宋野枝总要让易青巍先按挂断键。

易青巍先是摇头，然后挥手，宋野枝领会得到他的意思，却没有动作。

易青巍也没了动作。

不过，只是几秒而已。易青巍静默着多看了他几眼，立即转身走了，决绝得很，毫不拖泥带水。

走廊很长，他走得很快，没有回头。

此时不过晚上十点，街道上的行人和车很少，只孤零零地亮着几盏灯。北方的这个春天很荒凉，夜晚和 L 市没什么两样。

宋野枝是很听话的。

去了 Y 国之后，除非必要，他当真从没在晚上出过门。吉姆之前嘲他胆小，要给他做榜样，晚上大摇大摆地去空荡荡的街头晃，结果屁滚尿流地跑回来，哆哆嗦嗦地说遇见坏人了。

兜里手机振动，把他的思绪拉了回来。

赵欢与兴奋的声音从听筒里传出来："你不是回来了吗？现在在哪儿？"

她听起来很冷，牙齿直打战。

宋野枝反问："你在哪儿？"

"胡同口。"

宋野枝失笑道："我没在家，你快先进去坐着。"

"爷爷知道你回来吗？我就是怕露馅儿，先打电话通个气。"

"真变聪明了。"宋野枝说，"爷爷知道，进去吧。"

"所以你在哪儿？"

宋野枝从医院走出来，终于拦到了车，回道："准备去小叔家。"

"小野，小叔在定点医院。"

"嗯……我刚从定点医院出来。"

赵欢与沉默了一会儿，接着问："那你还去小叔家干吗？"

"之前去家里找小叔，易爷爷看起来精神不太好，我不放心，过去看看。"

"那我去找你。"

"你在家等我。"

"我不。"

宋野枝笑了，说："行，来。"

宋野枝先到，站在门口的石柱边等了几分钟。

高跟鞋踩在石砖上，声音清脆动听，白色亚麻衬衣，黑色高腰纱纺阔腿裤，现出不盈一握的细腰，赵欢与从转角处走出来，黑发红唇，身姿窈窕，步态婀娜。

一见人来了，便用眼神迎接，两个人都笑着，只是赵欢与眼里有一层水雾，微光流转，漂亮极了。

她双肩一塌，倒向宋野枝的肩膀，眼眶越来越热。

"又见面了呀，宋野枝。为什么你看起来还是一副学生样儿，一路上过来肯定有被叫成同学是不是？"

自见到彼此，他们的嘴角就没下去过。

宋野枝佯装思考，回道："我想了想，我本来就还是学生。"

"喊。"

"为什么打扮得这么美来找我？"他接过她手里的皮质手包，替她拿着。

赵欢与说道："什么这么美！日常工作装！刚从小姑的公司打工回来，累死了。"

赵欢与大学毕业后定居南方，去年年尾传染病的苗头刚在南方部分地区冒出来，沈乐皆就连夜赶去南方，把她揪回北方安生待着。没闲几天，她就被易槿盯上，抓去当苦力。

李姨听到了交谈声，疑惑地打开门，看清来人，大惊大喜道："小野！欢与！"

她赶紧开门，侧身招他们进去："快进来，快进来！哎哟，李姨多少年没见你们了呀。"

两个人言笑晏晏，一起鞠躬打招呼。其间，宋野枝偷偷回头悄声问："眼泪擦干净了？"

赵欢与抬起头来，在背后推他一把，否认道："就没哭好不好？"

"李姨，您怎么在家也戴口罩？"

李姨闻言，喜色转为愁容，拉着宋野枝求助道："老爷子晚上发起烧来了，那三个孩子的手机都关机，一个也打不通，我简直不知道怎么办才好！现在这么乱，我怕去医院反而染了病，但不去的话，如果真是这个病，那不是耽误治疗嘛！"

李姨说着说着带了哭腔。

赵欢与刚从易槿的公司回来，易槿下午飞去 A 国谈合同了，现在肯定还没落地。

"李姨，您别着急，我们来了，我们处理。"

他们急急跑上楼去。

易伟功躺在床上，脸色苍白灰败，看起来很虚弱。他年纪大了，一生起病来，无论大小，风险都极高。

宋野枝转头对赵欢与说："欢与，去问问李姨，易爷爷近期有没有出过门，有没有吃过退烧药。"

他凑上前去，蹲在床前叫人，又伸手去探额温，喊道："易爷爷，身体有没有哪个地方疼？"

易伟功睁开眼睛，看到他，动了动嘴唇，脸上堆出一个笑容，问："小野，什么时候回来的？"接着摇摇头，想抬手推开他，却没什么力气，"好孩子，离爷爷远些，别传染给你了。"

看到易伟功，宋野枝就想起了宋英军。他离开这么些年，爷爷是不是也有卧病在床，儿孙不在身侧的时候？

他心里难受，声音柔下来，像对待小朋友一样安慰易伟功："不怕啊，爷爷，咱还不知道是不是传染病呢。您记不记得上次出门是什么时候？现在感觉怎么样？"

赵欢与早脱了鞋，端着杯热水跑来，说："吃过，不过是最后几颗，现在家里没药了。前段时间传染病闹起来之后，易爷爷就没出门了。"

传染病有潜伏期，而且药店不出售退烧药，得拿着处方去医院买，还有很大概率会被隔离。

宋野枝看了一眼时间，拿主意道："再等一晚上，烧还不退，就去医院。"

跟宋英军通电话说明情况后，宋野枝就留了下来，在床前陪了一夜。

宋野枝定时用棉签蘸水给易伟功润唇，定时替换敷在额头上的毛巾，定时测量体温，定时用温水擦拭身体。

赵欢与哈欠连天，一同陪着，因为这次合同的事，她已经熬了小半个月的夜。后半夜，她撑不住，倒在房间的沙发上睡着了。

易伟功时不时要和宋野枝说说话，眼看小辈为自己忙上忙下，既内疚心疼，又止不住地高兴。

"小野，你回来这一趟，还走吗？"

宋野枝搬来一个矮凳坐在床边，双手扒在床上，先点点头，末了又摇头，说："我也不知道。"

"当年你走那么急，都没来和易爷爷打个招呼。"易伟功笑着嗔怪。

"所以一回来就来看您啦。"

"见着你小叔了？"

"见到了。"宋野枝没有再看易伟功，睫毛忽闪，"穿着厚厚的防护服，戴着面罩还有护目镜，感觉也没看到什么。"

易伟功被他逗笑了，咳了两声。

"以前你小叔就疼你，你也值得，拼了命跑来，第一句话就是问他的消息。你今天那个找人的架势，要是你小叔看见了，得美死他。"

易伟功笑意未散，又开始叹气。

"我家小巍啊，和他妈妈一样。他妈妈也是医生，在工位上突发心梗，没人及时发现，就没救回来，连你易焰叔叔结婚都没看到。这一次，他沉着脸来告诉我他决定去定点医院，就像他高三时跟我说要学医一样，总怕我拦他。我没有，我两次都没有。我说：'儿子，你去，尽管放心去！这是荣誉，不是精兵强将，国家还不一定敢让你上第一线呢，爸在家好好等你，别挂念家里。'他当即跪下，给我磕了个头，然后走了。'砰砰'那两声响，我忘不了。你小叔的骨头，是硬的。"

房间里只留着床头柜上的一盏小台灯，易伟功脸上满是骄傲之色，有泪从褶皱丛生的眼角滑落。

"小野，我后来真怕，每天都在怕，怕他像他妈妈一样，也回不来了。他没结婚，没个一儿半女，孤身一人来，孤身一人走，我这个做爸爸的，光是想想都心疼。"

他扭头看向宋野枝，发现宋野枝也在悄悄用手掌抹眼泪。易伟功把手臂抬起来，用粗糙干瘦的指头去擦他的脸，失笑，慈祥而和蔼。

"还是小孩子。怪易爷爷，跟你说这些，害小野掉金豆豆了。你也疼你小叔，是不是？"

宋野枝点头了，很用力。

"看你们这样，我高兴。"易伟功仰了仰脖子看向赵欢与，"小野，帮她把毛毯盖严实了，天还冷着呢。"

他凝望着天花板，继续说话。人老了，会孤独。膝下儿女全在忙各自的事，不再特意空出时间听他唠叨了。

"你们四个呀，和和睦睦地长大了，还都这么优秀，我们老的看着就得意。你和欢与还不急，乐皆去年也成了家，就剩你小叔。我每次跟他提这件事，他都敷衍我。我知道，小巍从小对谈恋爱就没什么心思。上次把他逼急了，他对我说，爱情在他那儿不是必需品，不是离了就活不了。

"我一寻思，这话说得也对。但我就是希望他能找个好女孩儿，年轻时，两个人互相照顾；老了，两个人互相搀扶。再生儿育女，一家人美美满满的。生命中那么多烦心事，有个家多好啊。但他每次都拿你小姑来搪塞我，说姐姐不结，弟弟也不急。你小姑也是，忙得我连人影也逮不住。两个人都把我气得够呛。"

宋野枝傻傻地笑道："我刚才想象了一下您说的画面，很好，很幸福。小叔……他也很好，该拥有这样的幸福的。"

易伟功哈哈大笑，说："对，你小叔还没你拎得清。

"他呀，亲近的人的话多少听得进去。你帮爷爷说说他，劝劝他，让他开窍。你呢，我替你爷爷烦你啊，你也要张罗上，都大小伙子了。"

易伟功闭了闭眼，舔了舔嘴唇，宋野枝马上把浸了水的棉签递上去。他眼珠混浊，面色暗黄，哑声补了一句："如果他能回来的话。"

棉签一抖，掉到了床单上。

宋野枝捡起来，攥在手里，棉签断了。细木的碴口使劲刺着手心，他对易伟功说，对自己说："能的，能的。"

宋英军担心老友，一晚上没睡好，等到天蒙蒙亮的时候，院门被推开，他立刻披衣下床。

宋野枝走进家门，满身寒气，揉揉熬红的眼睛，笑道："易爷爷的烧退啦，没事了。"

宋英军抚胸直叹"菩萨保佑"。

宋野枝看着自家爷爷，放在从前，他老人家可从来不会说这种话。人一旦上了年纪，精神和身体退化，与现实世界的联系也会减弱，向虚无的天命靠近。

宋英军把自己的外套脱下来，焐着孙子进屋，说："赶快去补觉。"

宋野枝干脆抱住宋英军，像只大型犬一般挂在他身上撒娇："可别让您再着凉了。"

一直走到卧室门口，宋野枝忽然问："爷爷，您说我能留下来吗？"

宋英军答："先好好睡一觉。"

宋野枝应着"好"，却站着未动，呆了几秒，用力晃了晃头，推门而入，钻到被窝里去了。

即使这张床常年没人睡，陶国生还是会定期清洗晾晒被套和床单。宋野枝一进去，便闻到了阳光和清香的甜橘的味道。

没变，家里一直在用这个牌子的洗衣粉。

他全身放松下来，疲惫到了极点，眼皮不由自主地合拢。

"我长大了，变强了，可以保护你了。"

易青巍站在风雨中，太阳暴烈，万束光芒从他身后射来，照在空无一物的大地上。他背着光，面容模糊，宋野枝与凶猛逼人的太阳对峙，紧盯着易青巍不放，等他说话。

场景一晃，太阳和雨都不见了。易青巍出现在一个幽闭的房间里，一身白大褂，戴着口罩，长身玉立。他笑了起来，招手引宋野枝朝他走去，却突然弯身，黑红色的血不断从他嘴里冒出来，将大半房间染红了。

宋野枝猛地坐起身，满头大汗。枕边的手机不停地响，他捂着胸口、喘着粗气去拿手机，先看了一眼时间，下午六点不到。

他睡了十多个小时。

赵欢与还没下班就开始约人，说要和宋野枝一起吃火锅。

宋野枝心有余悸，在床上跪着，拱成一座桥，把头埋进松软的被子里，冷汗全被蹭干净了。

他问："什么时候下班？我去接你。"

"同学，你有车吗？"赵欢与反问。

"好像没有。"

"哦，那就乖乖在家里等我去接你吧。"

他笑了，被子里的声音很沉，但清朗。

"谁也别接谁，咱直接奔店里去吧。"

赵欢与等不及下班，没有老总镇守公司，李乃域又很温柔，她去说了一声就得以提前溜出来。

宋野枝在客厅门口穿鞋，宋英军便立在一旁看他。

"关于你留不留的事——"

觉已经睡醒，可事还是理不清。

宋野枝低着头说道："爷爷，那就再等我陪欢与吃完这顿饭吧。"

锅里的红汤"咕嘟咕嘟"冒泡翻滚，赵欢与趁人还没来，拿着湿纸巾卸唇上的口红。

包间门开了，宋野枝跟着服务员走进来，一件黑色长款风衣，底下配休闲格子西裤，脚踩硬皮马丁靴，抵不住完美的身材比例，即使穿搭规矩寻常，也衬得他芝兰玉树。他外显温润，内藏倜傥，真是具有一股子英伦绅士风。

赵欢与愣了，口红晕在嘴角没空擦，问："为什么打扮得这么帅来和我吃火锅？"

宋野枝脱下风衣，顺手拿起赵欢与随意搭在椅背上的外套，一同挂到贴墙的衣钩上，拉开椅子在她对面落座。

"帅吗？我从 L 市空着手回来的，什么东西都没带，这一身衣服是刚才穿着睡衣去服装店现挑的。"

赵欢与"啧啧"感叹，朝他竖了个大拇指。

点菜期间，赵欢与要了两瓶可乐，被宋野枝拦住，换了一杯牛奶。

"什么东西？火锅配牛奶？"

"这几年汉堡配可乐吃腻了，听到'可乐'两个字都生理性想吐，而且碰不得辣了。"宋野枝悲壮地看着面前可怕的红汤。

"你早说，我就点鸳鸯锅了。"赵欢与双肘支在桌上，捧着脸说，

"我去南方待了几年，也不太扛得住北方的辣，不过待这儿小半年就又给补回来了，你也可……"她的声音低沉下来，"算了，不说这个。"

宋野枝好笑地问道："我也什么？"

赵欢与用新筷在锅里搅动，等毛肚烫熟。

她还是说了："你可以留在这儿吗？等传染病的事过去了，我打算立刻回南方。但如果你留，我也留。"

这个问题，谁都在问他。

唯有赵欢与问得最精准。

她问的是可以吗，而非想吗、要吗。

"再等等。"宋野枝说。

"等什么？"赵欢与咬着筷子问。

宋野枝用汤勺替她把毛肚盛到碗里，说："你别盯着我，你呢？"

"我？我男朋友都换好几个了。"

沈乐皆和甘婷艺定下婚期时，通知赵欢与，她以学业为借口推托，他二话没说，将日期延后。沈乐皆说，哥哥结婚，没有妹妹不到现场的道理。好像他的婚礼是为赵欢与办的，她不见证，他的爱情就没有意义。

一直耗到两年后，赵欢与服输。

"沈乐皆存心逼我，逼我看他吻新娘，逼我看他度蜜月，逼我死心。"赵欢与点头，"我就只好做个好人，如他的愿。"

宋野枝听完，问："乐皆哥知道？"

"十九岁生日那天，我告诉他了。他当时的表情——让我觉得，不需要我说，他也知道。他只是有一点儿讶异，讶异我居然敢坦白。"

他们最不缺勇气，可少年人的勇气，换来的多是头破血流和无疾而终。

她始终只能是他的远房"表妹"。

"小野，我有些明白了。路，是四通八达的，但抵不过人非要在暗无天日里摸黑求东西。别铁了心当傻子，偶尔考虑一下弃暗投明。"

宋野枝举着白牛奶，和她的黑可乐碰了一下。

后来他们就不聊扫兴的人与事了，而是聊粤语，聊南方早茶，聊 L 市地铁，聊金融，聊化学高分子，聊到可乐和牛奶被撤下桌，换上酒。

宋野枝的酒量一直不差，在国外经过那么多个夜晚历练，更上一层楼。他把赵欢与送回她的小公寓，安顿好，自己散着步回了胡同。

远远地，他看见自家门外站着一个男人。

他走近，看着那张陌生的脸，问："请问，您找谁？"

"我等宋野枝。"

宋野枝眨了眨眼，回道："我就是。"

男人多看了他几秒，易医生说给胡同里最靓的男生，那面前这人确实是。男人从随身的挎包里掏出一个黄皮信封，双手递过去，说："您好，我是顺通快递员。这是易青巍易医生托我给您送来的。他嘱咐必须本人签收，所以我只能一直等您，叨扰了。"

宋野枝接过，信封很轻很薄，光溜溜的，他怀疑里面什么都没有。

"我——您——"他语无伦次道，"您等等，我去屋里拿钱给您。"

隔离病区的人，应该是未携带现金进去的。

快递员挠了挠头，有些不好意思地说："特殊时期，我们顺通快递不收费。"

"啊。"宋野枝攥紧信封，深深鞠了一躬，"多谢，辛苦您了。"

"不用，不用。"快递员连连摆手，道完"再见"就跑了。

宋野枝甚至没来得及和宋英军打招呼，就着急忙慌地回到卧室，锁上门，掂着信封认真看了几遍，没找到只言片语，才放心地轻轻拆开封口。

一小张白色纸片飘了出来，落到地上。

他蹲下去捡，手指没来得及触到纸片，眼睛先将上面的字看尽了。

宋野枝，别再来找我。

字迹凌乱、潦草，笔锋坚决。

仿佛是一瞬，又似乎是很久，宋野枝浑身失了力气，没能站起来。

那一夜，直至六点才天明。

七点，天地一片寂静，腾起大雾。太阳升起，城市苏醒，雾就淡了许多。但有顽固不散的，盘踞在东面高山的峰顶，远远看去，上是辽阔蓝天和旭日，下是高耸群山和大地，唯有中间那一层，白雾缭绕，像是仙境。

阳光发烫，空气湿润，过分美了。

宋野枝久久眺望。

他想，易青巍就像一层雾。

雾离太阳那样近，很危险——但还是那样近。再久些，雾稀薄到透明，太阳隐匿。

借着一窗天光，宋野枝打开床底下积灰的箱子。白色字条被平整地放进去，和一堆七零八碎的物品挤在一块。

他有轻微强迫症，春季的衣服要挨着放，春季衣服里颜色相同的要挨着放，颜色相同、款式相同的要挨着放。

而今，两支钢笔、一幅未完成的画、一件红色袄子、一对袖扣、一只银镯子、一条项链、一个香水瓶、一本日记本、两张字条——每一样，聚在一起，千差万别，互不相干。

他仔细抚遍它们，然后上锁。银锁垂下，碰上木箱，"咔嗒"一声，是暮秋的大树最后一片枯叶，是冬末的屋檐最后一茬冰凌，坠地。

第四章
赔罪

同一个凌晨。

"38床那位怎么样了？"

"好歹没闹了。"

"都50毫升了还闹？算是情况好的了。"

病人被隔离，生死未卜，与社会脱节，既需医身，又要医心。病患
靠医生排解心理问题，而医生无处排解。

易青巍不打算继续答，只问："有没有烟？"

"没有。"

梁超宇弯腰，拧开水龙头，扑了一脸水醒神。易青巍摘下口罩，正
对镜整理头发。男卫生间里空旷，说话有回声。

"你寄了什么？"

易青巍不太提得起精神聊天，只想快些补觉，懒懒地说："几
个字。"

"寄给谁？"

易青巍睨了他一眼，问："打听这么仔细做什么？"

定点医院现在的医护人员是从全国各地的医院里挑来的，易青巍在
其中算年龄小的，梁超宇把他当自己家中的小弟看。大家从前不相识，
一夕之间成了一同站在生死线边缘的战友，很容易熟悉起来。

梁超宇揶揄道："口风这么紧？"

易青巍靠着墙，"扑哧"笑出来，没个正形。提起他，易青巍总归有些开心，沉寂的湖泊里出现了一股不可多得的活水。

"我叫家里人别挂念。"

梁超宇语塞，洗手的动作慢下来。

他做了几十年医生，愣头青的时候被资历深的人护着，等他升到主任，也同样，抢险救援的第一线从不让小年轻上。梁超宇打心眼儿里欣赏易青巍，因为听人说他是自愿申请来的。

"现在治愈率越来越高了，情况越来越好，我们死不了。"

易青巍低着头，用鞋跟磨地砖上的水渍，说："前段时间，老向还跟着我们一起给病人插管，没几天，轮到他躺在病床上来等我给他插管。我不敢打包票，万一哪天我真没熬过来——反正得先说点儿什么，不然——"他的眼神沉寂下来，没说完这句话，他转移话题道，"你给嫂子寄的什么？"

"我身上什么东西都没有，怎么寄？我请他们要是路过我家那地儿，到花店里买束玫瑰送家里去。"

梁超宇笑得就像一朵花。

易青巍也笑骂了一声。

他摆摆手，不等梁超宇就先提脚走了，不过没几步就停了，转头，有些爱护，有些嗫嚅，说："南方那片儿真好。"

后来的日子，局势果真变好了。有了及时有效的干预，从定点医院传出来的好消息越来越多，走出来的康复者也越来越多。笼罩在北方上空的沉沉乌云渐渐散去，人心渐渐得到安抚。

花是鲜的，含着露水，捧在臂弯里，清香扑面。锦旗是新的，镶着金边，挂满铁栏杆，在太阳下闪闪发光。

塑料包装纸的边缘过于锋利，刺着下巴，易青巍一边与人握手鞠躬，一边将它们移至腹前。

看到喧嚷热闹、喜笑颜开的人群，像是重见天日，重回人间，有浓郁的烟火味儿。

易焰和易槿站在外围，远远地，倚着车门，淡笑着等他。

人差不多散尽了，易青巍走了过去。

他看见易焰和易槿一人手持一把花，更头疼了，连忙先把自己怀里的那一堆塞过去，说："辛苦了，辛苦了。"然后空着手溜进车后座。

易槿坐进副驾驶座，扣上安全带，往后看，见易青巍霸占后座，半躺着。

"累吗？"

"还成。"

"过来。"

易青巍抬眼看向易槿摊着的手心，说："姐，我已经快三十岁了。"

易槿不耐烦道："快点儿。"

易青巍撑起身子，让自己的额头贴上去，易槿揉了一把他的头，趁人挨得近，低声问："你刚才心不在焉，仰着脖子想找谁呢？"

易焰把花安置在后备厢里，上了车，把着方向盘问："想去哪儿庆祝？"

易青巍缩回座位，说："回家。"

"李姨不在，快定。你嫂子接伍儿放学去了，我们回家接上爸爸一起。"易焰说。

易青巍扭头说道："现在才几点啊。你们定，我要先回家洗个澡，还有事没做。"

"什么事？"

"大事。"

易青巍的情绪不好，稍微多问几句他就闭着眼装虚弱，易焰拿他没办法。

易槿在一旁瞧他那样儿，扬了扬嘴角，和易焰聊起天来："要说爸爸这一回，真是多亏了小野和欢与。"

后座传来"砰"的一声，是某人的头不慎撞到了车窗。

"爸爸怎么了？"易焰问。

"爸爸前两周发了次烧，我那时候在国外。运气好，碰上小野和欢与去家里，两个孩子在床边守了一夜。听爸爸说，他俩天亮了才走的。哎哟，我事后回家，老爷子拉着我夸了他俩整整一下午。尤其是小野，忙来忙去一夜没合眼。"

"小野回来了？"易焰惊喜道，"什么时候回来的？"

易槿瞟了一眼车内后视镜，说："听到闹传染病特地回来的。"

易焰叹道，宋叔肯定乐死了，这样好、这样有心的孩子能找出几个？

他说："对，也不知道以后小野准备在哪儿发展，哪天有时间把他们都叫到家里来，一起吃顿饭。"

易槿没来得及说什么，易青巍发话了，哑声哑气道："哥，您能不能专心开车？油门踩深些，开快点儿。"

易青巍从家里出来，一身正装，手提一盒巧克力。他在街口徘徊了几步，走进一家花店。

"您好，有预订吗？"

"没有。"

"好的，那请问您有心仪的花品吗？"

易青巍扫了一下眼前满架的花，没考虑太久。

店员递上册子，请他挑包装样式。易青巍摇了摇头，说："谢谢，不用包装。"

"好的，请问您要多少朵？"

"一枝。"

"一枝？"店员确认道。

"嗯，一枝。"易青巍赶时间，已经弯腰自发挑选，花枝最长、花瓣最大的，他满意地抽出来，"这枝，谢谢。"

易青巍结账之后，借了花店的柜台，亲手为花剪枝，将巧克力包装盒的丝带解开，再巧妙地将花枝系上去。

最后一步，易青巍把结弄正。

到云石胡同时，天已擦黑儿，易青巍看着不远处那扇门、那个院子、那几棵大树，莫名其妙地紧张起来。他在胡同口停下，深深吸了一口气。

墙头跳下一只黄猫，走到易青巍的鞋边，尾巴竖起来，绕上他的小腿，叫道："喵——"

"三黄，今天没带猫粮过来。"易青巍低着头说。

"喵——"

"你有没有见到那个哥哥？"易青巍想了想，说，"一定见过了，你妈妈以前睡的小房子还是我和他一起做的，你有没有说谢谢？"

"喵——"

"好，我去了。"

院门一如既往地半掩着，易青巍推开。院中无人，客厅的灯亮着，翠凤凰也被移去屋里了，他走上前，叩门。

陶国生打开门，看到他，惊讶道："小巍？"

宋英军听到动静，也出来看。

"陶叔、宋叔，"易青巍没兜圈子，单刀直入，"我找宋野枝。"

宋英军看看陶国生，陶国生看看宋英军，二人面露尴尬之色。

宋英军清了清嗓子，问："你不知道？小野早就走了。"

"走了？"

陶国生说："是的，早就回国外去了。"

风从四面八方涌过来，围困住他。易青巍忽然有些难受，因为宋野枝一定是难受着走的。易青巍开始想，自己是不是做错了？

不止一个错。

三黄不知道什么时候踮着步子悄悄跟进来了，绕着易青巍的鞋转几圈，坐下了。易青巍垂着头，蹲下去，手上的盒子没处放，他将它搁在了怀里。

"宋叔，我能喂完它再走吗？"他仰着头问。

宋英军叹了一口气，陶国生去拿猫粮，满满一袋，刚开封不久。

"宋野枝有没有喂过它？"

那年大黄生了五个崽，如果宋野枝见了它们，肯定也最喜欢三黄。

三黄认生，不爱叫，黏人。

宋英军指了指他手里的猫粮，说："这就是他买的。"

易青巍看了看包装袋上夸张的艺术体英文。

最早那一批流浪猫是吃不惯猫粮的，人吃什么，它们吃什么。后来的小崽们就被宠得娇气了，只肯吃猫粮。易青巍猜，宋野枝当时一定站在超市的货架前焦头烂额。他对猫粮没有研究，也一向最怕做选择题，便只知道拿价格最贵的。

三黄显然是不饿的，给面子地嚼了几颗，就不肯再吃了。

易青巍沿着猫的脊背梳下去，毛发柔顺平滑，他想，宋野枝不会还一只一只抓去洗了澡吧？也许宋野枝还一面洗，一面和它们聊天，洗完之后，哄它们到木架上排排坐，陪它们一起晒太阳、晾干。

易槿、赵欢与、宋英军……每个人和宋野枝都没有断过联系，每个人都有宋野枝的消息。

"宋叔，能不能，给我他的地址？"

午夜十二点，吉姆听到敲门声。

他和宋野枝的交际圈几乎是重合的，他们的朋友不多，能这么晚登门造访的更少。他怕自己听错了，于是坐着没动。

间隔一会儿，又是三声敲门声响起，冷静、有礼。

吉姆跑去开门，跑到一半又换成走，放轻动作。

门外是一个亚洲男人。

男人个子很高，宽大的肩膀将身上的西装稳妥地撑起来了，又在精窄的腰间堪堪收住。五官立体，棱角分明，眼睛尤其深沉漂亮，但是目光很凌厉，不如他的敲门声温柔。

他看起来很累，眼眶猩红，结合穿着，可能是刚出席完一场盛宴。他手上有一盒巧克力，盒上有一枝花，蔫的。

"您好，请问您是……"

易青巍本想说英语，没想到面前这个陌生的红发外国男人竟说着一口纯正的普通话。或许称不上纯正，腔调里有部分咬字和发音在易青巍听来很熟悉。

这人的普通话，是宋野枝教的。瞬间，易青巍下此定论。

"你好，我是易青巍，我找宋野枝。"

吉姆没听过这个名字，但看过这个姓，那天在宋野枝的手机通信录的末尾那行。

"他已经睡了。"

易青巍低头看了看表，说："我知道，我想我可以去叫醒他。"

吉姆欠身请他进屋，为难道："不过他的起床气很大，您要小心。"

听到这话，易青巍停住脚步，不再走，定定地看向吉姆。

吉姆"哦"了一声，为他指路："他的房间，走廊右转。"

易青巍不动，说："您忘了介绍您自己。"

"啊！是的。"吉姆与他握手，尝试叫对他的名字，"易青巍，你好，我是 Jim。"

易青巍盯着他，没有接话。

吉姆只好继续补充："今年二十六岁。"

"……"

吉姆隐隐感觉到什么，抛出面前这个人想要的答案："是宋的室友。"

果然，对方问："室友？"

吉姆点头，紧接着摇头："不只是室友，我还是他的同学、他最好的朋友。我和他认识五年，已经同居两年了。"

易青巍皱着眉纠正："合租。"

吉姆还没学到两者之间有什么区别，从善如流地应道："合租。"

宋野枝睡眠浅，所以挑了走廊尽头的小房间，隔音最好，最清静。

门锁被缓慢地旋开，有人轻轻走进来。门敞着，带来一片白亮的光，宋野枝立即醒了。他面对墙，在床上蜷着，和薄被纠缠成一团。

"Jim, knock at the door before coming in, please.（吉姆，进来前请敲门。）"

闻言，易青巍在木门上轻敲了三下。

此时，宋野枝已经僵住了。

"Sorry.（对不起。）"易青巍实在该为此道歉。

黑暗中，宋野枝猛地睁眼。可即使睁开眼了，他还是怀疑自己正被困在双重梦境中。

易青巍把门合上，落锁。

"开灯吗？"

没人回答。

"宋野枝，连话也不愿和我说了。"

易青巍走过去，把巧克力放在床头柜上，又问："你还爱吃巧克力吗？"

他径直把灯打开，宋野枝已经坐起来，惊惶地望着他。

从玄关到宋野枝的房间，易青巍一路都在观察这套房子，企图从各个角落搜寻他生活的痕迹。

易青巍有些羡慕。

从吉姆打开门的那一秒，易青巍就开始羡慕。

两年。这人和宋野枝，在餐厅那张不大的棕色餐桌上安稳地吃了那么多顿饭。而宋野枝待在自己身边那年，是流离不定的。宋野枝家、易青巍家、赵欢与家、医院食堂、急诊部办公室、四中旁的出租屋，他们辗转于各处饭桌。

还好，现在宋野枝在自己眼前，坐在光亮里，好像更白了，脸部线条更清晰利落，高中时候的婴儿肥变得不明显，是长大了。

宋野枝彻底清醒，又迷糊着，努力消化一觉睡醒易青巍就站在自己床前的事实。

"你活着出来了。"他喃喃道。

易青巍说道："出来你就走了。"

"你让我走的。"

"然后呢，什么时候走的？"

他问得很轻，不是质询，像寒暄。因此宋野枝很平静，没有被人再一次推远的难过，只是回忆。

"快递员来过，第二天。"

易青巍点头。

很听话。

"现在博士在读，是不是？"

宋野枝说："毕业了。"

易青巍重复："博士毕业了。"

"我以为你本科毕业就会回来，三年前。"他又说。

这么一句话，把离别的六年凭空拉出来，摆在他们面前，一清二楚，筑成一堵高墙，谁也别想躲开。

"回去做什么？"宋野枝问。

"这里有东西拴住你了？"

"没有。"

"你在怨我？"

"不是。"

"你应该怨的。"

"我没有过。"

"那为什么，你好像想无限期地在这里待下去？"

从进门起，宋野枝未问易青巍千里迢迢不含昼夜地飞来 L 市的原因，只想听易青巍不断说话，听他不停问自己问题，变得很被动。

"三年前回去，三年后就不会收到那张你写的字条了吗？"宋野枝问。

对了，他不甘、委屈，才是对的。

易青巍走到床边，凑近，夺走宋野枝怀里的被子。他们之间没有阻隔，宋野枝也没有外物保护。

"宋野枝，当时，会不会怕？怕我死在里面。"他问。

宋野枝愣住了，轻声说："怕。"

易伟功害怕，宋野枝也害怕。做实验时、吃饭时、睡觉时，宋野枝总念着要看手机，唯恐有突如其来的电话和短信，通知他的死讯。宋野枝有多怕呢？就算人好端端地站在他面前，可提起这个字，他的声音也是颤的。

"我也怕。"易青巍说。他笑了出来，弓着背，抬起眼，望进那两颗葡萄般的黑瞳，神色有些狠。

"跟我回去。"

宋野枝没说话。

"想不想回去？"易青巍又问。

"不想。"宋野枝说。

"原因。"

"没有。"

"好。"易青巍接得很快。

宋野枝眨眨眼，说："你好像是想让我回去的。"

易青巍很坦然："很想。"他扯领带，"我记得我说过，是让你出来转一圈，没有让你直接出走的意思。"

"国际航班的餐，是不是很难吃？"宋野枝突然问。

易青巍真的笑了，仰着头，眼里盛着光，像打了场胜仗，志得意满。

在隔离病区内，和宋野枝的眼神撞上那一刻——那么严实的防护措施，那么多个医生，那么多件一模一样的防护服，六年，宋野枝一眼认出了他。

谢天谢地，他赢了。

凌晨一点，宋野枝穿着睡衣在厨房里煮面，易青巍倚在门口，在身后看他。

他又成了那个手足无措的易青巍。

"煮什么面？"

"西红柿鸡蛋面。"

"只会这个？"

宋野枝停下切西红柿的动作，说："这个最快。那你想吃什么？我都可以做。我现在很厉害了。"

"我就吃这个。"

宋野枝又转过头去忙碌。

"从刚才到现在，你一声都没叫过我。"

"叫什么？"

"你该叫什么？"

"小叔。"

锅里的热气冒上来，宋野枝有些不情愿。

"宋野枝。"

"嗯？"

"你真的在好好长大。"

没有辜负任何人。

所以我不遗憾。

宋野枝听到他的话，自言自语，小声嘟囔道："是吗？"

一个锅烧油，一个锅煮水，宋野枝不紧不慢地管理着它们。易青巍还没看够，宋野枝已经端着面从他身前走过，端去小餐厅的木桌上了。

易青巍亦步亦趋地跟过去，拉开椅子，坐在那碗香喷喷、金灿灿的鸡蛋面面前。

"Jim 吃过你煮的面吗？"易青巍问。

"当然，都是我在做饭。"

"他说谢谢了吗？"

"每天都在说。他的性格很……"

易青巍打断他的话："你饿吗？"

"好的。"宋野枝把话补全了，然后摇头，"不饿。"

易青巍换了个问法："饱吗？"

"也不算。"

易青巍起身，去厨房拿了副碗筷，夹出一小碗面，递给宋野枝，说："和我一起吃。"

他们一个穿着高定西服，一个穿着棉麻睡衣，面对面端坐在一张简陋的桌子前，分享同一碗清寡的面，寒碜，古怪，不和谐。

两个人捧着各自的碗，埋头，暗自抿平嘴角，藏掖同一种笑容。

宋野枝并拢双筷在碗里画圈圈，把面卷起来才慢吞吞地往嘴里送。他小时候不爱吃面，拖延时间都用这招。

一大碗面，易青巍七八口就吃完了，挑了半天，只剩汤汤水水在摇晃。才细细嚼了第三筷的宋野枝愣了，挂在半空中的面落回去，他把自己的小碗推到易青巍面前，问："要不要再煮一碗？"

易青巍接过碗，重新整筷："不了，再吃会胃疼。"他抬眼问，"宋野枝，这些是从哪儿学的？"

"我以前就会。"

"以前？我怎么不知道，也没吃过。"

说话间，小碗也快见底了。

"你吃过的。"宋野枝小声地说，"每次带去医院的饭，只要是排骨汤、鱼汤、番茄炒蛋、肉沫茄子，就都是我做的。我当时做得还不够好，只会这四样。"

易青巍吃面的动作停了。

宋野枝却还在说，带着隐忍的担忧："胃怎么会疼？"

易青巍垂着眼，攥紧木筷，浑身的血液热腾腾的，蹿向喉咙和眼眶，冲向指尖和发梢，势不可当。

他耷拉着眼皮，静等这股劲缓过去。

"宋野枝，你的手臂怎么回事？"他将面含在嘴里，吐字不清，借机遮掩浓重的鼻音。

宋野枝吃面时把宽松的袖子挽起来了，手臂上有一条细长的划痕，不深，棕色，结了痂，有一小截自然脱落，露出粉粉的新肉。

宋野枝被转移了注意力，低头伸出手指摸了摸疤，说："走之前在胡同口遇到两只猫打架，都掉泥坑里了，就哄它们洗了个澡。我没经验，它们脾气又太暴，开头不太融洽。"

宋野枝说得很轻快，转了转手臂，像乳臭未干的小兵把伤痕当勋章在数。

"这里也有一条。不过后来陶叔来帮我，它们就乖了，但是洗完之后和我们一样讨厌吹风机，在院里到处躲那声音。"

易青巍"噌"地站起来，宋野枝不明所以地看向他。

他扯了一张纸，一边擦嘴一边径直朝卧室走去，气势汹汹。纸被捏成团，轻飘飘地落进垃圾桶里。

房间不大，易青巍一眼就看到了行李箱，在衣柜顶上，略一踮脚，拽下来打开，丢在地上。拉开衣柜门，衣服挂得很整齐，他拢紧一排衣架，都提出来，扔到床上。

宋野枝跟过去，站在门口问他："小叔，你做什么？"

做什么？不明显吗？

"打包，现在，跟我回去。"他嘴里说着话，手上未停，耐心地将衣服一件件拿下来叠好，放进行李箱。

宋野枝跑过去，拉他的手臂。力量悬殊，宋野枝索性挡在衣柜门前。

"我不回去。"

易青巍慢下来，最后停住，往下一丢，行李箱又满一些。

"原因。"

"没有。"

易青巍看着他，说："宋野枝，这一次，这两个字可混不过去。"

"我就是不想回去，要什么原因？"

"要的，否则你留不下来。"

"你让我走的时候，我可没找你要原因。"

"现在找，想要什么都给你。"

宋野枝眨了眨眼，错开交会的视线，没吭声。

"说不出来。"易青巍问，"在这儿有对象了？"

宋野枝又惊又怒，看向他，眼睛晶亮，急急反驳："不是。"

"哦。"易青巍点头，"那就是还没追到。"

"什……"

他看到易青巍眼里有稀疏的笑意，知道自己被耍了，气闷地扭过头去。

"告诉我为什么不愿意回去，说出来，我就不逼你。"

良久失言。

"宋野枝。"易青巍缓下声音来。

"嗯？"

两个人的声音都轻轻的。

"当年给你擦干眼泪登的机，上去之后有没有再哭？"

"没有。"

"离开的这些年，有没有夜夜好觉？"

"有的。"

"学没学会抽烟？"

"会了。"

易青巍低头，似笑非笑地问："你刚才说了几个谎？宋野枝，我发现你现在撒谎都不摸后颈了。"

宋野枝转了转，把手缩回去，背在身后，死命地握紧。

"在 L 市，有没有过喜欢的人？"

"没有。"

这句话是真话。

"净宅在化学实验室里了？"

"也不是。"

"这么久，这么多，一个也没有？"

"一个也没有。"

这句话也是真的。

宋野枝看着那双眼睛，想起了很多人。

易青巍笑了。

"你见过用新鲜的花枝装饰礼物盒的商家吗？"易青巍让他看柜子上的巧克力，又说，"那是我亲自去店里挑的，新的，鲜的，那一堆花里，就这一枝月季最完美。最好的蕊，最好的瓣，我一看就看上了，觉得它简直是照着你长的，用来向你道歉最好。"

宋野枝笑得有些凄然。他摇摇头，乞求道："小叔，算了，我不回去了。"

宋野枝靠在衣柜的木门上，睫毛湿润，眼睛闪亮，两腮泛红。

易青巍看了他许久，突然低声说："还哭。"

宋野枝闷闷地说："怪谁？"

"我有没有说过，别再轻易掉眼泪了？"

"怪谁？"宋野枝抬眼，泪水涟涟地瞪着他，比上一句话多了些凶狠的意味。

易青巍似是被他那副模样惊到了，愣了一会儿，随即笑起来。

"怪我。不回就不回吧。"他说，"宋野枝，那就在这儿等。"

第五章
他的山

吉姆被敲门声吵醒，裹着被子滚了一圈，伸出一只手掀开窗帘望向窗外，一片漆黑，再看看钟——凌晨三点。吉姆闭上眼睛，打了个哈欠，拖拖拉拉地下床去开门。

宋野枝站在门口，一身睡衣，精神抖擞，怀抱一盒巧克力，先道歉："对不起，这么晚……这么早把你叫醒。"

"没关系。"吉姆揉了揉眼，"这不是易送给你的礼物吗？"他哈欠不停，"如果打算丢给我处理，不必这么紧急。"

宋野枝摇了摇头，甚至把盒子抱得更紧。

吉姆说："你最好是有大事找我。"

宋野枝问："你知道怎么把花救活吗？"他说，"我打算上网查的，但是我们已经一个月没交网费了。"

"嗯……"吉姆撑着门框，一脸荒谬地看着他，"你……宋，现在是凌晨三点，九点我们还要去实验室，你把我叫醒，就为了问这个？"

事觉蹊跷，吉姆出了房间，在家里晃了一圈，问："易呢？"

"走了。"

"……"

吉姆又表情荒谬地问道："他，午夜十二点，把你叫醒，就为了送这个？"

宋野枝把盒子放到桌上，将花枝解下来，说："你快说，我感觉它撑不住了。"

"它迟早会枯萎的。"

"多活一分钟也好啊，你会吗？你有养花的朋友吗？"

"我的朋友不是和你的朋友差不多嘛。"

"哦。"宋野枝有些失落，盯着躺在桌面上的花，垂头丧气地问，"放冰箱冷冻层里会不会好一点儿？"

吉姆变聪明了一点儿，问："一朵花，有这么重要吗？"

"非常重要，这是我人生中的第一朵花。"

吉姆点头，表示理解。

"但是你毕业那天，我们家门口的垃圾箱里全是别人送你的花，还不少。"他说。

宋野枝赶紧制止他，说："它真的很完美，你过来看，每一片花瓣都是无瑕的。"

吉姆坐了下来，但不吃这套，他的脑子只有在火锅面前才会被宋野枝带着跑偏。

"易青巍是谁啊？"

宋野枝惊了惊，问："你知道他的名字？"

吉姆说："他告诉我的。他把你吵醒，你不但没生气，还给他煮了碗面。"

宋野枝说："他是我的小叔。"

吉姆有些摸不着头脑。

宋野枝回归正题，说道："你先别说那么多无关紧要的话，你有没有办法啊？"

"我有办法。"吉姆抱着脑袋，艳羡且自怜地出谋划策。

"什么？！"

"制成标本。"

宋野枝推开桌子跑向杂物储藏室，吉姆趿着拖鞋"噼里啪啦"地跟过去，两个人把所需的化学药品、容器、材料合力搬出来，围着一枝奄奄一息的花，鼓捣到天亮。

　

易槿今年四十岁，自过了三十五岁的大关后，就很少回独栋别墅住了。李乃域在公司附近买了一套小公寓，她们大多数时候待在那儿。

但易槿近两天都没去公司，也没回公寓，一直待在家里。易青巍从定点医院回来的那天，捱饬一会儿就说要出门办事，结果临近晚饭时，急匆匆地回了家一趟，留了句"我今天不回"的话之后就跑得不见人影了。

四十多个小时了，易青巍杳无音信。她誓要蹲到易青巍现身。

早晨，易槿还没洗漱，端着水杯在沙发上窝着。听见门被人在外面用钥匙打开，她赶紧翻身跪起来看，就见易青巍身上的西装皱皱巴巴的，眼圈青黑，下巴冒出胡楂，疲惫不堪地推门进来。

易槿看了一眼楼上，光脚走过去，把易青巍推出去，合上大门。

易青巍一被碰便晃悠，站不稳，扶着柱子，气若游丝："姐，你干吗？"

易槿怕吵醒易伟功，特意出来说，放开了声音问："易青巍，我是要问你干吗？"

他快三天没睡过一个好觉，光是坐在飞机上的时间，就超过二十四个小时了，时差极其混乱。不过此时听易槿这么生气，他强打起精神，似乎也没什么大碍。

"我怎么了？"他只在易槿面前用这招，嬉皮笑脸，装傻充愣。

"你去哪儿了？手机打不通，人也找不着。"易槿上手摸他的兜，搜他的身，"我看你这手机也没什么用，砸了算了。"

易青巍笑笑，干脆一把抱住易槿。他知道她担心坏了，道歉道："手机没电了，也没找到充电的东西。姐，我去 L 市了。"

易槿没穿鞋，连易青巍的肩膀都未及。但他就伏在她的肩头，闷闷地说话。

"小野回去了？"

"嗯，我去胡同里找他，他早就回 L 市了。"

"不应该啊。"

"应该。我之前还被困在医院里时，叫他走的。"

"你活该。"易槿又去揉自己捶过的地方，"你去找他，他说什么？"

"他说他不回来了。"

易槿顿了一下，思索道："那为什么他之前会什么也不顾地跑回来？"

"孩子说什么就是什么吧，除了迁就着还能怎么办？"这个话题易青巍不愿意再和亲姐多说，他问，"我什么时候能进去睡觉？回程没买着直达，还得转机，把我整得半死。"

易槿退开一步，瞪他道："还睡觉，等会儿爸爸起床，得再轰你一轮。"

易青巍一清二楚，说："哥哥回来，还有第三轮。所以让我眯一会儿，偷得几分钟是几分钟。"

易槿还恨恨的，骂道："我们仨干坐着等了你一晚上，没良心的。"

易青巍委屈道："我说了不回的嘛。"

易槿白他一眼，要放人时，反而被他拖住。

"怎么了？"

"等我睡一觉，晚上补那顿庆功饭。"

"行。"

"叫上宋叔和陶叔、哥哥嫂子一家，还有表哥表嫂一家。"

易槿头大，问："这么大阵仗？"

易青巍笑道："这一遭，好歹大家都算死里逃生。"

"可以，我一会儿去看看地方，在哪儿吃？"

"咱家。"

"李姨还没回来。"

"我做。"

"你吃还行，其余能做什么？"

易青巍无端想起宋野枝说自己擅厨艺。他柔柔地笑了起来，说："那你帮我。"

"我帮不了。"

易青巍不依："反正得在家里吃。"

"行，行，行。"易槿想起什么，"小欢与来不了，这里一稳定，她就回南方去了。"

"动作这么快？"

"对，跟那边有什么吸着她似的。其余人都能到。"

易青巍点头说："好。"

搭着易槿的肩进门，易青巍状似随意地问："我在医院这些天，爸爸身体怎么样？"

"就那一回发高烧，其他时候都好得很。"

易青巍点头。哦，高烧，多亏宋野枝在床前照顾。

"没我盯着，爸爸按时吃药了吗？"

易槿觉出些不对劲，扭头看向他，但看不出什么名堂，答道："一直在吃的呀，遵您医嘱。"

"行。"

到了房间，易青巍放开她，摆摆手，说："我先去睡了，帮我在爸爸那儿打会儿掩护。"

身体倦怠至极，精神却持续亢奋。

这种状态易青巍习以为常，应付得驾轻就熟。

光线过亮，他合上窗帘，戴上眼罩。总有细小的声音侵扰思维，他蒙上枕头，戴上耳塞，毫无效果，也无碍。

装备齐全的他陷在柔软的大床里，潜入孤静的世界，闭上眼睛。

他从不强制自己入睡。

入眠前，他想，难的时候要来了，好的日子也近了。

楼下渐渐热闹起来时，是下午五点。易焰一家最先到达，沈锦云家紧随其后，沈乐皆携着甘婷艺开车绕路，接上宋英军和陶国生一道来。

易青巍和易槿在厨房里研究菜品，一人捧着厚厚的食谱，另一人抱着笔记本电脑，苦思良久，之后对视一眼，两姐弟点点头，异口同声地建议："还是给酒店打电话吧。"

之后分工合作，易青巍给客厅众人添茶续果，易槿联系酒店经理订餐送菜。

自前几年沈建业脑出血去世后，易伟功和宋英军便聚得越来越频繁，每次都如久别重逢一般，加上陶国生，三个话篓子碰在一起，聊得热火朝天，其余小辈就成了背景板。

易青巍倒茶倒到一半，就被拎到书房，听了易焰的一通训。出来后，路过客厅，他连椅子带人将电视机前的易恩伍抬了起来，搁到沙发背后，说："离电视机远点儿，别才上初一就整副眼镜戴上。"

易恩伍刚摆脱小学生的身份，站在青春期的当口儿，想显得叛逆些，但在易青巍面前硬气不起来，只得点头说："好的，小叔。"

沈乐皆坐在沙发上看这叔侄俩，拍了拍自己旁边的位置，示意易青巍坐下来。

"你前几天去哪儿了？"

易青巍问："我姐找你了？"

沈乐皆看了一眼那边聊得开心的三个女人，说："找了，我们这一圈儿都找了一遍，但没人知道怎么回事。"

"我去找宋野枝了。"

沈乐皆至今不知内情，疑惑道："小野出什么事了？"

"没事，就是去看看。"

门铃响，是送餐的人到了，该摆桌吃饭了。易青巍起身去开门。

菜一盘一盘被端上桌，易青巍按住易伟功和宋英军递到嘴边的酒杯，指了指碗，说："您和宋叔先吃点儿饭菜再喝。"还不忘强调，"浅酌。"

易青巍先用公筷替他们备了菜，再去招待座上的其他人。放在以前，这档子事都是由易焰或易槿来做的，如今易青巍自然而然地接了手。

易伟功笑着感叹："我们老了，孩子们长大了。"

宋英军看着易青巍周到成熟的姿态，也说："对，长大了。"

"我听说小野又回去了？干吗呀？留在身边不好吗？我看小野那孩子可不像喜欢往外跑的。"

宋英军从鼻腔中舒了一口气，尽显老态。

"我也在想……"他改了话头，"但这次，确实是他自己提出要走的。"

"你肯定没留，只要你说一嘴，他肯定就不会走了。"

宋英军摇了摇头，端起酒敬了易伟功一下，说："儿孙自有儿孙福。"

酒酣耳热，酒足饭饱，即将罢筷之际，易青巍一只手握着酒瓶，一只手端着酒杯，从头走到尾，说着吉祥话和祝福语敬了所有人一杯。最后，他回到自己的位子，站在长桌边上，说："今天请大家来，还有另外一件事要说。"

易槿的筷子僵在半空。她看到易青巍昂首挺胸，眼中无限舒畅的模样，加上早上那番问话，隐隐猜到了他要做什么。

"小巍！"她急急地大声叫他。

易青巍笑了，继续说："这件事，不大，但也不小。"

席间众人已经完全静下来了，唯易恩伍还在埋头吃东西。

易青巍不疾不徐地说："我之前去找宋野枝，想让他回来。"

易恩伍不明白，这件事有什么可值得说的？他晃了晃筷子，说："我也喜欢小野哥哥，想让他赶紧回来陪我玩。"

林欣手忙脚乱地捂住儿子的嘴。

易青巍笑了笑，说："对，他讨很多人喜欢。"

易青巍看向宋英军，重复道："宋叔，这么多年了，您就让他回来吧。"

易伟功看了一眼身旁的好友。宋英军望着易青巍，不惊不怒，一脸怆然。

易伟功斥道："小野的事连他自己和你宋叔都没说话，轮到你做主了？"

"爸，我清楚。"易青巍说，"当年他不愿意走，是被强逼着送出去的。当时我眼睁睁地看着，都没想拦一拦，为这事，他这几年怄气，一丝音信都不愿意传回来。宋叔，您想的是为他好，可他根本是被'流放'了。宋野枝被当成一个小玩意儿，听话就可以安稳地待人手心里，不听话就被粗暴地丢得远远的。这次我去见他，见他长得很好，好得让人心痛。他一个人在无依无靠的异国从十八岁长到二十四岁，我每想一次就悔一次，悔我没为留下他说过一句话，悔他这六年不知受了多少罪才让自己长得这样好。宋叔，您呢？您怨过自己吗？怨自己待他比宋俊哥待他还心狠、不留情。"

易伟功看着易青巍，从没料到他会狂妄无礼到这个地步。易伟功一脸怒容地起身，蓄足力，一脚，结结实实地朝易青巍的胸口踢去。

易青巍没扛住，身子失衡，头撞到客厅拐角的石柱上，弹回易焰身上，眼睫半掩。

易槿几步上前，把陷入半昏迷状态的易青巍扶起来，叫上沈乐皆，将人抬上车，送医院去了。

门大敞着，苍老的易伟功孤身站着，看车远去，心气郁结，无端喘起气来，咳嗽不止。

几个儿媳马上拥上去，倒茶、抚背、拿药。

易伟功颤着声音，对来为他拍背的宋英军说："大军，刚才小巍那些话，你别——"

宋英军只是摇头，示意他不要再说。

他落寞道："老易，小巍那些话没说错，这些年我对自己说过无数类似的话，所以我很早就跟小野说过希望他回来……是他不愿意。这次，如果换小巍去讲，说不定——唉，算了，小野长大了，有他自己的考量，随他去吧。"

易青巍张了张嘴，说："别告诉宋野枝……"

接着他又说道："别去我上班的医院……"

"想不想吐？

"头晕得厉害吗？

"呼吸的时候胸口疼不疼？"

沈乐皆开车，易青巍横躺在后座上，上半身倚在易槿怀里。他视线涣散，很晕，带点儿困意，口齿不清地交代完这两句话后，再做不出其他回应。

"易青巍！"驾驶位上的沈乐皆时刻注意身后的情况，大喊他的名字。

易槿又拨开他的头发，去找刚才被撞到的地方。她手一直抖，位置也没找准。她放弃了，转而专心抱紧易青巍。

"没事，没事，到医院就好了。"她不断安慰道。

病房屋顶低矮，像要坠下来，压弯人的脊梁。还好一旁有挂满吊瓶的铁架戳着，充当参照物，丈量高度。

"易青巍？"

他转了转眼珠，看向坐在床边表情严肃的易槿，意识回笼，渐渐清明。

"姐。"

"感觉怎么样？有没有好些？"

没有。身体里像住了两个装修队，一个在脑子里，一个在胸腹中，偶尔拉锯子，偶尔敲大锤，疼得很热闹。

"还好。"

易槿嘴角一沉，人才醒就兴师问罪道："除了去年，你什么时候又胃出血了？还瞒着我！"

哦，他进医院，一检查，新老毛病全暴露了。

"都好了。"他说。

"上次得过之后我是不是给你下了死令？"

"不……是在那之前就有过一次了……"

易槿无言以对，气闷了好一会儿。

"你太冲动了。"她说，"有什么话不能好好谈？至少不必到你躺在医院里的地步。"

他仰头看了看吊瓶，又低眉看了看手背上的针管，问："这几瓶，要全输完？"

"连这你也等不了了？"

易槿只是冷嘲，却说中了易青巍的心思，他乖乖闭上嘴。

易槿说："住院，一个星期起底。"

不可能。

他忍不住说道："我觉得……"

沈乐皆提着盒饭推门进来。

易青巍警觉道："现在几点了？"

"你躺了一天。"

易槿用眼神压住他要掀被子的手，易青巍看了一眼沈乐皆。沈乐皆摇了摇头，表示无能为力，开始解袋子拿饭。

"爸爸怎么样？"易青巍问。

"在家。"

"吊完这瓶水，我回去看看爸爸吧。"易青巍掂量。

"回去再讨一顿打？"易槿说，"你消停会儿，你这一个星期就别想出医院门。"

"我要去接宋野枝回来。我走之前叫宋野枝等我，这次，我不能再晚了。"他说。

易伟功一个人在家。他将笔记本电脑放到客厅茶几上，在沙发上坐好，戴上老花镜，弯腰伸手在键盘上一下一下敲字。听到开门声，他头也没回，问道："小李，来帮我看看，这网页怎么又打不开了？"

易青巍没换鞋，走近，弯下腰帮他看电脑，吓了易伟功一跳。

"你怎么在这儿？"

"医生说没什么事，我就出院了。"

易青巍手指一点，屏幕上的小圆圈转了一会儿，浏览页弹了出来。他看着横框里的搜索词条，尽量控制住自己的面部表情，轻咳一声，说："好了。"

易伟功假装不慌不忙地把笔记本电脑合上。

父子俩坐在一起，半晌无言。

"到底是真的没事，还是忙着出来要干点儿什么事？"

"来见您。"易青巍如实说，"然后去找宋野枝。"

易伟功觑他一眼，问："现在还疼吗？"

易青巍揉了揉小腹，笑道："不疼。"

"你妈妈要是知道这事，肯定该怪我了。但是，自己的儿子总不能等旁人来训。你再为小野不平，也不该当着你宋叔的面说那些诛心的话。"

易青巍说："对，我该受的。"

易伟力看了看易青巍没换的鞋，知道他等不及，慢慢起身，摆手赶人："赶紧走吧。"

易青巍捏紧的拳头暗自松下来，他不禁露了笑容，问："这么简单？"

"简单？"

"不……也不……"

"去吧。"

易青巍马上起来往房间走去，去拿证件。

"你别急，注意安全。"

"好。"

易伟功虽站起来了，却也觉得无处可去，又重新坐下，看易青巍下楼跟他道别，还算矜持，但难掩开心。

这条街，自来到 L 市，宋野枝每天至少要走两遍。平日里低着头他也晓得路过的店是开是关，闭着眼也知道脚下的砖是红是绿。小广场上常来的白鸽也面熟，翅膀有黑羽的那一只尤其亲近人。

不过，再陈旧的路，他也走得出新意。

例如，现在是凌晨三点，它的面貌变得陌生。

实验室新来的博士生一个疏忽，弄错了数据，害怕拖累整组的进度，准备通宵达旦地进行矫正。宋野枝注意到了，留下来帮他梳理查阅。两个人埋头忙了一整晚，收尾时已近三点，好歹还可以回家休息几个小时。

墨色浸透了天，流到地面的城市里来。细高的路灯忽明忽暗，不如没有。光线不充足，角落暗处许多东西就成了匍匐的怪物。

寂静的昏暗环境中，宋野枝睁大眼睛观四面，竖起耳朵听八方，生怕巧遇醉汉和半夜不睡觉的流浪狗。他穿的是简单的 T 恤，双手只得垂在外面，安全感又降低了一点儿。

一路提防着，安稳来到楼下，他略松了一口气。接着，他便听到阵阵急促下楼的脚步声，由远及近。宋野枝退到一边，低着头让人先走。

黑影迅速掠过他，冲进夜色，是宋野枝来时的方向。

宋野枝抬眸扫了一眼，黑色的衣服与夜色相混，连大概的轮廓也难以捕捉。他回过头，不再看对方，抬脚准备上阶梯时，却听见那人又回来了，速度渐慢。他察觉到，那人正朝自己走来。

什么啊……

宋野枝背对着他，猜不准来者是善是恶。他攥紧手机，没想好该不该跑。

"宋野枝。"

低沉的男声响起来，宋野枝脑袋"嗡"一下，心里又是一句：什么啊……

他转过身，就见易青巍站在他面前，微微喘着气。

从易青巍离开的那个凌晨，到这个凌晨，相隔不过四天而已。

那时他叫自己等他，宋野枝以为这一次又要等很久。

"为什么都是在凌晨见到你？"他问。

其实不是问句，他只是不由自主地喃喃说出了口。

总感觉像在做梦。

"怪我，想早些来，就忘了时间。"易青巍说。

宋野枝意识到自己这短短几天来建设的心理防线不稳固，难以抵抗，便没有接话，扭头往楼上走去。发现易青巍没有跟上来，他又停下，在高处回身等着。

易青巍一直在看他，见他果然乖乖驻足的模样，笑了笑，随即提脚跟过去。

三楼，宋野枝找出钥匙，轻手轻脚地打开门，房子里静悄悄的。易青巍跟进去，"砰"一下关门，"啪"一下开灯。

宋野枝回头看他。

易青巍还在止不住地笑，问："怎么了？Jim是醒的。"

话音落地，吉姆适时打开房间门，说："是的，但是马上要睡了，祝你们晚安哟！"

"晚安。"易青巍点头应道。

宋野枝去厨房，找出烧水壶，接水。易青巍清楚他的习惯，知道这水只可能是烧给自己的。

"我也不喜欢喝热水。"

宋野枝说："我知道，暖一暖。"

开了灯他才发现，易青巍的嘴唇有些苍白，脸色很差，并不好看。

几分钟后，宋野枝执着地为他端来水，易青巍怕杯子不隔热，只好立即拿过，虚虚抿了一口，趁宋野枝不注意，撂到桌上不再管。

而后，他像领导视察似的转到宋野枝的卧室里，首先打开衣柜，嗅了一会儿，说："没有香水味儿了。"

宋野枝在关窗户，拉窗帘，闻声回头。

"对，我换了。"

易青巍不甚在意，若无其事道："哦。"

"我刚才一进门，Jim 就拉我去看了你连夜做的标本，很漂亮。"他夸道。

宋野枝："……"

在两个人同时静默的一瞬间，灯灭了。

宋野枝拿出手机，点开手电筒，镇定道："这里的供电一向这样。"

这回轮到易青巍不说话了。

易青巍平息下来，顺势伸臂，门悠悠合上，发出"咔嗒"一声响。

"刚才在楼下被吓到了，是不是？"

"你刚才，是要去找我吗？"宋野枝问。

"是，太晚了，不安全。"

易青巍像是累极了。

"宋野枝，你别怪我了，好不好？"

凌晨六点，宋野枝惊醒。

一室静谧。未等他去寻人，一个温暖的声音已经从床尾传来。

"做噩梦了？"

"小叔。"宋野枝缓缓闭上眼睛，轻轻地叫他。

"嗯。"

"你没有睡觉吗？"

"我又不用早起去实验室。"

宋野枝笑出来，声音沙哑地问："那你在干吗？"

易青巍也笑，回说："等你醒来啊。"

他低头看了宋野枝几眼，说："再睡会儿，八点叫你。"

宋野枝摇头，头发和衣服摩擦，发出"沙沙"的声音，随后缩进被子里。

易青巍问："是不是胖了？"

"有一段时间，嘴里要时时刻刻嚼着东西才能好受些。"宋野枝说。

易青巍的心脏跳得更重了一点儿。

宋野枝说的这种症状，是抓心挠肺、无法缓解的焦虑情绪，是病。

"但我也在锻炼。"他顿了顿，又说，"可是整天待在实验室里，没那么多空闲时间。"

"以前瘦成皮包骨，现在有些肉了。"

"你还留着那张纸吗？"易青巍忽然问。

"没了，撕碎丢了。"

"你肯定不会丢，找出来我看看。"

"丢了。"

"真的？"

"真的。"

易青巍作势要找，嘴里说道："好，宋野枝，我要是找到的话，你就惨了。"

宋野枝赶紧拦他。

"好啦，我去拿。"

"我帮你开灯。"

"不要开。"宋野枝站在床头，回头，表情有些凶。

易青巍忍着笑，算是应了。

宋野枝在书柜前蹲着摸索了一阵后，手指夹着一小张展平的白纸回来，打开灯，在易青巍面前摊开。

易青巍将宋野枝手里的字条接过去，认认真真地看。

易青巍说："我来请罪了，原谅我，好不好？"

宋野枝听完这话，愣愣的，用圆润的指甲盖去划那几个字，不住地将平那张纸，半晌没说话。

宋野枝小声说道："你要永远平平安安的。"

"我也藏了一张你写给我的字条。"易青巍说。

宋野枝想了想，直起腰来，十分确定道："我没有给你写过字条。"

"写过的，我也把它放在我的卧室里的书柜上了，下次你去，我给你看。"

下次去。

"大家都很喜欢你，都很想你，易恩伍也说很想你。"

"真的？"

"真的。"

二人笑得躺倒，宋野枝尚存理智，拍他的肩，含混不清地喊："纸！把我的纸压皱了！"

易青巍略抬身，留出一点儿空间来，叹了一口气，说："那是我的纸。"

宋野枝却说："你给了我，就是我的。"随后走到书柜边，末了又转头看他，"你躺回去，别看我。"

"怎么？不让看哪？"

宋野枝不答了，趁易青巍说话的工夫，用身子挡着，要把字条放回去。

易青巍站起来，稍一伸头，就把宋野枝面前的箱子和箱子里的东西看了个全。他探头找了半天拖鞋，没见着，就光着脚走到宋野枝身边去，在宋野枝面前蹲了下来。

宋野枝把箱子藏到身后，像只护食的小动物。

"白搭，我都看见了。"易青巍说。

"你当没看见吧，好丢人。"

易青巍闷头笑。

"小叔。"

"好，对不起。"易青巍说，"对不起，我太开心了。"

易青巍把箱子搬去床上，两个人围着它看。

"小叔，箱子很脏的。"

"没事，不脏。"

"你的洁癖呢？"

"看完就把床单换了。"

宋野枝点头，反正自己要去上班，只能易青巍换。

"这两支钢笔是怎么回事？"

"一支是你送我的。"

"我知道，另一支呢？"易青巍已经把它们拆开。

"你记得我那次去你家还书吗？"宋野枝补充细节信息，"还带了巧克力，你和小姑在做泡芙。"

"记得。"

"钢笔是我在路上买的，结果没能送出手。小姑聊你高中的事，我的礼物和喜欢你的那女孩儿的撞了。"

另一边，易青巍搜罗出另一张字条，念出来，边念边笑："二月一日，赠予易青巍——失败。"

有些羞耻，宋野枝去捂易青巍的嘴巴，够不着，就转而捂自己的耳朵。

念完，易青巍反而正经了，叫道："宋野枝。"

"嗯？"

"你太可爱了。我可以看日记吗？"

"不了吧。"

"看看嘛。"

"小叔。"

"好，好，不看。"

物件不多，很杂，被一一拿起来，把两个人扯进久远的岁月，溺着出不来。

天边，朝阳把云染得红透了。还剩最后一样东西，被压在箱底，易青巍小心翼翼地把它拿了出来。那是一幅画，淡彩手绘。

天空有雪，院中有枯木，地面有些许覆雪的落叶，两扇棕色木门敞着，一个男人站在门边，眉眼温润，身穿灰色大衣，手中是一柄黑色长伞。那人的腰直挺，姿态从容，任衣摆和围巾随风翻飞。衣物沾了星点莹白的雪，黑伞半拢。

身后，院外，天边，是一座座绵延巍峨的山，也是灰色基调里唯一鲜亮而柔和的绿色。

北方的冬天没有翠绿的风景。

宋野枝画的是他一生中见过的最好的山。

"这本来也是打算送给你的，小叔。"

"后来呢？"

"我又晚了一步，于施莹姐姐送了你一幅。"

易青巍手抚着画，随宋野枝勾勒的线条起伏，目光和心绪都沉静下来。

"那时候，其实我一进门，你就抬头悄悄看我了，对不对？"

"看了。"

"什么时候画的？"

"第一个学期，临开学那几天。"

"宋野枝，画的时候你在想什么？"

"我不知道。"宋野枝说，"但我忘不了，一提笔，永远是那一幕。"

易青巍用手臂挡着眼睛，笑着软软倒下去，轻薄的绒被接住他，也是软软的，像夏天正飘着的云，也像冬天已落地的雪。

第六章
归来

"困吗？"易青巍问。

"你困吗？"宋野枝问。

"我不困。"

"我也不困。"

时间到了，吉姆已经起床，在客厅里走动。

"给你提个建议。"

"什么？"

"请个假吧，留下来。觉也没怎么睡，累不累？"

这个凌晨没有荒废。他们一直在絮絮地聊天，站着，坐着，躺着，嘴里时时刻刻有话。

快天亮时，宋野枝才睡觉，这一个小时的觉宋野枝也没睡好，全是梦。

宋野枝听了易青巍的建议，没立即回话，就只看着他。

易青巍笑他，问："真的在考虑？"

宋野枝也笑他，说："你的这个建议像一个小孩子提的。我请假的话，教授和同事都会很头疼。"

这种话，宋野枝只会对易青巍说。如果人类有尾巴，此时他的必然是难得骄矜地扬了起来，对着易青巍轻摆慢摇，是将自己打理得很好的优秀学生在讨表扬。

他看向床头柜上的羊头项链，自刚才拿出来，就没再放回箱子里。他伸手拿过来，戴在细颈上，扣紧。

易青巍催促道："再不起床就来不及了。"

"你呢？"

"我？"易青巍说，"我在家等你啊。"

宋野枝笑了。

他抿着嘴唇，下巴变得更尖，眼睛弯弯，眼尾处上下睫毛碰在一起，漂亮的卧蚕变得更明显，无声而生动。

"宋野枝。"

"嗯？"

"要不要我去接你下班？"易青巍这样说。

"像以前接我下课一样？"

"对，要吗？"

"好啊。"

宋野枝又笑起来，咧开嘴，露出小尖牙。

L市很少见到太阳，偏偏今天有。

宋野枝去草草冲了个澡，头发半干，站在衣柜前挑衣服，一件一件选出来。

"小叔，你再多睡一会儿。"

"嗯。"

易青巍直直躺在床上，双臂交叉垫在脑后，垂下眼睫，遮了一部分正面窗户打来的阳光。

"睡醒之后，冰箱里有吃的，热一下就好。"

"嗯。"

"如果想吃更好的，楼下有餐厅。"

"嗯。"

宋野枝换完衣服，将脱下的睡衣丢到床上，向床头走去，蹲下翻找出门要带的东西。

"拖鞋、牙刷，还有浴衣，都有新的，就在卫生间里，我都给你拿出来了。"

"嗯。"

易青巍的目光跟着他走，姿势没变，头却偏过去了。

他近在眼前。

宋野枝也歪过头去看他，说："你是不是只会说'嗯'了？"

"嗯。"

宋野枝笑着朝他仰了仰下巴，说："那我走啦。"

"嗯。"

两个人都这样说，两个人都没动。

"小叔，我真走了。"

易青巍笑道："好了，去吧，晚上见。"

吉姆和宋野枝一同走了，剩易青巍一个人，房子归于寂然。

易青巍从包里翻出一口袋的药，一粒一粒按种类和用量挑出来，积了一掌心，去厨房倒了一杯热水。等水转凉的时间，他在房子里逛，如参观展厅。

屋子整洁干净，窗户也一尘不染，应该有定期请家政工。客厅里只有一张长沙发，旁边零散地摆着布制矮凳，底下是毛绒地毯，周围散落着一些书，易青巍捡起来看，全是论文期刊。

最后他来到书房，有一个大书柜，里头没什么书，全是奖杯和相框。

易青巍放下水，将奖杯拿下来看，一些是宋野枝的，一些是吉姆的。

还有相框。一部分是毕业照，一部分是聚餐时的合影，一部分是得奖后的合影留念，还有宋野枝的单人照，实验室里、演讲台上、球场上、社区里、救助站里……全部记载了他走过的路。

宋野枝以前不是爱拍照的人。

易青巍看了很久，最后把它们全部归回原位，轻手轻脚，小心翼翼。

宋野枝从研究所出来，天空是粉紫色的，夜晚临近。

门口的路灯下站着一个英俊的亚洲男人，面容陌生，气质温雅，像是在等人。下班的男男女女频频回头张望，一会儿打量他，一会儿在自己的同事里找人，看看这位到底是来找谁的。

宋野枝顺着人潮出来，然后脱离人潮，跑向易青巍。

易青巍把搭在手臂上的外套拿下来。他临出门前从衣柜里挑了带来的，要给宋野枝穿上。

"晚上风大。"

宋野枝听话地穿上了，向易青巍抱怨，说了一连串不带喘气的："我出来得好急，不小心把试管弄脏了，又得返回去洗一遍，不然我一定是第一个看见你的人。"

易青巍一直低着头，他听了一会儿，看宋野枝将纽扣一颗颗系好了，他却还不肯抬头。

易青巍问："要不要焐焐手？"

"好啊。"宋野枝眨了眨眼，点了一下头，答应完，又连着点了几下。

粉色的暖手宝刚被递过去，就有眼尖且好事的人上来攀谈，问今天的工作是否顺利，问稍后的晚餐如何打算，绕来绕去，终于表明目的，问道："宋，这位是……"

宋野枝没有回答，看向易青巍。

易青巍心里好笑，向来人绅士地点头，说："你好，我是他的家人。"

因为吉姆在家，易青巍不同意宋野枝提议的在家做饭，于是他们找了个餐厅，吃了牛排。

欢声笑语间，有刀叉相撞声，还有悠扬的小提琴声。

餐厅划出了一小块圆台，有艺人在上面表演。

宋野枝时不时抬眼去望，易青巍注意到了。

"长得比我好看吗？"

宋野枝笑着摇头道："拉得有我好听吗？"

易青巍总算有所体会，说道："我们好幼稚。"

宋野枝切下一小块牛肉，说："我只是觉得好像缺了一架钢琴。"

易青巍将宋野枝盘里的牛肉叉过来，点头说："对，没有什么能比钢琴更配小提琴。"

宋野枝又朝他傻傻地笑。

后来，出了餐厅，易青巍拉着宋野枝坐上红色的双层巴士，上面几乎没有人。

宋野枝问他要去哪儿，易青巍说看司机的心情吧。

"转完一圈我们就回家睡觉好吗？"

"困了？"

"现在还没有。"

他们并排而坐，隔得很近，像两株植物，挤在一个盆栽里，长在了一起。

巴士来到河边，路过大教堂，路过塔桥。

"要不要下去？"易青巍低声问。

宋野枝摇头。

他不想离开，他甚至希望巴士不要停站，永远开下去。

上层的视野开阔，地面一串串灯亮起，像另一条璀璨的河。

"冷吗？"

"你冷吗？"

"我不冷。"

"我有点儿。"。

宋野枝拉上外套的帽子，鼻尖泛红，眼眶盈水，被风吹得半眯着眼，看起来温良无害。

巴士不停歇，风也未停留。

L市的夜景好漂亮。

飞机撞进云层里，升起遮光板，外面是大片大片的白色的云。不远处就是太阳，不及在地面观望时宏伟，很简单的一轮橙黄色的落日，显得虚弱。光在似棉的云上铺开，渲染得金灿灿的一片。

宋野枝那么喜欢云和天空，见过这样的景象吗，看到的时候睁大眼睛惊叹了吗？易青巍想。

可惜没有相机，易青巍又想。

"易先生，您需要毯子吗？"

"谢谢，不用。"

直飞往返的航班很少，易青巍七月份往L市跑了三次，已经在空乘那里混了个脸熟。

宋野枝和接机的人站在一起，大多数人举着样式张扬的牌子，用鲜艳的颜料涂写名字和接机标语。他想了想自己下次也这样高调地来接易青巍的场景，可能在易青巍那儿得归为整蛊一类吧。

宋野枝笑了笑。

易青巍过了海关，从通道里走出来，越过弯弯绕绕的栏杆。宋野枝一直盯着他。

近了，易青巍注意到他手里的电脑包。

"直接从研究所过来的？"

"对。"宋野枝点头，对他弯起眼睛。

易青巍低了点儿身子，接过包。

"不是让你乖乖在家里等就行了吗？"

易青巍没有认真问罪，宋野枝也没有认真回答。

宋野枝胡扯道："我也想，但顺路，就来了。"

到了家楼下，他们下车，先去超市里逛了一圈。宋野枝的"主战区"是生鲜区，毕竟他主管厨房，这时宋野枝说什么就是什么。到了零食区，他就失去了话语权，每拿一样都得过易青巍的眼，毕竟易青巍主管他：控糖，控盐，控垃圾食品。

"控来控去就没有零嘴可以吃了。"

易青巍给他拿了几瓶罐头。

宋野枝不满意。

"想吃硬的。"

易青巍扫了他一眼，宋野枝的眼睛正盯着蚕豆和薯片不放。易青巍咬着牙笑了一下，又勉强为那人多拿了几包膨化食品。

易青巍在前，推着手推车往收银台的方向走着，宋野枝跟在后面念叨再加一点儿这个吧、再添一下那个吧，全被易青巍自动屏蔽了。

两个人提着四个大袋子爬了几层楼，站在家门口，宋野枝费力地找着钥匙。

易青巍说："敲门吧。"

"没人在家啊，吉姆这个周末去他妈妈那儿了。"

看他从电脑包隐蔽的夹层里翻出一把小小的银色钥匙开了门，易青巍一边弯腰将袋子往家里运，一边说："宋野枝，我早就想说了，你的钥匙好简陋。学一学赵欢与，挂些花哨的小物件上去，显眼，也好携带。"

"简陋才好携带。"宋野枝反驳。

易青巍瞬间被说服，应道："好像也对。"

他又说："总之挂点儿东西嘛，孤零零的，好可怜。"

宋野枝问："小叔，你的很豪华吗？"

"比你的好点儿。"

"你还真用挂件了？"

"没有。"

"我看看。"

"不给。"

"小叔，看看嘛，我学习一下。"

将最后一袋东西提进屋，宋野枝要去搜他的兜，易青巍用脚把门带上，伸胳膊挡却没挡住，到底让人得手了。

"半斤对八两。"宋野枝说。

"宋野枝，你就是欠揍。"易青巍说。

宋野枝摇头，摇得不管不顾，把易青巍逗笑了。

等到宋野枝起灶做饭时，已经是晚上七点多，厨房里需要开灯才能有些光亮了。

宋野枝将袋子里的东西分类放进冰箱，易青巍要插手，被他拦住了。易青巍只好端着水杯在旁边看，时不时插两句嘴。

宋野枝在案板前提刀备料，易青巍就在碗池前洗菜。宋野枝站在灶前炒菜，易青巍就替他拿围裙。

锅里正在煎鸡蛋，油"刺啦"响。

"我今天在天上也看到了荷包蛋。"易青巍想起来，跟他说。

"航班的餐变了？"

易青巍说："不是。我在机舱里，看到了太阳，在正中央，被一片云围着，当时就觉得好像荷包蛋啊。"

宋野枝被逗乐了，头向后仰，哈哈大笑，眼睛眯成缝，声音清脆爽朗。

易青巍被他感染了，一边想笑，一边又有点儿恼："有什么好笑的？"

宋野枝拧小了火，笑得没什么力气，直摆手。

"真的很像嘛。"易青巍说。

"好，好。"

"不许笑了。"

"好，好，好。"

"还笑。"

"不行，我不行，再给我几分钟。"

两个人一会儿闹开，一会儿斗嘴，一会儿又笑到一处，原本就不大的厨房变得更拥挤。为了油烟味不飘到客厅，他们关上了门，笑闹声也一同被关住了，在窄小的空间里飘来荡去，困着，存着，不消只长。

吃过饭，易青巍趁宋野枝洗澡的时候把锅碗刷干净了。宋野枝看着空空如也的池子，呆了几秒，转而去冰箱里拿水果。

等两个人都洗漱完了，宋野枝端着果盘，易青巍端着笔记本电脑。

宋野枝叉了一块苹果，问："明天几点的飞机啊？"

易青巍目光不离电脑，答道："下午六点，可以一起吃饭。"

易青巍每次来，最多只能待两天，留宿一晚，吃三顿饭。

宋野枝问："你每周这样往返，不累吧？"

易青巍咬着苹果，转头看了他一眼，说："听起来你还挺美。"

宋野枝抿着嘴笑，问："还差多少写完？"

"一点儿，困了吗？"

"不困。"宋野枝说，"我之前本来想学医，爷爷没允许我填。不然，现在这报告，我也能替你写，然后你睡觉。"

易青巍说:"差不多写完了,你先睡。"

宋野枝轻轻地说:"没关系,我陪你一会儿。爷爷昨天打电话给我了。"

"宋叔还是我爸?"

"宋叔。"宋野枝这样叫。

易青巍笑道:"说什么?"

"说要给我寄卤羊肉过来。"

宋野枝告诉易青巍,是想说卤羊肉在 L 市也能买到,寄来寄去,麻烦不说,邮费都比羊肉贵了。

谁知易青巍回:"嗯,下次叫我,我带过来。"

宋野枝:"……"

行吧。

"还有卤牛肉。"

"好。"

"卤鸭肉。"

"行。"

"卤鸡肉。"

说着说着就开始不着边际,易青巍察觉到了,问:"再卤个你,要不要?"

宋野枝笑道:"欢与有没有和你联系呀?"

"最近没有。"

"她也没理我。"

"忙吧,最近要忙着把入境旅游救活。"

"好吧。乐皆哥呢?"

"时不时就能见到。怎么了?"

"他和那个,甘婷艺嫂子还好吗?"

易青巍觉得宋野枝可能是无聊了，也陪着无聊地回道："应该吧，回头替你问候一下他们的感情生活。"

"还……还是别了吧。"

二人有一搭没一搭地聊着，易青巍将邮件发送成功后，查了些东西，有几分钟没听到宋野枝的声音了，转脸去看人，见他已经睡着了。易青巍轻轻放好笔记本电脑，拧灭床头小灯，准备离开房间。

宋野枝睡得不沉，迷迷糊糊地半睁开眼，声音软软的，叫道："小叔……"

"在呢，好好睡吧，晚安。"

"小叔晚安。"

半夜，宋野枝被憋醒，因为睡前水果吃得太多。

他轻轻下床，蹑手蹑脚地走去卫生间，回来时不小心碰到了床头的电脑。易青巍之前忘记关机，电脑一触即亮。

宋野枝连忙凑近，用手去挡光，屏幕上是一个英文界面，他瞥了一眼，是 L 市各个医院的资料，还有详尽的申请和录取的条件。

易青巍想做什么？

自见第一面以后，易青巍再没说过想要宋野枝回国的话。

残存的睡意瞬间跑光。

宋野枝关了电脑，重新爬回床上。

他越发清醒，始终睡不着。

宋野枝摸出枕头底下的手机，翻看和吉姆、同事以及教授的短信记录，一条一条看了个遍。这段时间，宋野枝一直在和他们讨论如何才能加快项目的进度，任务再繁重也没关系，宋野枝能把它们全承接下来，得些心安。

可还是不够快啊。

怎么办？

他睁着眼，结果等来了 L 市的夜雨，很小，很温柔，落在窗台上。

每当下雨，他就会格外思念易青巍。

即使此时易青巍就在这儿，也不例外。

小叔，再在原地等等我。

八月三日，下午一点二十三分。

这实在是再寻常不过的一个下午。

卧室里，床上的衣服七零八落，地上的塑料袋被风揉得脆响。易青巍双手叉腰，站在一边，凝视空了大半的衣柜。

八月四日是宋野枝的生日。易青巍瞒着人订了机票，没几个小时就要出发。作为惊喜，他想穿得好看些，不用过分隆重，但要足够精致，因此挑得愁眉不展。

他寻思了一会儿，想着要不打电话给宋野枝，问问宋野枝明天打算穿什么，他依着宋野枝的搭配挑得了。

易青巍马上转身找手机，拿到手里，才反应过来 L 市正是凌晨。

他将手机抛回枕头边，在房间里转了转，把塑料袋扔进垃圾桶，半路注意到窗台上目光呆滞的紫色小熊，一道带上，放至阳台上，让它见见太阳。

手机"嗡嗡"振动起来，有人来电。

易青巍有些不愿去看手机，医院那边他是跟同事调好了班的，总怕这时候出差错和意外。他跪到床上瞟屏幕，见是陌生号码，这才松了一口气。

"您好，请问是易先生吗？"

"是的，您哪位？"

"您的钢琴我们送到门口了，敲门没人应啊，您在家吗？"

"钢琴？我没买钢琴。"易青巍说。

"是另一位易先生买的，他下了单，说了地址，让我们务必送到家。"

另一位易先生？易焰？

易青巍家已经有一架钢琴摆在楼下偏厅里了，一年都难得碰一次，他不知道他哥平白无故又添一架做什么。

"行，麻烦等一下，我下楼给您开门。"

门外停着一辆小卡车，几个人穿着蓝色工服，把钢琴从货厢里往外运。钢琴被棉布包得严严实实，不见真身。

"您看一下，哪儿方便放？"

易青巍侧着身子让他们先进门，想了一下，说："客厅？"

为首的那个男人说："易先生让我们问问您，可不可以放卧室？"

"卧室？我的卧室？"

"这钢琴是您弹吗？"

"是吧……"

"那就是您的卧室，他是送给您的。"

"行，先搬上去吧。"

把棉布和钢琴套一层层卸下来，易青巍才发现这是一架很有分量的钢琴，价格不低。

他这哥哥出手也算是阔绰。

"您检查一下，没什么问题的话，我们就走了。"

"好，没事，谢谢，辛苦了。"

等人走完，易青巍清理完残余的垃圾，洗干净手，才来到房间，挪开椅子，站在钢琴前。饰面的纹路很罕见，独特又漂亮，棕色的木材不显暗沉，只要沾得一点儿光亮，便流光溢彩。边边角角，无一处不透出华贵的美，雍容大气。

指头碰上去，像在抚摩上好的羊脂玉。

易青巍见识过的好东西不少，此时也被勾得手痒，坐下来试音色，手指落下，第一声是沉重的呜呜，既清，又纯，像被迎面泼了一勺澄澈的水，激得他头皮发麻。

音比貌美。

易青巍跳去床上，拨电话给易焰。

"哥，钢琴到了，我刚才试了一下，无论哪一项，都太完美了。"

易焰被埋在文件堆里，昏昏沉沉道："什么钢琴？"

易青巍无语了几秒，说："难不成是爸买的？他和宋叔都游山玩水去了还想着我呢？"

易焰说："你问问呗，他那个想让儿子当个钢琴演奏家的梦想是不是还没破灭？"

楼下有细碎的声音，易青巍慢腾腾地从床上爬起来往外走，手机还搁在耳边，说："行，不过不太像爸爸的风格，这个钢琴太……"

他出了房间，站在走廊上，正对着楼下大门。

易焰还在等易青巍的下文，却突然被挂了电话，听筒里传来忙音。

这边，易青巍看见宋野枝站在楼下，轻轻合上门，背着手，清爽利落，抬起干净的脸朝自己笑。

上一次，很久之前，易青巍也是站在这个位置，目睹宋野枝离开，现在则毫无预兆地迎接他回来。

易青巍顿时僵在那里，握着手机，手脚不知该往何处摆，胸腔里涌上充盈的情绪，也不知该往何处排遣。

手肘搭上雕栏扶手，小臂软软地垂在外面。他想开口，却发现无话可说，不自觉笑出来，头低下去，手指虚抵着额头，脸掩在臂弯里，弓背，肩膀抖动，连连摇头，大笑开怀。

宋野枝，好一个易先生。

宋野枝一直在看他，也咧嘴，露出一排整齐糯白的牙齿，陪着不停地笑。

易青巍没起身，以半趴在栏杆上的姿势垂眼看他，又瞬间抿着笑将头往旁边扭，摸了一下下巴，捂了一下脸，挠了一把头发，才伸手指了指，问他。

"手里是什么？"

宋野枝晃了晃袋子，提起来给他看，说："烤鸭，路过的时候觉得好香，就买了。你吃午饭了吗？"

"没吃。你先上来。"

"烤鸭呢？"

"丢那儿。你先上来。"

"我的拖鞋还在吗？"

没有第三遍。

易青巍舔了舔上腭，提步下楼。

到了跟前，不等宋野枝说什么，易青巍将人拎起来。宋野枝脱了一半的鞋晃晃悠悠地落地，易青巍屈膝捡起来，一只手箍人，一手只钩鞋，一步一步拾级而上。

宋野枝被放下来后，环视一周，问："小叔，你这满床的衣服是要干吗？去走秀吗？"

"累不累？"

宋野枝摇头说道："不累，在飞机上睡得可好了。"

"哪儿来的钥匙？"

"那年寒假，我没还。"宋野枝说，"还好你家的锁没换。"

"不然？"

宋野枝笑得看不见眼睛，答道："不然还要麻烦你下来给我开门。"

易青巍说："进来了不也一直站那儿，就等我去收拾你，是不是？"

"不是……"

易青巍开始回答他的问题："我订了机票，飞 L 市，下午走，到时候你一个人待在这儿吧。"

"我比你先，我赢了。"

"钢琴是什么？"

"见面礼。"

"易先生？"易青巍歪头，问得漫不经心。

"好吗？"宋野枝问的是钢琴。

"好。"易青巍说的是易先生。

"让我看看。"

"还非要放我的卧室里。"

"称。"

"宋野枝，你什么时候改姓易了？"

"我又不傻，说宋先生肯定会露馅儿。"

"你不傻？没人比你更傻了。"易青巍说，"回来做什么？"

"赵欢与说，过几天是同学会，大家都得去。"

"高中？"

宋野枝说道："我小学、初中、大学……也没在这儿读啊。"

"几天？"

"不清楚。"

"没带行李？"

宋野枝刚从胡同那边转了一圈才过来的，还在骗易青巍："没有。"

"假又变得好请了？"

语气有点儿酸——易青巍去 L 市几次，都没能得到宋野枝请假作陪的待遇。宋野枝闻到了，轻轻地笑起来。

"宋野枝，你哪儿来那么多钱？"

宋野枝说："我没什么花销，这几年的工资和奖金都存下来了，我也很有钱的。"

"现在呢？还吃得起饭吗？"

"这不刚买了烤鸭吗？"

"我也学会弹钢琴了。"宋野枝说，话题转得很突然。

易青巍果然停下来，认真地盯着他，问："什么时候？"

"也是这几年。"宋野枝说，"大一的时候每天都去蹭理论课，第二个学期开始正经上手练，每个星期都会去琴行。直到现在，老师那边的学费还没缴清呢。"

"小叔，你还记得你那句要一架钢琴，换和你合奏一曲的话吗？"宋野枝有点儿紧张，唯恐他忘了。

"记得。"易青巍说。

"合奏，我可以站在你旁边运琴弓，也可以和你并肩而坐弹琴键了。"

宋野枝的眼睛总在看他，目光无比诚挚。

易青巍想起沈乐皆问过他，他眼里的宋野枝是什么样子的。

那时他无法概括，现下重新开始想，是什么样的呢？

人性复杂，难以捉摸。大善者多半掺杂小恶，奸邪者偶尔施人恩惠，倾慕者有嫉怨，嫌恶者有恻隐，不一而足。

唯宋野枝，纯粹，充沛，热烈，坚决，一览无余。

门外，楼下传来开锁关门的声音。

易青巍说："李姨来做晚饭了。"

天色不明亮了，已经六七点。

果然，不一会儿，有人踏上楼梯，停在门口，敲门。

李姨说："小巍在吧？我开始做饭了哟。"

易青巍刚要说话，却被宋野枝捂住了嘴。

他用气声说："不要告诉李姨我在这儿。"

李姨看到玄关有鞋才来问的，多敲了几下，叫："小巍？"

易青巍没应宋野枝的话，朝门外说："李姨，在呢，刚才在睡觉。"

"哦，好。"李姨说，"地上那烤鸭是怎么回事？晚上要吃吗？"

易青巍笑着低头去瞟宋野枝的表情，说："啊，那个是有人送来的，一会儿我给提上来。"

李姨说道："这年头儿还有人专往别人家里送烤鸭啊，真有意思。"她一边嘟囔一边下楼去了。

易青巍不知在高兴什么，笑着问宋野枝："想吃什么？"

"水。"

宋野枝之前犯困，去床上睡了一觉，起来极度缺水，之前已经喝光一瓶，空荡荡的矿泉水瓶不知滚到哪里去了。

易青巍拿来新的矿泉水，为他拧开，笑着问："这么缺水？"

又逗他多说了几句话，看他的精神慢慢好起来了，易青巍才下楼去。

宋野枝独自在床上躺着，窗外灰蒙蒙的，房间里很安静，也很黑。他爬下床，光脚悄悄溜出门，在走廊处往下看，客厅没有人。他下了几级楼梯，蹲着，透过扶手间宽大的缝隙去看厨房。

只见易青巍系着围裙站在灶前，李姨在旁边指点。他一派镇定，反而是李姨这个旁观者替他手忙脚乱干着急。

宋野枝笑了笑，没有动，原地抱膝蹲着盯了好一会儿。

易青巍本来是往楼上自己房间的位置瞟，看见门开着，视线一移，发现了楼梯口处把自己缩成一团的宋野枝。

宋野枝对上易青巍的眼神，眼睛弯了弯。

第一眼像只可怜的小狗，笑起来又变成狡黠矜贵的猫，易青巍想。

他没顾上锅里的菜，李姨见他心不在焉，终于有理由自己接过手去。易青巍就只能站在她身后当学生。

他背着李姨对宋野枝招手。

"这个啊，最重要的是注意火候。"李姨教他。

易青巍点点头，再抬眼，人不见了，房间门依然开着，只是亮起了灯。

他抿着唇，对着满室油烟浅浅笑了。

"李姨，那您先炒着，我出门去买点儿东西。"

李姨头也没回，随口接话道："这么晚了，买什么呀？不急的话等天亮了再去嘛，不然不安全。"

"小玩意儿，但今晚得用。"易青巍已经在换鞋了，说，"您做好了早点儿回去，我回来就吃。"

今年李姨的小儿子要高考，她就没在易家住了，而是在学校门口租了房，就近照顾孩子起居，跟当年她家大姑娘要高考时的做法一样。

"行。"李姨说，"那你早点儿回啊，饭菜凉了对胃不好。"

易青巍走时，锁是用钥匙拧上的，没有声响。不过是多此一举，他哪怕是砸门，此刻的宋野枝也难察觉半分。

房间阳台的落地窗没关，衣柜门大开着，风闯进来，横在柜中的挂衣杆上仅剩几个衣架，正晃晃悠悠地摆。

宋野枝捧着一摞整齐的衣服呆站着，对着其中一件随风晃荡的白衬衣发愣。

普普通通的一件白衬衣，实在不稀奇，可当胸前那团口红印落入宋野枝的视线里时，他有些想哭。

明明该笑的。

小叔好幼稚。

他四下张望，又瞥到一个眼熟的旧东西，易青巍将紫色小熊玩偶也保存得极好，当年的深紫变成浅紫，不知被洗过多少遍，丑，却丑得神采奕奕。

宋野枝甚至没来得及靠近它，泪就淌了出来。

眼睛很干，他不适合再哭。

人类的感情那么复杂，表达方式却很匮乏。

除了哭与笑，他还能怎么做呢？还有什么能比这两种表情更明确呢？

易青巍回来得很快。

李姨已经走了，留下一桌香喷喷的热菜。

宋野枝坐在床上，听到易青巍的脚步声，把脸埋进小熊柔软的腹部，胡乱蹭了几下，把泪痕擦得了无痕迹。等易青巍抵达门口，宋野枝两指夹着一张字条，朝来人笑。

字条、熊、衬衣，几秒间，易青巍一一注意到了。

宋野枝把他淡淡的羞窘之色全收入眼底，笑得更开怀了，说："小叔，你当时不是说把它丢了吗？"

"易青巍。"他清脆地朗读字条上的内容，问，"我写的这三个字好看吗？"

易青巍知道混不过去，学宋野枝的腔调，说："好看。"

那年他为午休的事情跟宋野枝置气，宋野枝周末为他送饭，从骨科绕到急诊科，到办公室跟前了，知道易青巍的气没消，尿得不敢进，便在饭盒上贴了易青巍的名字，请护士姐姐帮忙送去。

易青巍收到饭盒时，无奈又好笑。打开饭盒，白纸落到地上，他捡起来，认真打量几眼，鬼使神差地折好，放进了口袋。

再之后，宋野枝在王行赫的婚礼上捡了只毛绒小熊丢给他，他没过几天就到裁缝店请人给小熊做了条拉链，把这张字条存进它的身体里。

追溯起来，一切都很寻常。

"小叔，我给你的东西太少了。"

闻言，易青巍正经地抬起头，直视他的眼睛，似是要说什么，半道改了话："刚才一个人偷偷哭了？"

"很明显吗？"

易青巍说："眼睛比我走的时候要红一些。为什么哭呢？"他郑重地低声说，"你给我的足够多了。"

"我和欢与的同学会在十二月，圣诞节。"宋野枝突然说起不相干的事。

现在是八月。

"我的实验项目昨天结束了。"

他马不停蹄地赶来。

"科学院几个月前向我抛来橄榄枝。"

他一直在思虑。

"你出现在 L 市的第二天，我接受了。"

同学会是骗你的。

易青巍定住了。

夏夜，天色无墨，呈现清澈透亮的宝石蓝色。月圆云疏，星河璀璨，算一幅人间极景。易青巍归家时抬头看了一眼，心中惦记着到了楼上要叫宋野枝一同站在阳台上赏。

此刻，这人明眸皓齿地朝他笑，眼神亮得令易青巍失神。不知道刚才所见的夜空，往宋野枝这双眼睛里落了几颗星星。

第七章

洗尘宴

"当年没有饯别酒,今日好歹设个洗尘宴。"

远在南方的赵欢与举着电话这样对宋野枝说。

次日,她回来了,领着个男的,出现在大院门口。

那个男人剃寸头,不高,不白,背心配短裤,穿得松松垮垮,衣服遮不住的部位肌肉块块结实。他长得硬朗端正,脸上没什么表情,右胳膊被赵欢与挎着,左手拖着一个大号黑色行李箱。

他们两个人的全部行李就这么点儿东西。

宋野枝从医院接了下班的易青巍回来,在自家门口见着这一幕,才弄明白是谁给谁洗尘。

等王行赫受邀赶来后,冷清了几年的院子容纳人数首度达到五人。

他历来不是会鞠躬握手说"欢迎""你好"的主儿,站在门口,朝坐在沙发上和赵欢与一起打电动的霍达仰了仰下巴,问:"这哥们儿是谁?"

宋野枝和易青巍在厨房里准备食材。他们去超市时晚了,没买上新鲜的好菜,只能在矮个儿里拔将军,挑出不那么蔫的几根带回家。

宋野枝一边择菜一边注意着客厅的情况,将手里的菜拨弄得只剩光秃秃的菜心。

易青巍在一旁看着好笑,把厨房门关上,原地站着,挡住他的视线，嘴里却说："你出去玩吧，厨房交给我。"

赵欢与听见王行赫的声音，欣喜地转头，从沙发上跳起来，舞着手柄叫："二窦！来了！"

游戏里赵欢与的角色死了，霍达默默操控着自己的小人儿和她同归于尽，然后才抬起头来，看向让赵欢与欣喜若狂的二窦。

王行赫的笑容很淡，他不及赵欢与激动，只挑了挑眉，又无声问了一遍。

赵欢与拍了拍霍达的肩，介绍道："我男朋友，霍达。霍去病的霍，豁达的达。"

霍达说："未婚夫。"

赵欢与愣了一下，才连连点头："也对，要结婚了。"她又介绍，"这是我哥，王行赫。"

"你好。"霍达惜字如金。

王行赫也说："你好。"他抓住赵欢与乱晃的手，接过手柄，扫了一眼霍达，对霍达说，"再开一局。"

"小野和你小叔去哪儿了？"

"厨房呢。"

赵欢与说："徐静姐呢？不是允许你带家属了吗？"

他们退出了刚才的协作模式，王行赫挑了一个对战游戏。他的脑子和手都灵敏，轻松操纵着手柄将霍达那一方杀得掉了半框血，王行赫懒懒地回："不是我的家属了，去年离了。"

"什么……"赵欢与盯着屏幕的目光转向王行赫，"我怎么都不知道！"

"也不是什么值得奔走相告的事情啊，你叔我都没说呢。"

赵欢与回忆，她第一次见到杨徐静是那年暑假去自驾游时。

"我当时还和她聊得挺好的，我俩性子像，很合得来。"她问，"是好聚好散吗？"

王行赫摸了一把头发，黑的。自没有演出后，自没有专程为他跑演出现场的女孩儿后，他就慢慢把头发留黑了。

王行赫说："我也是后来才知道，不像。"

霍达看了他一眼。

K.O（游戏术语，一般指被击败出局）的音效响起，游戏结束。按键停在"再来一次"的选项框上，王行赫按了"确定"，说："换小欢与来。"

人多，宋野枝决定吃火锅。

易青巍问："缺点儿什么？"

宋野枝说："底料，其余的你想吃什么就买什么。"

易青巍应道："好，你待家里和他们玩几局。"

宋野枝问："这次是说真的？"

易青巍回道："真的。"

易青巍走到客厅里，换鞋，厮杀得热火朝天的两个人得空间他出门做什么。

"买菜喂你们。"

"辛苦了，辛苦了。"

易青巍未出院门，宋野枝就甩着滴水的手从厨房跟了出来，路过沙发时听到了一模一样的不上心的询问。

"忘了叫小叔买生抽。"他说。

"二窦不行啊，小野赶紧过来接档。"

宋野枝只说去门口递个话，但是，去了就没有再返回。

生鲜超市离胡同有两条街，他们挨得很近，走在一起。

长巷子的路在跨世纪那年翻修了，铺上了整齐无缺的青石板，雨雪天不泥泞，艳阳天也不扬尘，四季洁净。

"饿吗？"易青巍问。

宋野枝看着街边的牛肉粉面店，提议说："要不我们吃饱了再去管他们吧？"

易青巍笑道："学坏了啊，宋老师。"

九月份新学期开始没多久，实验室的事务刚上手，宋野枝就被安排去给本科生上课，代一位休产假的女老师的班。

他的课排在每周二和每周四的晚上，易青巍每次去接人下课，和他一同走在路上，总能听到三五成群的学生跟宋野枝打招呼说"宋老师好""宋老师再见"。

易青巍学到了，回到家里私底下时不时也会跟着这样叫。

初时宋野枝会红着耳尖捂他的嘴，后来慢慢地也懂得回击："易医生，何必这么见外？"

此刻宋野枝浅浅地笑，笑得忧心忡忡。

"怎么了，宋老师？"

"小叔，你觉得霍达好吗？"

易青巍一向是懒得管这类事的，但宋野枝为赵欢与担心，易青巍便只好掺和一下，说："成不了。"

"啊？"

"宋野枝，你知不知道霍达总看你？"

"嗯？"

"眼神总往你身上瞟，但没有恶意，我就没明说。"

"他什么意思啊？"

路窄，有骑摩托车的人不停按喇叭。易青巍侧着身子，把宋野枝挡到自己身后，嘴上逗他："你都不知道，我上哪儿知道？"

但宋野枝能肯定，霍达不是坏人，也并无恶意，否则赵欢与不可能与他来往。

少年时，宋野枝和赵欢与是一个战壕里的战友，对抗世界，争夺自由。后来，他磕磕绊绊求仁得仁，独留赵欢与在泥坑里。宋野枝想拉她一同上来，可惜绳子被沈乐皆独占。

她的生死由沈乐皆决断。

但沈乐皆有了甘婷艺。

算来算去，她得不到个活法。

"总之不对劲，我看这人顶多是她的哥们儿。不知道这丫头唱哪一出，可能是被沈哥他们催急了。"易青巍说。

未等宋野枝接话，说曹操，曹操到。

巷口，沈乐皆打开副驾驶座的门，从出租车上下来。

宋野枝停步，转头问："小叔，你叫的？"

"对啊，自家妹妹回来了，沈乐皆肯定要到啊，人多，热闹嘛。"

完了。

"霍达，我的未婚夫。"

今天晚上，赵欢与第三次介绍他，这一次很精确。

沈乐皆扶着门框，甚至没给她身边的人半个眼神，笑着问："未婚夫？谁定的？"

赵欢与也笑，笑容比他明媚，面向霍达。

"我的哥哥，沈乐皆。"

此前，南方。

"沈锦里。"

"嗯？"

"这次回来待多久？"

♪ 114

赵欢与和她母亲躺在一张床上。

天气没有完全热起来，沈锦里为她俩搭上了一条薄毯。她抓住妈妈停在自己眼前的手指，手指上是漂亮的蔻丹甲，赵欢与又问："做美甲会不会疼啊？"

沈锦里问："你剪指甲疼不疼？蠢嘞。"她半坐着靠在床头，手臂虚环着赵欢与的肩膀，指尖翘起来，和睫毛的弧度同等优雅，问，"好看吗？"

赵欢与别开头，说："还行吧。"

"小鬼。"

"待几天？"

"看你好好的就行了，明天走。"

"下一站去哪儿？"

"出国。"

"待多久？"

"没定呢，看签证。"

赵欢与哼了一声，重新转过头，埋怨道："传染病过了才回来看我，要是我真染上了，这会儿我的尸体早臭了。"随即她严谨地纠正，"哦，一般没等凉就烧干净了。沈锦里，你真是我的亲妈吗？"

沈锦里二十岁生下赵欢与，现在看着却也才三十出头的样子，肌肤、身段和眼神，尚存浓厚的少女气息。

沈锦里敲她的额头，将她搂得更紧，说："不是，是在垃圾桶里捡的。"

赵欢与哈哈大笑，脸一蹭再蹭，埋进沈锦里的小腹，闷声闷气地说："那太好了。"

沈锦里忍着痒，抚她黑缎似的发，说："生你的时候，你一直不愿意出来，医生操刀剖我，伤口缝得也没什么技术，留了一条好丑的疤。

能消，但我不想，这是你送给我的痕迹。"她撩起一点儿衣服，俏皮地问，"要不要看看它？"

"我看过。"

那时候她还小，不到十岁，沈锦里难得来见她一面。晚上，沈锦里带她睡觉，她假装睡了，等沈锦里睡着了，又爬起来，新奇地把美丽又陌生的沈锦里打量了个遍，然后便看见了沈锦里肚子上那条疤，曲曲折折，狰狞可怕，像一条蜈蚣。她吓哭了，哭声很小，床上熟睡的沈锦里没听见，沈乐皆却马上开门闯进来看她。

他一直在外面守着。

沈乐皆立即把她抱出去，按在怀里，在客厅里走来走去，轻拍着她的背低哄。

"鱼儿，先不哭，跟哥哥说怎么了？"

赵欢与蒙着眼睛趴在他的肩头，不说话。

"刚才有没有睡着啊？做噩梦了？好了，不哭，那今天晚上还是来和哥哥睡。"

六岁之前的赵欢与夜间都是由沈乐皆照顾的，上小学之后才听了符恪的，分出一个卧室来，让她单独睡。

沈乐皆以为赵欢与会惧生，害怕出状况，所以全家人睡下后，唯独他默然留意房间里的动静。哄了几分钟，他才发现方向哄偏了，赵欢与不是怕沈锦里，是怕沈锦里疼。

赵欢与想起来就又笑了，笑着笑着，沈锦里身上宽松的亚麻衫腹前那一片就湿了。

"今天是沈乐皆的周年结婚纪念日来着。"她说。

沈锦里奇怪道："人家的纪念日还记得挺清楚，你不是一直不待见他吗？"

"他是我哥，我能不待见到哪儿去？"

"我说呢，小时候那么好，长大了人家就处处能惹着你了。高中那会儿你离家出走也是因为你哥，对不对？"

"对，但好像什么都改变不了。"

最后她还是被胁着在他的婚礼上笑，为他设宴待客，为他挡酒，为他说祝词，祝新人百年好合、白头偕老。

泪过于多，终于浸透衣料，凝成珠，滴到沈锦里的疤痕上。她触着一片凉意去抬赵欢与的脸，全是泪，眼睛是湿的，却没有难色，不见苦意。

她已痛得司空见惯。

沈锦里凑近，抵着她，用长袖不停去抹她的脸，问："怎么了？怎么了？突然哭什么？"

慢慢地，她动作停下来。母女连心，沈锦里说："赵欢与，你不会吧？"

"沈锦里，我真是亲生的吗？"

沈锦里看着女儿的笑容，也咧开嘴，泪猛地涌向眼眶，说道："完了，真的是。"

她不想让赵欢与看到自己的泪，也不想看到赵欢与的泪，便又拥住赵欢与，让赵欢与的头安安稳稳地搁在自己的肚子上。

"欢与欢与，乐皆乐皆，我当时就说名儿不能这么起。"沈锦里仰着头说，"你舅舅非说我们两家虽是出了五服的远亲，但关系比亲的还好，当年我和他的名字就是一块儿起的，到了你们这辈，兄妹的名儿也得有联结，寓意好。好？好在哪儿？好成一对情侣名。"

她还想说什么，最后空咽一口气，闭了嘴。

床很大，母女两个依在一处，只占了那么一角。

时间过得很快，窗外飞快暗下来。时间也过得慢，她们默默无语地待在一起一整夜。

"沾不得。别求了。"

沈锦里一晚上未闭眼，天际破晓时，这样对赵欢与说。

深远的、低沉的声音，婉转而哀艳。

这句话，这声音，并非从喉咙里发出的，而是从她的身体里出来的，从她的前半生出来的，从她的腹上那条蜿蜒的疤出来的。

沾不得情爱。

也别妄求圆满。

这两句话仿佛长了对翅膀，不断在赵欢与的脑子里扑腾，总是响，反复闹，难消停，在她直面沈乐皆时尤其尖厉，逼她给自己绑上结，缚上网。

沈乐皆许久没见过她这样笑了。

她是很难蓄起长发的女孩儿，长度每每过肩就要进一次理发店。好在她脸型精致，百搭，长发温柔，短发飒爽，毫不费力的一个笑容，就能把两种气质糅在一起。

自从初二的某个清晨，赵欢与第一次拒绝沈乐皆为她梳头扎辫起，他的鱼儿就不再做黏人撒娇的小姑娘了。

他清楚的。

所以，此时此刻，这种笑容为"未婚夫"这个名号增添了几分可信度。

霍达感受到了敌意，之前在王行赫身上已经领会过一次的那种敌意。他看到的东西和赵欢与之前口述给自己听的截然不同，事实完全脱离预期。他盯着沈乐皆，眼底多了几分玩味之色。

霍达接过赵欢与的话头，和她一起叫人："哥哥，你好。"

气氛顿时变得剑拔弩张。

王行赫靠在沙发上，朝门口扭头，瞟了沈乐皆一下，扯了扯嘴角，说："小欢与，过来继续。"接着意有所指，"人来了就自己找位置坐，戳门口干什么？等着八抬大轿去接呢？"

虽说一起长大，但王行赫和沈乐皆一向不亲近，几句话就能不对付。

赵欢与弯起眼睛，去挽沈乐皆的胳膊，手指贴合肌肤，手腕并着手腕。她缓和道："好啦，哥哥，霍达已经见过妈妈了。在沈锦里那儿都能过关的人，你放心。"她笑靥如花，"哥，全聚一块儿可不容易，陪我们玩几局？"

她上一次离自己这样近，是多久远的事了？

沈乐皆望着那两汪眼波，无从忆起。

宋野枝站在易青巍身旁，由惊讶转为不安，而后表情慢慢沉静下来，随着赵欢与的一颦一笑直至滞然。

他看懂了，赵欢与不争了，不要了，丢盔弃甲，息事宁人。不似年轻时大张旗鼓，她的放弃在默默而有度地进行，不知排练过多少场，她今天正熟练地掌控局面。

易青巍凑近，说："教教我，底料怎么弄？"

宋野枝跟在他身后进了厨房。易青巍闭门上锁，提醒宋野枝回神。

"宋野枝，你知道赵欢与怎么回事吗？"易青巍低声问。

今天所有人都不对劲。

宋野枝看着他的眼睛。纸上的字是一笔一画写出来的，他在胸腔里酝酿话语，也是一字一句地拼凑组合。

"她喜欢乐皆哥——很多年。今天，好像坚持不下去了。"

易青巍失语。

"听起来是不是很奇怪？"宋野枝瓮声瓮气地说，"小叔，你什么话也不要说。"

易青巍突然记起那年树荫下相拥而泣的两个少年，还有那年在医院办公室的窗前目睹一切的自己。

他说："不奇怪。听起来很难。"

赵欢与和霍达挨得很近，他们的大腿虚贴在一起，眼睛一同盯着荧幕。游戏人物遭受攻击，赵欢与不自觉地向后倒，霍达会微倾身子接她，让她倚着自己的手臂。

他的表情不多，动作幅度不大，他安静地陪赵欢与笑，流露出自然而然的亲密感。

作为哥哥，是应该与妹妹的男朋友攀谈几句的，可到头来，在外八面玲珑的沈乐皆，半句话也难说出口。沈乐皆清楚，就算起了话头，也难以继续。他沉住气，脑子里乱糟糟的，似一团糨糊，根本找不到正常逻辑和正常情绪。

他看了一眼王行赫。

王行赫和霍达从性格来说是一路人，气场相似。

赵欢与一直和这类男孩子相处得很好。

王行赫接收到沈乐皆的眼神，不做回应，但在低头的间隙还是扫了一眼霍达。

易青巍从邻居家借来烧烤架，正把冰箱里的蔬菜和肉往院子里运。

赵欢与见状，拍了拍霍达的腿。霍达立即把手柄给她，然后站起身去帮易青巍，嘴里说道："哥，我来吧，放烧烤架旁边就行了吗？"

赵欢与在沙发上喊："你傻了呀，那是我小叔！"

易青巍并未和他客气，将手里的东西分出去一半。

"你是南方人吗？"易青巍在摆弄钢炭时问他。

"不是，在南方上大学，毕业之后就留那儿了。"

"和欢与同校？"

"也同院系。"

"行，你也是北方的？"

"不算，老家是蜀地的，来北方读的初中和高中。"

"哪个学校啊？"

"实验。"

易青巍笑了一下，问："师大附属实验？"

"对的。"

"哪届？"

"和她是同一届的。"

"她"指赵欢与。

易青巍将烧得通红的钢炭夹进槽里，问："你认识周也善吗？我听赵欢与说他也去了'中大'，他俩在大学里应该也走得挺近。"

霍达眨了眨眼，说："认识。"

"熟吗？"

恰逢宋野枝端着调好的酱汁从客厅里跨出来，二人都抬眼看去。宋野枝朝霍达笑了笑，递过去一碗色香味俱全的料，说："你要一起烤吗？"

霍达点头。

"如果觉得无聊也可以继续去打游戏，两个人够了。"

"没关系。"霍达说。

"谢谢。"

宋野枝绕到易青巍旁边，把另一碗酱汁放进他的手心里，凑近小声问："小叔，在厨房里等了半天不见你来拿，没有酱汁在瞎烤什么呢？"

见宋野枝情绪好转，易青巍嘴角也噙了点儿笑，压低嗓子说："瞎烤？宋野枝，你是不是欠收拾？"

他们站在桌边为羊肉和排骨刷酱，霍达在架前负责翻面儿。

"和小霍多聊了几句。"这一句话的音量正常，易青巍没刻意避人。

宋野枝抬头，和霍达的视线猝不及防地撞到一起。霍达眼里的好奇与探究之色没来得及收回，被宋野枝捕捉到了。

被审视了一番，宋野枝心里却没有多介意。他历来对少言寡语、不善交际的人有好感，霍达属于这种人。

宋野枝若无其事地给了个台阶："要不要给你们拿点儿饮料？家里有可乐和橙汁。"

赵欢与掂着个勺跳出来，问："小野，汤'咕嘟咕嘟'地煮开了，接下来怎么办？"

宋野枝垂眼摘下塑料手套，回道："我把火和锅挪出来吧。"

"嘿！"王行赫端着一锅热气缭绕的红汤往外走，路过赵欢与身边，在她耳边吓人。

她又跳了一下，蹦出门槛，没站稳，身子东倒西歪，嘴巴还不饶人："哎——二窦，你能不能好好的？！"

沈乐皆紧随其后，一只手提炉子，一只手扶住她，将她拉了回去。

"站好。"

"哦。"

他把她的手腕握红了。

六个人围坐一张圆桌绰绰有余，还能留出一个空位放酒水架。

易青巍没吃多少，俨然一副东道主的姿态，全程顾着往烧烤架上添肉，往锅里下菜。王行赫揶揄他，平时哥们儿聚会可没见他这位爷会主动捡差事。

易青巍下完一盘土豆，用公筷敲了敲锅边，作势向王行赫递去，说："来，来，来，您愿意您请。"

王行赫连连摆手说："不了，不了，还得辛苦您多表现。"

赵欢与捂着嘴盯着宋野枝笑，抱胸看戏。

不过其余人的注意力也不在吃上，后半场，将饮料撤下去，大家都倒上了酒，举杯相敬，抿了几口。

气氛变热，侃天侃地的气势也出来了。

王行赫拉着霍达划拳罚酒，霍达未推托，顺着他的意陪着喊了几个回合。他哪里玩得过这从小浑到大的公子哥儿，划一局就喝一杯。

赵欢与急了，拦住王行赫："别欺负人家，我和你来。"

王行赫挡开她，说："让开！和你玩没意思，或者叫你哥来。"

霍达整张脸都喝红了，打了一串酒嗝，眼神尚清明，说："没事，我来。"

桌上一片狼藉，摆满剩菜和骨头，还有四溅的凝固的油汁。桌面中央，锅里剩了浅浅一层汤在翻腾。

宋野枝双掌一合，夹击蚊子，可惜让它溜走了。他起身关了火，撑着下巴观察了一会儿，对易青巍说："要不要去煮点儿酒酿圆子当夜宵？"

易青巍和他讲悄悄话："你当他们是猪啊？"

"什么呀，解酒！"

"不煮。"易青巍说，"醉了就打包送走，不伺候他们。"

赵欢与这天晚上很乖，一滴酒没沾。大伙儿聊天时她不再跟沈乐皆呛声，同样地，也不再接沈乐皆的话茬。

沈乐皆和王行赫不温不火地玩了几局，嫌无趣，撂了手，到一边自己端着酒杯喝起来。

赵欢与本是打定主意不多过问他的事的，但见他越喝越难停下的那股劲，忍不住从半凉的锅里盛出一碗软烂的土豆和菜叶，搁到他面前，挤开酒杯。

沈乐皆看向她。

"别喝太多。"

说完，赵欢与没有要等他回话的意思，照旧侧过身去看霍达的战况。

"我的筷子脏了。"他说。

赵欢与没吭声，伸手从酒水架上拿起一柄调羹，回头扔到他的碗里。一系列动作行云流水。

沈乐皆要笑，没有笑出来。

最后桌上倒了两个人，赵欢与看着趴在桌上醉得不省人事的王行赫，朝霍达竖了个大拇指。

易青巍从厨房里出来检查战况，指了指沈乐皆和王行赫，建议道："我把客房整理一下，让他们在这儿将就一夜。你没喝酒，就把我的车开走，送小霍回去。"

"行。"有人安排，赵欢与就照做。

霍达主动说："我俩把客房打扫出来再走吧。"

易青巍甩了甩满是泡沫的手，笑着看了赵欢与一眼，是在向她夸霍达。他下巴一仰，说："也行。"

赵欢与要去客厅拿包，被沈乐皆牵住了手。

"送我回家。"他说。

赵欢与垂眸看着他，没有回答。

沈乐皆头晕得厉害，世界天旋地转。

"我要回家。"他又说。

"哪个家啊？"对视半晌，赵欢与这样问。

"什么？"他很不解。

"说地址。"

"我俩的家呀。"沈乐皆说，"你才离开多久啊？"

他攥得很用力，但两个人脸上的表情都云淡风轻。明湖无风，暗潮汹涌。

赵欢与歪了一下头，很认真地望向他，又突然皱眉，似乎被什么蜇到心尖。她脸上绽了一个笑容，笑得不屑，挣开他，去厨房找易青巍。

"小叔，车钥匙给我，我还是先让他俩各回各家吧。"

哥哥，你口中要的那个家，早没了。

霍达坐在副驾驶座上，头也有点儿犯晕，赵欢与降下车窗。

"这样好点儿？"

"嗯，谢谢。"

今天晚上异常累，她努力保持轻松的语调，还是难免泄露倦意。打了转向灯，她看着后视镜，轻声说："多少年了，道谢的臭习惯还改不了呢。"

霍达浅浅地笑，算是回应她。

他想起什么，说："我在他们家客厅里看到了一枝月季的标本，被透明的薄玻璃罩起来的。"

"小野弄的。"赵欢与说，"小叔送他的，他想留下来。"

"嗯，真好，真漂亮。"他继续说，"花是，人也是。"

赵欢与抽空去看霍达的表情，这次是真笑了，又憋闷着，转而去看路。

车子到沈乐皆家时，刚好是晚上十点，房子里的灯却是熄的，漆黑一片。

赵欢与探身去后座翻沈乐皆的口袋，拿出手机解锁，点至通信录，找到甘婷艺的号码。

备注存得规规矩矩，干巴巴的三个字，甘婷艺。

她的哥哥，真的不会爱人。

"喂？"

"喂，嫂子，我是赵欢与。"

"咦，欢与……"

赵欢与不想说废话，马上说："我哥今天在小野家喝醉了，我送他回来，现在在家门口，可能得麻烦你起床开门，我们帮你把他弄进去。"

"家门口？"甘婷艺重复了一遍，然后说，"哦，哦，我今天……我今天晚上也在外边吃饭呢，我现在就赶回去，着急吗？"

"不着急，你慢慢来吧。"

赵欢与将手机掂在手里转了几下，重新打开通信录，找自己的号码。

一条条按下去，字母已经到"Z"，始终没见到。

把我删了？这么狠？

赵欢与掏出自己的手机，拨沈乐皆的电话号码。

手机振动三下，来电显示跳出来，铃声也响了起来。

来电显示，Z。

通信录中的最后一个联系人。

来电铃声是赵欢与初中时的录音："哥，接下电话呗。"

两者都很单调，甚至冷清。

霍达旁观她从头到尾的一连串操作，再看她此时傻头傻脑的样子，掩面笑出声来。

"你哥哥对你的感情还是很深的，他是爱你这个妹妹的，而且唯一。"

赵欢与摁了挂断键。

"我不要这种感情，也不缺这种爱。"她冷声说。

甘婷艺来得很快，一敲车窗，赵欢与就下了车。

赵欢与打开车门，说："我哥在后座上。"

"咦，小王也在啊？"

"嗯，我们一块儿聚的。"

"那把小王也搁这儿吧，他家里也没个人照看。"甘婷艺要把包先放到驾驶座上，瞥见霍达，"欢与，这是……"

"我对象。"

霍达正在解安全带，打开车门，才不咸不淡地打了声招呼。

王行赫和沈乐皆一拽就醒，有意识，只是晕，全身脱力。霍达背了两趟，甘婷艺让他把这两个人一同安置在主卧的床上。

赵欢与诧异道："啊？那你睡客卧？"

甘婷艺不在意地说："嗯，凑合一晚上嘛，照顾一下喝醉酒的人。"

霍达正把王行赫扛去房间，说："欢与，还要一个枕头。"

甘婷艺连忙临时去客卧补了一个。

将人安全送到，赵欢与和霍达没多待半分钟。

半夜，王行赫头痛欲裂，起床找水，一脚下去，把沈乐皆踩醒了。

沈乐皆蒙了半天，哑声哑气地说："你看着点儿。"

王行赫开了灯，缓了一会儿，看清沈乐皆的脸，新仇旧恨都涌上来了。

"沈乐皆，你真浑蛋。"

"你又发什么病？"

"又？"王行赫揪着他的衣领把人拖下床，"我这些年哪次正经找过你的麻烦？你要不喜欢她你早说！你玩真的要和别人结婚你早说！你跑去和别人领证，她现在也放弃了。到最后我忍你让你这么些年，算什么事啊？"

沈乐皆任他揪，冷静地看他发飙。

"你还真喜欢她。"

王行赫一拳砸他的脸上。

"要我说，小欢与就一点，瞎。"

"对。"

王行赫一脚踹他的肚子上。

"对什么对！我就是看你也喜欢她才没上赶着掺和，结果你……你今天敢说一句你不喜欢赵欢与? 结果我也瞎，没看全，你沈乐皆就是屁。"

沈乐皆躺在地上，鼻腔有血渗出来，但大部分回流进咽喉。他咽了几口，没说话，神情萎靡。

王行赫气不打一处来，但沈乐皆是一坨棉花，不生气也不还手。

王行赫使劲捶了桌子一拳，就去卫生间洗脸了。

卫生间里水流声停了一刻钟，王行赫突然冲出来，握着一个塑料漱口杯，眼神咬着沈乐皆，紧接着像疯了一样打开房子里所有的门和灯。

他寻遍了。

甘婷艺不在。

甘婷艺居住的痕迹也不在。

他喘着粗气重新站到死鱼一样的沈乐皆面前，看了一会儿，笑出来，弯下腰，跪到地上，撑着地板。

"沈乐皆，你真是活该。"

闻此言，沈乐皆也笑了，平躺着，屈起双膝，捂着腹部。两个人越笑越大声，停不下来。

笑声持续了很久，到了某一个节点，就失去声音了。

窗户大开，驱散酒气，窗帘被风卷出去，布料打在铝制框上发出声响。

沈乐皆越笑越痛，吐出一口气，头一扭，模糊地看向窗外。

风推风，云撞云，游戏人间千万年，它们该见惯了，有情人，难成眷属。

第八章

同学会

十一月初，气温骤降，全市提前供暖。早间新闻结束，开始播放天气预报，北方强降雨来袭，或有雨夹雪。

宋野枝从厨房里出来，路过客厅，听了一耳朵，停下来把音量调大，站着等了一会儿。轮到南岛时，全国城市已经放完一遍。

二十八摄氏度，紫外线强，不宜室外活动，出行需打伞，防中暑。

真行。

他把手里的盘碟摆上餐桌后，去推卧室的门，撩起一角窗帘，开半扇窗户，透过窄缝静悄悄地看了外面几分钟，分明只有雨。

宋野枝踱去床边，乱揉一通被子，喊道："小叔，小叔。"

易青巍在床上蜷成一团，首尾难辨，听见他说话，身子先条件反射地动了一下，默了几秒，才发出声音："嗯……"

"五分钟早过去了啊。"

"嗯……"

宋野枝问："昨天晚上什么时候回来的？"

凉凉的触感让困意退了不少，易青巍不肯睁眼，用侧脸蹭了蹭枕头，答："两三点，吵没吵醒你？"

"我感觉到了，醒了几秒。"

易青巍将手臂慢腾腾地伸向床沿，敲了两下，说："宋野枝，站过来点儿。"

"粥要凉了。"

床头柜上的手机猛地响起。是宋英军打来的。

宋英军和易伟功夏天时约上几个老友组团去最北边游玩，在那儿小住了几个月。谁知极北的冬天来得快，刚入十月就得穿棉袄，他们一商量，便撂下组织飞去南岛过冬了。

"小野，接这么快啊？吃了没？"

"还没，等小叔一起吃，但他老赖床。"

宋野枝当着正主的面告状。

"小巍也在啊？你们约着在外边一起吃呢？"

"爷爷，几个月不见，你东北口音还挺地道。"宋野枝说，"没在外边，我们在家里呢，熬小米粥，配巷口的肉包和烧卖。"

这么一听，就是在胡同那个家了，宋英军问："小巍这些天和你住一起啊？"

宋野枝垂首玩牛仔裤的线头，漫不经心道："对，李姨前段时间又请假了。"

宋英军想了想，两个家里就剩两个孩子，凑一块儿住，省心省事。

"那你们商量一下什么时候来南岛过年，安排好，我们在这边等你俩呢。"

"离新年还有两三个月呢，爷爷。"

"早点儿来，这边暖和。"

"我看了天气预报，二十八摄氏度不是暖和了，您和陶叔还有易爷爷得注意，白天太阳烈，一定要少出门，别中暑了……"

宋野枝开始日常啰唆，易青巍则去刷牙洗脸了。

过了一会儿，易青巍端着粥和馒头进卧室，宋野枝反而躺下了，电话打完了，正靠在床头玩手机。

"坐好，这姿势对眼睛和骨骼都不好。"

宋野枝听话地坐正，手指不停地编辑短信。

"聊什么呢？"

"同学会的事。"宋野枝抬脸，粲然地笑，"小叔，你和我一起去玩吧。他们人都很好的。"

下午，易青巍在医院办公室里收到了一封无署名的信。他轻巧地挑开薄薄的牛皮纸，抽出一张边缘泛黄的塑封照片。

十几岁的男孩儿，面容清冷，穿着冰刀鞋立在一株冬梅下，蓬松的羽绒服将他裹着。他望向镜头的眼神极沉静，不愉悦，缺些活泼气息。那双眼睛被雪天浸湿了，也被雪天照亮了，银白的景被清晰地映在他剔透的黑色瞳孔里。

易青巍垂首盯着照片目不转睛，用脚带上办公室的门，手指一转，翻至背面。

祝易青巍生日快乐！

读完，易青巍咬着嘴唇笑了。赵欢与的字很有特色，字小，字形规矩，无笔锋，横竖撇捺能省则省，风格独特。

不过她这次倒不像平时那样乱泼墨，看得出写得十分拘谨仔细。

易青巍反复品了几遍，去拨赵欢与的手机号，没通，人工语音提示号码已注销，是空号。这时易青巍才注意到右下角的那串数字，是国际号码。他半信半疑地输入并拨过去，赵欢与快乐的尖叫声就从听筒里传了出来。

"啊——小叔，你来得好巧！我看到鲸鱼了！"

她口音浓，后鼻音重，可易青巍还是拿不准，问道："金鱼？"

"鲸！"她转头去问身边的人，"这是什么鲸啊？"旁边的人说了一句什么，赵欢与兴奋地给他转述，"哦，他也不知道！不重要！我的天！

五米多高的水柱啊——"

易青巍听到了霍达的声音。

"赵欢与，你在哪儿？"

"船上！我和霍达出国玩了！"

易青巍听到她问："照片今天才收到？"

"刚刚看到。"易青巍答。

赵欢与笑道："怎么样，这礼好吧？"

易青巍也跟着笑，说："还不错。"然后来了一句，"还有吗？"

"您真贪——独此一张，绝版。"

"行，什么时候回来？"

"圣诞节前一定回。"

"最好是。上个周末宋野枝拉我逛超市，买了一车的圣诞节装饰品，又去店里订了几套圣诞服，十二月中旬能做好。"

"那我十二月初回去。"她转头询问霍达，"能吧？"得到肯定，于是向易青巍保证，"能。"

"年底事那么多，你还有闲心到处玩。"

"不是啊，我和霍达领证了，在蜜月旅行，归期不定，计划要逛完地球。"

易青巍不笑了，喉咙收紧，语气严肃："赵欢与，你和霍达玩真的？"

"小叔，一直是真的啊。"

不过几秒，易青巍的邮箱里弹出新邮件，来自赵欢与的账号，他点开，两张照片映入眼帘。一张结婚证，一张自拍，霍达执镜，只占了一双眼睛的位置，剩下的是赵欢与正在专心致志抓拍鲸鱼的侧影。

配文是"也向宋先生问好"。

霍达和她连邮箱账号都共用了。

易青巍沉默，不发只言片语。

赵欢与有些心虚，好在距离远，隔着手机壮着胆子叫人："小叔？"

"刚领的？"

"前天。"

电话突然挂断了，海上信号不稳定，他再拨过去就是"不在服务区，暂时无法接通"。

易青巍瘫坐在椅子里，仰着头，抬高照片。

这行字，走笔慎重的程度——这妮子当年高考都没这么认真吧。

静静地看了一会儿，他拿起手机将那串新号码存入通信录，然后点开邮箱，钩选联系人，转发。

圣诞节这天，等了一个白日，还是没能看到雪。

大陆的洋节氛围并不浓厚，只有少数人在高喊"Merry Christmas（圣诞快乐）"。宋野枝走过两条街，才遇到一棵暗绿色的圣诞树，树上挂着稀落的彩灯。天空阴沉，眼前的玻璃灯就显得不那么暖和了。宋野枝蹭了蹭衣领，将下巴尖藏进围巾里，拢了拢大衣。

风不小，他是该听话穿上羽绒服的。

未进校门，就听到混在风声中的两句模糊的"宋老师"，宋野枝驻足转头看去，是班上的几个男生，班长和自己教的那门的课代表也在其中，临近晚课的时间，他们也正往教室去。

今天晚上是这个学期最后一次课，不讲课，只答疑，所以宋野枝没带教案。谁承想他的学生们更潇洒，一个个两手空空，缩头缩脑地走近，朝他傻笑。

宋野枝数了一下人头，六个。

他边走边问："你们一个宿舍的？"

一群人连连点头。

"刚在外面吃完饭回来吗？"

几个人点头几个人摇头，顿了两秒，几个人摇头几个人点头。没对好口供，大家都放声贼兮兮地笑起来。

宋野枝知道年轻孩子最爱凑节日的热闹，没多问，把话题转到了期末考试和课本复习上——他们就都不笑了。

一路聊到教室，抬眼一看，大家今天来得异常早，一个班只缺他们七个人。一眼过后，座位上的人全体起立，跟在宋野枝身后的那几个人争先恐后地从他们鼓鼓囊囊的衣服里掏出礼物，一顿手忙脚乱。

两个正方体礼盒被送到宋野枝手里，一捧皱皱巴巴的花随后而至。

班长傻气地挠头道："我们拿着礼物看到您，躲您都来不及呢，可高景深按都按不住，硬说要和您一起走，我们只好把礼物都藏衣服里了。"

"老师别嫌弃！"

"小宋不准嫌弃！"

实在不应该，但宋野枝的眼眶一定红了。他低头看着怀里的礼物咧嘴笑，试图遮一遮。

班长声如洪钟，大喊："一、二、三——"

全体同学齐背了手，仰着脖子，一齐喊道："祝宋老师圣诞快乐——元旦快乐——新年快乐——元宵快乐——"

宋野枝站在讲台上，一个鞠躬应他们一句祝福。他连鞠四躬，大家的声音都停了，全盯着他一个人看。心里满满是话，嘴上一个字也说不出，宋野枝在众人的期待下又含着泪和笑，默默地、深深地鞠了一躬。

鸦雀无声的教室里再次爆起一场笑闹声。

等他们渐渐静下来，宋野枝才开口，不复讲课时的从容，带着些局促说："我是第一次当老师……也可能是最后一次……"

有人立刻机灵地接话："明年教师节我们继续去实验室听您讲课！"

"宋老师，等我们！"

甚至有人开始说："教师节快乐啊，宋老师！"

他从学生时代走来，青春的气息没散干净，依然残留，是热的，和他们的撞在了一起。要说呢，人与人之间，得永远为真诚二字动容。献出者，接受者，靠它联结，靠它对话，靠它拥有同种细碎而短暂的感动，从无例外。

"小朋友们，希望你们也快乐。"他笑着说。

第二节课正式答疑，宋野枝在讲台边安静地坐着，看大家埋头自习，等有困难的同学来提问，便小声为其解答。

有疑问的同学很少，他百无聊赖，正襟危坐。兜里的手机振动了一下，宋野枝心里惦记着事，摸出手机看了一眼。

"下班了。校门口找我。"

"我还得一节课。"

"我先去接上赵欢与，到时刚好。"

"她什么时候回来的？"

"半小时之前，踩着点来的。"

十二月初，赵欢与和霍达没有如期归来。她以"时间短，行程满"为借口，延长了待在国外的日子。宋野枝猜她是在躲符恰和沈锦云的盘问，能拖一天是一天。

"好。"

他接着"噼里啪啦"地打字，迫不及待地想跟易青巍复述他的圣诞节，想了一会儿，还是想当面说，又一个字一个字删除，换成"等我"。

"宋老师。"

宋野枝回过神，侧过头应道："嗯？"

"这道题，实验数据我算了很多遍，都和答案不沾边儿，您能帮我看看吗？"

来提问的就是宋野枝上了一周的课后物色的课代表，高景深。

外向的人更容易被看到，所以宋野枝面对人群时，总会下意识地将目光多分给内敛的人。高景深就是一个内向寡言的男孩儿，那天却参与了课代表的竞选，然后宋野枝敲定了他。

题确实有难度，宋野枝根据高景深的能力详细讲了知识点，拓宽了知识面，尽量让他能举一反三。等宋野枝耐心讲完，已经临近下课。

高景深道过谢，没走，趁大家忙着收拾课本，说："谢谢宋老师。宋老师，祝您幸福。"

声音小得差点儿听不见。

人人只道快乐，他张口是幸福。

宋野枝好笑道："祝我圣诞幸福吗？"

高景深点头道："不只圣诞，祝您以后都幸福，祝您……"

高景深没说完，但在他说出口之前，宋野枝先懂了。

下课铃响，同学们拥上来和宋野枝道别，高景深跑开了。宋野枝的视线随高景深的背影追了出去，直至对方不见。

"宋老师，您下学期真的不上课了吗？"

"讲座或者选修课也行呀！"

"那我们是不是最后一次见您了？"

他们七嘴八舌地说着话，宋野枝拣着简单的问题答完了，反问："你们在这间教室还有课吗？"

"有呀，明天在这儿上概率论。"

宋野枝站在讲台上，直到将最后一个同学送走，才从抽屉里找出一沓便利贴，撕下一张，拿了课桌上的一支黑笔，拔盖，写字。

几秒钟，几个字。

他将纸牢牢粘到黑板旁的白墙上，关灯，锁门，走人。

也祝你幸福。

这句话留在黑暗中，等待太阳升起，黎明到来，请有心人一览。

宋野枝走出教学楼，风停了，天空在落雪。

他的脚步更急。

他先看到车，赵欢与坐在后座上，扒着窗朝他招手。她的动作引得身旁的霍达也往外看，二人一起对他笑。

易青巍没有待在车里，早早出来，站在第一盏路灯下。大片大片的雪花盛着昏黄色的光往下飘，悠悠荡荡，止步于他的衣襟上。

易青巍也在看他，眉眼藏在背光的阴影处。

最简单平凡不过的一个场景，许是风恰当，雪及时，光晓人意，一切的一切，细枝末节，宋野枝能完完整整地记一辈子。

他看着不远处的他们，怀抱着刚收到的礼物，唯有笑，只剩笑了。

短短一晚，到目前为止，他又多了好多必须与易青巍分享的话。

思绪千千万，宋野枝想到一个小时后的同学会，接着延到几天后的元旦，复而伸到南岛的新年。

生命里处处是盼头。梦，也从未见得能这般好。

他把礼物全推给了易青巍。

"借花献佛。小叔，先祝你圣诞快乐。"

周也善本不想这么早到的。准确些说，他本来是不想到的。

说是高中同学会，其实是高中班干会，愿意来的就那些人。毕业了，大家各奔东西后，大多是读书时在班里担任过一官半职的人才对重聚有执念。

他们读书时做老师与同学、同学与同学之间的桥梁，对班级十分上心，与这个集体的关系自然更紧密，感情更特殊。于是毕业后他们又做老师与同学、同学与同学之间的黏合剂，把远在天涯海角的人都召回来，凑出六七年前的光景。

班长联系他时，他是没有明确点头的。后来赵欢与为这事打来电话，周也善多问了一句宋野枝的近况，才知道这人回国了。

赵欢与最后问他去不去，他说，那就去吧，刚好能把圣诞节的相亲拒了。

班长是牵头人，一切由他安排，租了个小别墅，搞成 home party（家庭派对）的形式。

周也善一早起床就坐立不安，熬到下午，眼看时针走过"3"，便驱车到了。

到的人不多，班长一见到他就调侃："唯一没给准话的人来得这么快？"

周也善视线扫遍所有人，淡淡地笑了笑。

"不是让你带家属吗？你那位呢？"

周也善半真半假地说道："我敢带，怕你们不敢见。"

"有什么不敢的，有三头六臂啊？"

"开玩笑，影儿还没呢。这不晚上被家里人安排了顿相亲饭，被你们搅黄了。"

班长捶了他一拳，说："你什么德行我不清楚，还不谢谢我们救了你？"

人不少，房子里热闹。女人凑一桌打麻将，男人凑一桌打牌。周也善加入扑克局，兴致缺缺地玩了几把，时不时抬手看表。

终于等到天黑了，班长接到电话为人指路。

"这趟是谁啊？"

"心理委员和化学课代表。"班长说，"还和以前一样，两个人都没什么方向感。"

这一局是周也善坐庄，牌不知怎么的被他发差了，没及时拣出来，得重洗。另一边，麻将桌上有人和了牌，也在重洗。

两种声音混在一起，嘈杂不堪，将人重重包围，周也善坐在其中，还是听到了玄关处微弱的门铃声。

有人早早候在门边，开了门，走了进来。

二人都穿大衣，一黑一灰，未系扣，款式相近，布料相同，衣摆都垂落在小腿处。颈间同为纯色的羊绒围巾，只有脚下有区别，一双高帮帆布鞋，一双牛皮短靴。

周也善盯着宋野枝，眼睛把他从头到尾扫了一遍。如果世上真的存在掌控时间的神，可能会被眼前这人气死吧。

这么久了，宋野枝，这么久了，你一点儿都没变啊。

易青巍笑着欠身，与人握手，说的话听不清，可他的许多动作藏着宋野枝七八分的神韵，连嘴角的弧度也如出一辙。周也善只是坐着，从人群的缝隙里看他们。他想，这两个人，谁学的谁？

宋野枝一出声，正玩着的人俱是一震，撇下麻将和扑克，围过去打量人。大家都很闹腾，唯独周也善很安静。

人渐渐齐了，桌上的菜也齐了。

一张圆桌，一张长桌，他们五个人冲长桌上的烤鱼去了，坐成一排，占了长边的一半位子。

"你怎么也来了？"周也善挨着霍达坐下，趁还在拆碗筷，小声和他咬耳朵，"大学同学和高中同学一起出现在一个聚会上，我看到你时，差点儿没弄清聚会的性质。"

霍达在底下伸出手，无名指上的婚戒闪着光。

周也善瞪圆了眼睛，比刚才还震惊，用筷子点了点霍达身旁的人，问："你和她？"

"嗯。"

周也善看了他几秒，皱着眉想了想，有点儿啼笑皆非，说："我还以为你不会结婚。"

霍达默了默，张嘴道："啊？"

周也善举起酒杯说："新婚快乐，早生贵子。"

易青巍坐正身子，宋野枝的视线还停在那边，后来勉强收回来了，他依然会偶尔转头看去那边，有些心不在焉。

易青巍正替他备菜，看见他这副样子，把挑出来的芹菜和他手边的鱼肉调换了位置，宋野枝浑然不知，扭着头、抬着眼傻愣愣地往嘴里送。

易青巍拦下筷子，用身子挡住宋野枝的视线，挑眉道："还看。"

宋野枝立马端正身体，捧起碗扒饭。

吃了几口，宋野枝才反应过来，低着头凑近，悄悄说："我不是看周也善。"

易青巍没理他，垂着眼剔碗里的鱼刺。宋野枝把他的碗慢慢挪向自己，企图把他的注意力也拉过来。易青巍不吃这套，起身重新去锅里夹菜。

宋野枝又将剔干净的肉赶紧送到他的眼皮底下，说："来，吃鱼。"

易青巍这才斜着眼瞟了宋野枝一下，哼了一声，起筷夹了他推过来的鱼。宋野枝笑起来，不再管那方的动静，后半程专心吃东西，时不时请易青巍帮他添菜。

饭局没散完，偏厅的麻将和扑克还有桌游就已经搭起场子了。

易青巍和宋野枝刚罢筷，就一同被拉过去充数。

一家人不能上一张桌，一人打牌，另一人就只能站在身后指挥，所以这儿一圈旁观者。

这个现象在易青巍看来，很有意思。

宋野枝不会打麻将，易青巍便替他上了桌。

二楼是歌房，不愿意打牌和玩游戏的人都去里面喝酒唱歌了。

周也善什么都没参与，就靠在二楼的走廊上，看一楼的热闹。

班长协调好各方，见他落单，上来聊天。等靠近贴一起了，宋野枝在易青巍身旁懵懵懂懂学牌的模样闯进了他的视野。

班长也就起了话头，指了指人，说：“课代表怎么带长辈来了？”

他作为班长，开家长会时负责接待家长，见过易青巍，且印象深刻。

周也善没接话。

周也善也不看宋野枝了，转过脸，眉头一皱，不耐烦地“啧”了一声，没来得及说什么，班长的肩被人拍了一下，赵欢与挤进了他们中间。

她说：“班长，讨论什么呢？”

他才想起来这三个人关系铁，只怪今天他们都不怎么热络地凑到一块儿，让人忘了。

周也善又站回原来的位置，问赵欢与：“你家霍达呢？”

“露台上接电话。”

他们笑了笑，没再说话。

宋野枝去露台上找卫生间时，碰到霍达在吸烟。

露台上无灯，火红色的星点在浓黑的夜里很微弱，如果不是闻到烟味，宋野枝都不知道那儿还站着人。

“怎么不进去一起玩？”

霍达没答这句话，晃了晃烟盒，问：“来一根？”

“我不会抽烟。”宋野枝说，“你也少抽，对身体不好。”

“谢谢。”

宋野枝转身要走，霍达叫住他：“宋野枝。”

他停了脚，应道：“嗯？”

"聊会儿？"

他是来找厕所的。

但巧的是，对他，宋野枝也有话想问，说："好啊。"

霍达咬着烟，离开倚靠着的墙，把露台上的玻璃门关紧，厅里的笑声小了很多，几乎没有了。他犹豫几秒，拿下烟，开了卫生间的门，将烟头丢进便池，冲走了。

回来后，没了烟，霍达的手不知往哪儿放。他看了一眼宋野枝，学宋野枝用手抵着裤缝，脚尖贴墙。二人并肩站着，面对夜色，别墅的露台外是一丛丛茂密的绿植。

"前头，吃饭的时候，你老看我。"

霍达先把宋野枝想问的话抛了出来，宋野枝不知道该不该冒昧而仓促地接住。成年人相处好像都讲究体面，适当在话里藏个弯儿，话外盖块布，烘出心照不宣的结果，皆大欢喜。

宋野枝明理，但没什么机会用。他现在猜，霍达也是。

"霍达，你是不是……其实和欢与是假扮情侣？"

于是他就这样问了出来。虽是问，可他已经看了个八九不离十。

宋野枝说："问得无礼，但我不是有意冒犯。我只是想知道欢与和你……不过有关你的私事，我觉得，还是当面问你本人更妥当，你介意的话，可以不回答，我道歉。"

霍达仰头笑了出来，笑宋野枝不负他所想。

"不无礼，也无不妥当之处。我的事，只有我和小与知道，现在多了一个你。"

宋野枝知道赵欢与放不下沈乐皆，但看到霍达出现，总归是欣慰的，他以为赵欢与好歹算在尝试。

宋野枝在风中眯着眼睛，云厚，光薄，小树林里什么都看不见，差一点儿就连小树林也看不见。

"多大了，还玩这种把戏。"

霍达歪头说道："她以前……"

宋野枝说："嗯，高中的时候，幼稚死了。"

"那可能这次不一样。"霍达说，"这次是我求她帮忙的。"

"大一，我和小与在一个部门，我和她认识，是因为……"

宋野枝在认真地听，霍达却不愿意再讲了。他及时刹车，故事不新鲜，俗不可耐，无非是我喜欢的人不喜欢我，情愫生，却不敢言，不敢求。

霍达这时已经不看宋野枝了，对着空无的大地说："我们去国外不是去旅游，是去看我妈妈了。她身体不好，在暖和的地方养了一些日子了。"

"那你们以后怎么办？总不能就这样过一辈子。"

"小与近期想去南极，我就和她去看看。这样一辈子也挺好，我俩就扶着走吧。遇到了彼此喜欢的人，更好；遇不到，也不要紧。"

上半年，霍达的母亲身体垮了。他把前半生过得乱七八糟，靠后半生理顺。

"我要是……我要是能早些认识你们就好了。"霍达低声说。

身后的灯亮起来，是易青巍过来寻人了。

"找你们半天了，局差不多散了，走吧。"

易青巍走近，问："你俩不冷啊？"

霍达摇头说："不冷。"

宋野枝跟着摇头："不冷。"

易青巍看了宋野枝一眼，宋野枝朝他"嘻嘻"一笑。

大家告别时约了下次见的时间，说是十年后，所有人都信誓旦旦地承诺自己一定到。

有人挑毛病："别光你到啊，你今天的对象也得到。"

另一个人接了话，揽着老公说："这个说不准，到时候可能要换了。"

宋野枝找了周也善一圈，班长说他先走了。

和来时一样，霍达开车把宋野枝和易青巍送到了胡同口，才接着送赵欢与。

易青巍关了车门，跟副驾驶座上的赵欢与说话，罕见地露出了点儿小叔的气势，问："你们现在住一块儿吗？"

赵欢与和霍达面面相觑，不知道是该回答住一起还是没住一起。

宋野枝把他拉走了，走了一段，回头摆手道："你们路上慢点儿，到家打个电话。"

易青巍任他拽着进了门，侧身笑着说："我问问怎么了？你着急拉我做什么？"

宋野枝放开他，脱鞋脱外套，百忙之中正经地给他提建议："这种问题还是不要问。"

易青巍怀里还捧着那堆礼物，看着他忙上忙下，说："那我问问，你和霍达聊什么了？那手冻得，是在外边站了多久啊？"

"一会儿跟你说。"

"那你现在做什么？"

宋野枝嘴里念念有词："我先洗个澡，你再洗个澡，然后拆礼盒，我们再慢慢说。今天存了好多话要跟你说。"

"礼盒不用拆了。"

宋野枝顿住，问："为什么？"

易青巍把花放桌上，掂着两个礼盒，说："苹果味儿，熏我一路了。"

宋野枝笑道："两个都是苹果吗？"

易青巍说："应该是吧。一个没这么香。你的学生送礼还送双份啊？"

宋野枝从易青巍手里拿走一个，留下一个，说："那另一个一定是给你的。"

　　"你怎么知道？"

　　"我就是知道。"

　　易青巍看宋野枝拿着苹果往浴室走去，问："你怎么……你边洗边吃吗？"

　　"哦。"宋野枝又返回来将苹果放他手里，瞥了一眼钟，离十二点还有一个多小时，"等我洗完出来一起吃。"

　　宋野枝从浴室里出来，易青巍指了指宋野枝脑袋上的浴巾，提醒他发丝还在滴水。

　　"要擦干。"

　　"一会儿再擦。"

　　"累了？"

　　"嗯。"

　　"有什么话要跟我说？"

　　宋野枝抬了抬眼皮，用红色浴巾盖住脸，答："没有了。"

　　"有什么话要跟我说？"易青巍又问。

　　"那个苹果是我的学生们送给你的，他们还祝我幸福。我也祝你幸福。我当时差点儿哭了。"

　　"没出息。"

　　"那种环境就是很容易让人哭。他们拿着礼物，所有人都既紧张又兴奋地看着我，我感受到了，他们是真的爱我。"

　　易青巍说："你很值得他们爱。"他看着宋野枝的表情，"你看，又要哭了。"

　　宋野枝吸了吸鼻子，问："因为这个哭不丢人，对不对？"

"对。"

"我也没哭啊。"

"行。"

"还有话。"

"说，我听着呢。"

宋野枝说："校门外的路灯下的你好好看。"

"嗯。"易青巍应。

"还有，霍达和欢与，不是真的。"

"这事我知道。"

宋野枝的眼睛亮了起来，他问易青巍："你怎么知道？"

"赵欢与早就跟我招了。"易青巍说，"而且我说过，霍达和她成不了。"

"你怎么不跟我说？"

"那这次是谁跟你说的呢？"

"霍达。"

易青巍说："是不是有点儿糟心？"

宋野枝承认："有点儿。"

所以我才没跟你讨论。

易青巍没说，反问："还跟霍达聊什么了？"

"其余的不能说了，得霍达愿意才能告诉你。"宋野枝硬生生挤出一个哈欠，"睡觉，好困。"

易青巍说道："我懒得搭理你俩。"

灯灭，夜深了。后来宋野枝又说了一句易青巍听不懂的话。

易青巍刚转身，听得迷糊，想问个究竟："什么？"

宋野枝的笑里满是困意，他说："没什么，谢谢你。"

第九章
又新年

飞机脱离浓雾，越过厚重的云层。机舱外的云并不柔和，有棱有角，极目望去，是一座座嶙峋的白色冰川。

云上是个大晴天，不似地面阴沉，阳光照在脸上，有些烤人。

宋野枝后倾，拉了拉旁边的人，叫他一起看天边，问："小叔，你的荷包蛋呢？"

易青巍也想起之前在L市公寓的厨房里，二人莫名其妙地笑成一团的那个下午。他嘴角已经压不住了，语气还是凉的："我看你就像个荷包蛋。"

云朵背叛太阳，太阳身边一缕白色也没有，伶仃一个圆球。

宋野枝问："那你看它现在像什么？"

从北方到南岛，四五个小时的航程，宋野枝刚才浅浅睡了一觉，现下醒来有些无聊。易青巍放下手里的资料，专心接话聊天。

"像颗黄色灯泡。"

宋野枝点头，说了个数："八十瓦。"

阳光落在靠窗的位置，易青巍用手掌在他的脸前遮了遮，问："热吗？"

"不热，是暖。"

"南岛今天温度多少？"

"也是二十多摄氏度。"宋野枝看了看易青巍的夹克,"反正下飞机就得脱。"转而捻了捻自己的裤子,"我就说嘛,只披一件羽绒服盖到小腿就行了,非让我穿两条裤子,到时候还得去更衣室换。"

"我怕你冷,不怕麻烦。"

宋野枝历来不喜欢被既厚又多的衣服捆着,除开在 L 市的那几个冬天得了些自由,其余时候都处在宋英军和易青巍的管制下。

宋野枝问:"那你为什么只穿一条?"

易青巍赶紧转移话题,问他:"赵欢与跟你说了她什么时候到南岛吗?"

宋野枝果然被带偏了,回道:"我们之前登机时,她已经在排队安检了,她那边到南岛也就两三个小时,比我们早。"

"带霍达吗?"

"她没说,我没问,但听起来她是一个人。"

今年过年,沈家人也往南岛飞。

易槿早些年趁国家政策往南岛倾斜,在这边买了块地。发展几年不见苗头,她没了投资的心思,干脆盖了栋房子,以供冬季避寒。

易焰一家在一月初就早早过去了,陶叔的妻儿在南方,挨着南岛,也来一起过。现在,大家都只等赵欢与和他俩了。

阵仗大,人比当年齐,只是沈老爷子走了。

宋野枝问:"乐皆哥和霍达见面会不会打起来?"

易青巍顺着他这荒唐的想法问:"要是打起来,你拉谁?"

"我拉霍达,你拉乐皆哥。"

易青巍乐了,问:"他俩为什么会打起来?"

宋野枝说:"那天我看乐皆哥见到霍达时心情不太好。"

何止不太好,沈乐皆全程黑着脸,难得一见。

"沈乐皆不会。霍达和赵欢与打起来的可能性都比这个大。"

沈乐皆近几年位置越升越高，心思也越来越重，见他真心实意地笑已然很难，更别提不顾脸面地动怒。

沈乐皆往人生的巅峰爬，但为什么在他身上还是一点儿生气都找不到呢？

宋野枝问："沈叔他们一直催欢与找对象，可为什么人带回来了乐皆哥又不高兴？"他低着头玩纽扣，"我看霍达挺好的啊。"

易青巍越过他看着窗外，笑了一下，说："这得问他自己了。"

底下的云千变万化，从冰川幻作雪原，始终无边无际。过了一会儿，云散开些许，飞机飞过浩瀚的海，岛也不远了。

后半程，易青巍找来纸笔，陪宋野枝玩五子棋消磨时间，直至落地。

自进入一月，宋英军和易伟功就守在南岛开始挨家挨户地打电话催，一家家都陆续响应号召，为新年预热。倒是年纪最小的那几个孩子一直忙，没假期，一拖再拖，终于在腊月二十八这天结伴来了。

新拖鞋、新被子，还有年轻人爱的零嘴，前些日子从商场购进，积了小半个月的灰，今天终于备上了。

房子修得气派，远远一数得有小四层。近了更喜庆，前院挂了灯笼，朝路的门檐和窗户上贴满了春联和红色的福字。

易青巍开了院门，见易恩伍和一个同龄男孩儿蹲在院里，埋头在一排花盆前琢磨什么。

易青巍叫他："易恩伍，多大了还玩泥巴呢？"

二人闻声回头，另一个男孩儿先站起来，眼睛一亮，叫易青巍身后的人："小野叔叔！"

"小勋？"

宋野枝得有四五年没见陶勋了，上一次见还是刚到 L 市没多久，陶国生和宋英军带着陶勋去 L 市看他。那年陶勋还是六七岁的小不点儿，一晃眼，成了小少年。

"还有伍儿，长大不少啊，小伙儿们。"

易槿听见院里的动静，从二楼探出身子来，招呼道："哟，两位终于来了。快点儿进来，大家都在一楼坐着呢。"她招了招手，"伍儿和勋儿帮叔叔提东西。"

易恩伍和陶勋差不多大，但性格比陶勋稍微稳重点儿，将脏兮兮的手藏在身后，喊："小叔，小野哥哥。"

易青巍没真让他们提，巧的是他俩也没有要提的意思，一蹦三尺高，跑去前头扯着嗓子报信了。

易青巍在后面拉着宋野枝问："陶叔的孙子叫你叔叔，那得叫我什么啊？"

宋野枝笑得无辜，说："叔叔的叔叔要怎么叫？这个知识点蛮难啊。"

屋里的人正围坐一桌分吃酒酿圆子，两个小孩儿忽地蹿进来，两张嘴一起喊着什么，根本听不清。紧接着宋野枝笑着空手进来了，易青巍落在后面。

两个人怎么还一前一后呢？

跟一圈人打完招呼，说完客气话，气没歇匀，易青巍和宋野枝就被按在椅子上，手里被塞了个碗。

易伟功大手一挥，说："二楼往上都是小套间，每层都有给你俩留着的房间，去看看选几楼。"

宋英军去后院给翠凤凰喂水喂食了，刚推开后门，听到这句话，一边拿着毛巾擦手，一边走近了接话道："那小野和我住？"

宋野枝回头，挺直腰板，喊道："爷爷！来了！"

"算是把你俩盼来了，都放多久的假啊？"

宋野枝说："我不出意外是放到初七，小叔那边特殊。"

易伟功站起来给宋英军让出座位，嘴上没停："别管小巍，往年他连年夜饭都在医院吃。不管他，就算他提前回去上班了，小野也在这儿多陪我们玩几天，咱再一道回家。"

宋野枝连连点头，还没来得及应话，就见赵欢与从二楼下来了。

易青巍问："最爱的酒酿圆子也不吃，在楼上忙什么呢？"

最后三级楼梯，赵欢与搭着扶手跳下来，看得沈乐皆眼皮也跟着跳。

她跑过来揉宋野枝和易青巍的肩膀，说："被小姑使唤去给你们整理房间了。"

宋野枝问："那小姑呢？我刚才看到她在二楼了。"

赵欢与顺势在他身边坐下，对面的沈乐皆递来一碗半满的圆子，她接过，整筷说："好像和乃域姐姐在找枕套，我听见你们的声音，完成给我分配的任务就赶紧溜下楼来了。"

等李乃域和易槿下楼时，大家已经吃完一轮了。

符恪起身要给她们再做一锅，易槿拦住她，说："没事，待会儿就吃晚饭了。"

符恪说道："这东西不是图饱，是图好吃。你问问乃域嘴馋不馋，想吃我就去煮，很快的。那圈里肯定还有人要的，不单给你俩做。"

赵欢与马上举手说："舅妈，我！"

易恩伍和陶勋把院里的花折腾完了，在门口有样学样道："我们！我们！"

易伟功见易青巍和宋野枝没跟李乃域说话，给他们介绍道："这是小槿大学时候的好朋友。"

谁知易青巍和宋野枝都点头，说他们早在几年前就一起去露营过了。

易伟功愣了一下，随即也笑了，调侃道："难怪不说话，原来是用眼神沟通过了。行，早早认识就好。"

李乃域褪去了当年的青涩样子，变得成熟，柔和的气质倒是随着年龄沉淀，越发浓了。她在易青巍旁边拉开椅子坐下，带着笑朝二人挑一下眉，又多了几分俏丽感。

除夕夜。

厨房里备好了各种食材，配料是切好的，在碟盘里垒得整整齐齐。平时没时间、没机会颠锅炒菜的人，今天都去灶台前露了一手。一人献一盘菜，拼拼凑凑摆满了一楼客厅中央的大圆桌。

宋野枝趁大家都在各忙各的，提来一摞纸杯绕着圆桌倒饮料。到易伟功和宋英军时，他哄着把白酒撤了，换上了橙汁。

领悟到两位老人不情不愿，宋野枝体贴地给出选择题："还是说想喝可乐或者牛奶？"

易伟功和宋英军的目光跟着酒瓶走，手里握紧了装着橙汁的纸杯。

临开席，宋英军接了一个电话，没什么好语气。

"你愿意来就来。"

"一个人来。"

"行，那就别来了。"

统共就三句话，然后他面无表情地挂断了电话。

宋野枝站在桌边擦不慎洒出的水，听得清楚。

恰巧易青巍端着盛满汤的大碗从厨房里出来，放到了宋野枝的手边。他轻轻说："好了，不能再干净了，和我去洗手吃饭。"

请人装修一楼时，易槿和李乃域都忙得不能现场盯，厨房就出了纰漏——灶台过矮，抽油烟机是杂牌的。

每个系着围裙来的人，要么捂着额头，要么扶着腰。等一切就绪，一一落座了，大家身上都沾了点儿油烟味。

好在人人都臭的话，就相当于不臭了。

林欣前院后院地找了一遍易恩伍和陶勋，后来见他俩慢悠悠地从楼上走下来。

"易恩伍，刚才不是跟你俩说吃饭了吗，你俩去哪儿了？"

陶勋摊手，说："去洗手了呀。"

陶国生问："得洗这么长时间吗？"

易恩伍伸出手指头，回："我们去四楼洗的。"

他俩一说话就站着不动，得嘴上争明白了，脚才能走。

易焰招手道："行，行，行，快过来坐着吃饭。"

赵欢与咬着筷子说："你俩傻呀，爬那么高就为洗手。"

易恩伍放下准备迈出的脚，站定，继续说："因为我们去一楼时，排的队太——长了，乐皆哥哥叫我们去二楼。我们去二楼，见二楼也在排队，好——难挤进去。我们又去三楼，小叔在和小野哥哥说话，是他让我们去的四楼——我们最后就去四楼了。"

陶勋点头说："对！"

挑座位时，易槿特地坐到易青巍旁边，替他盛了半碗汤。

"你必须先喝汤，再吃饭。"

易青巍试图拒绝，易槿扫了一眼宋野枝，再瞟了一下易青巍的胃。

易青巍立刻说："好的。"

南岛气温高，这会儿只能穿一件短袖，易槿指了指易青巍胸前的项链，问他："你一个属虎的，戴个羊头做什么？"

易青巍拍了拍项链，答："捡人家不要的戴。"

易槿连"哦"几声，说："有的捡就不错了。"

大年三十晚上，灯火亮了一夜，通宵达旦。于是正月初一的早晨就格外清静，直到太阳爬到天空正中，开始往西边斜落，一楼的宴客厅才零零散散有了人气。

小孩儿不爱睡觉，易恩伍和陶勋是整栋房子里起得最早的两个人，院里院外无所事事地晃荡了许久，等来易伟功等几个年纪大的人发号施令："去把他们都叫醒，该起床吃晚饭了。"

陶勋去街上找来了两个小喇叭，跟易恩伍一人一个，挂脖子上，从一楼到四楼，上蹿下跳，没跑几趟，惹了众怒。睡眼惺忪起床下楼的人，个个得他俩而揉打之。

三楼门口，赵欢与头没梳，脸未洗，把易恩伍箍在怀里问："你俩这喇叭里录的什么东西？"

陶勋在一旁解救他，说："易爷爷让我们叫你们起床来着！"

"废话，那我能去揪易爷爷的领子吗？！"

那倒是。

陶勋又接话道："没事，欢与姐姐，还有人没醒呢！"

赵欢与成功被策反，三个人齐心协力地到二楼扰易青巍去了。

一楼餐厅，李乃域在备晚上的菜，宋野枝找了另一块砧板在旁边切柠檬片。

李乃域知道他要泡柠檬水，说："小野，没买蜂蜜。"

宋野枝："啊，对，不过昨天我看柜子里有冰糖和红糖，这俩都行。给大家泡点儿喝了，熬通宵该难受了。"

李乃域低着头笑道："行的。"

宋野枝把柠檬片一一装进杯子里，问："乃域姐，你和小姑的糖要多点儿还是少点儿？"

"你小姑的少点儿，我和大家一样就成。"

说话间，易青巍从二楼出来了。莫名其妙地消停了好一会儿的易恩伍和陶勋，现时被他一只手拎一个，提着下楼来。

陶勋挂在易青巍的左臂上假惺惺地号啕求饶认错，易恩伍在右手边，顽强地扭着脖子朝后看，嘴里大声控诉："姐姐这个——大叛徒！"

临阵脱逃的赵欢与早在一边笑得直不起腰来了，趴在楼梯扶手上，跟底下正憋笑看热闹的宋野枝总结："这两个人的胆子啊——我叹为观止。一会儿你记得给他俩颁奖状。"

易青巍要把这两只猴子送去后院进行教育，路过宋野枝身边，讨道："那我也该得一张。"

易恩伍听出来了，他们被当战利品邀功了。他伸出手，勉强隔空捂住陶勋的嘴，让他别喊了，得降低存在感。

晚饭上得早，桌席在五点多就开了。宋俊也来得巧，人刚坐齐，他就敲门了。

地址是易焰前一天在电话里告诉宋俊的，但如今易焰看到人，也傻眼了——他不知道宋俊手里牵的这个小男孩儿是打哪儿来的。

今天这顿饭，易青巍没能挨着宋野枝坐。宋野枝被两个小孩儿缠着不放，易恩伍和陶勋喜欢他，申请做他的左右护法。

易青巍马上起身朝宋野枝走过去。

宋野枝不脆弱，是易青巍脆弱。这个时候易青巍要站在宋野枝身边才心安。

前几天，宋英军在吃饭时接那个电话，宋野枝站得不近，听不见听筒里的内容，但脑子不受控制地把他们的对话补全了。

他一听就清楚，是宋俊打来的电话。

"今年过年我们去和你们一起过吧。"

"带着孩子和孙秀。"

"那孩子呢，总得见见自己的爷爷。"

满座寂然，唯独宋野枝动了。他只看了一眼，复而低头，把刚才不慎滑落的猪蹄重新夹起，送到陶勋的碗里去。

他记性好，许多事想忘也忘不掉。

他只见过孙秀一面，就记得门口那小孩儿的眼睛和她的是一个模子刻出来的，也记得自己六岁以后，就再没得过宋俊那样的哄抱和拉手。

南岛气温这么高，宋俊也不嫌热。

他低垂着眼，一直想，一直想，直到易青巍把手指覆到他的手背上被烫红的那一块，纷杂的念头才有了截面，倏地断了。

宋野枝也记起来当天易青巍拉他进洗手间，不放心地围着他不停唠叨的样子。他看着猪蹄汤还油亮亮地黏在自己的手上，被易青巍抹走，变成两个人的手一起闪油光。

宋野枝笑了笑，小声说："没事。"

易恩伍和陶勋仰着脸看宋野枝和易青巍，再直视宋俊和宋俊手边的男孩儿。他们什么都不懂，但知道宋野枝是因为门口那两个人才不对劲，眼神就渐渐变了，跟小门神似的分两边戳着，易槿让他们给宋俊挪一挪座位，他们也纹丝不动。

宋俊带着小儿子坐去了宋英军旁边。

新年新气象，大家只静了一瞬，马上又吆喝起来，气氛由死至活，重新热络。

宋英军什么都没说，笑也从来没落下过，抢在宋俊开口说话前把自己的橙汁递给小孩儿，说："小朋友，喝不喝橙汁？"

宋俊干笑一声，说："爸，孩子叫宋聆语。"

宋英军的杯子就此悬在半空。

当年宋野枝出生，宋俊就想给孩子起名宋聆语，宋英军没采纳，嫌柔。

宋英军端着杯子笑了一声，不能再客套生疏地说："这么多年了，还惦记着呢？"

宋俊也只能赔笑脸。

易伟功伸手把杯子接过去，放在宋聆语碗边，跟小孩儿说话："长得真白净，几岁了呀？"

宋聆语表情怯怯的，声音倒是响亮，回道："八岁。"

在座的人都没把焦点往宋俊那儿放，凑作一团地边吃边聊。

赵欢与没扒饭，攥着筷子直勾勾地盯着宋家父子。沈乐皆也在盯她，说："先吃饭。"

赵欢与不动，这些天来第一次没听他的话。

尽管沈乐皆不知其中内情，但眼瞅当前情况，也瞬时猜了个大概。他好声好气地继续讲道理："小野都没怎么样。好好吃饭，别搭理是最好的，别让小野难堪。"

宋野枝如常地坐在斜对面，嘴里含着饭仔细嚼，歪头去听陶勋和易恩伍你一言我一语地讲笑话，碗不像平时那样放桌上，而是端在手里，缩着肩。因为身旁添了张易青巍的椅子，空间变窄了。

赵欢与急急眨了几下眼，把眼眶里的水雾挤散，低头说："我不要那么多红烧肉！"

"……"

沈乐皆勤勤恳恳地放进去的，又勤勤恳恳地夹出来。

夜幕降临，饭快吃尽了。

吃饱的人在席间道一声，就下桌去各玩各的。

宋俊放下筷子，在桌布下双手交握，和宋英军商量道："爸，我在想，聆儿能不能和您去北方过这个寒假？我和他妈都没时间管他。"

宋英军说："请阿姨吧，得把孩子照顾好，我帮你们出这个钱。"

宋俊摆手道："请什么呀？阿姨我不放心，搁您那儿我能少操点儿心。"

宋英军又说："我这边，得开春了，三四月才能回北方。"

宋俊脖子一抻，继续说道："不打紧啊，爸，那他就跟您在这儿待着，您什么时候去北方，什么时候带着他就行。"

宋英军说："我无所谓，什么都你安排，问没问孩子愿不愿意？"

宋俊偏头看宋聆语，没发话，只用眼神示意。在家里教好了才来的，宋聆语立即点头应道："愿意。"

宋英军笑了笑，终于点头说："行，那就丢这儿，帮你看一段时间。"

宋俊满脸褶子堆一起，推了一下宋聆语，说："聆儿，该说什么？"

宋聆语坐着，半鞠躬，头差点儿磕碗里，喊道："谢谢爷爷。"

宋英军抬手，接住这个躬，没让他鞠下去，纠正道："孩子，别叫爷爷，是宋爷爷。"

一句话，把宋俊脸上的褶子捋平了，笑容揪碎了。

孩子的事，宋俊以前年年说，宋英军年年不答应。他今天来这一趟，是算准了宋英军当着大家伙儿的面，不会和自己闹得难看。

果然和和睦睦一个晚上，让孩子和爷爷待在一起培养感情的事也顺利定下了，但宋俊铺设好的算盘，最终还是被宋英军打翻了。

这张桌边只剩易青巍、沈乐皆、赵欢与死皮赖脸地坐着，他们就想听听宋俊想干什么。结果等来宋英军这一句话，三个人对视一下，转而看了一眼宋俊，俱埋头捂脸，使劲压，好歹忍住了笑。

后来，宋俊急匆匆离开，真豁出脸狠心把宋聆语留下了。

易青巍起身去后院找宋野枝，见他正和翠凤凰说话，易恩伍和陶勋则弯着腰叉着手学翠凤凰走路。

易青巍撵他们去客厅玩，易恩伍拒绝。

"我和你小野哥哥说说话。"

"你们怎么有那么多话要和小野哥哥说？"

"还有谁说了？"

陶勋说："那个宋俊叔。"

他不正经地叫，多加了一个"那个"，把易青巍逗笑了。

易青巍说："听话，你们去带客厅里的小朋友玩。"

易恩伍出生后没机会见宋俊，学陶勋，说："跟着那个宋俊叔来的小朋友吗？"

易青巍答道："对。"

易恩伍撇嘴，没直接说不喜欢，只说："他能自己玩。"

陶勋附和："对。"

易青巍也不费口舌了，一只手拎一个，把他们丢了出去。

宋野枝没插手，蹲在鸟笼旁边捧着下巴笑。易青巍关上后门回来，矮下身了，和他蹲一排。巨大的阴影覆下来，翠凤凰被他吓得崴了脚，慌乱地站直，捋了捋羽毛，缓了缓，高声唱起来。

宋野枝戳了一下它的头，将它放到掌心里送回笼子，说："小叔，你发没发现，翠凤凰这鸟儿见你就爱叫？"

易青巍实话实说："不是，它见谁都爱叫，只见你不叫。"

"有一次叫过。"

"哪次，记这么清楚？"

易青巍说他记得清楚，宋野枝就假装卡壳，顿了一下，说："去年飞回来去医院见你那次。和它整整六年不见。"

哦——那次啊——那翠凤凰和他一样可怜。

易青巍索性伸长腿，坐在地上，说："坐着，别待会儿起身发晕。"

易青巍老在意他蹲久了起身会头晕的事。

宋野枝说："我真不会晕——"

"宋野枝。"

"嗯？"

"宋俊哥跟你说什么了？"

宋野枝往后倒，坐下了。

"说对不起。"

"你说什么了？"

"我说我今年八月份就二十五岁了，不用跟我道歉了，他一瞬间轻松了好多。"宋野枝双膝屈起，两臂环紧，将头搁上去，侧着脸看易青巍，"会轻松，是不是说明之前有内疚？"

"你没收下这道歉吗？"

"没，他道他的。"

"嗯，他道他的。"

"你说，他没带孙秀来，是不喜欢还是太喜欢？"

"你觉得呢？"

"我不知道。"

易青巍作势从裤兜里掏手机，说："那我问问。"

宋野枝笑着扑过去拦他："哎——"

易青巍早就想仔细理一下他的情绪了，顺势低头紧盯他的眼睛。

宋野枝受了欺负，受了委屈，从不说出口，全凭易青巍知他冷热，时时刻刻小心托着他。

天光好，来日长。

亏得他让天光变好，来日变长。

"宋野枝，过几天回北方了，我们去看房子。你畏高，我们照样选二层，好不好？好不好？"

望了他许久，易青巍这样说。

初四，易青巍一人先回了北方。

宋野枝被他们一留再留，到了初七，不得不走。他来时轻便，去时却被塞了许多零碎玩意儿，凑出满满当当一个行李箱。

人都站在大院门外送宋野枝，唯宋聆语扒在厅内的门框上探头望他。等大家把话说完了，宋聆语盯着宋野枝手中的行李箱的轮子，问道："哥哥，你是不是要去深城？"

易恩伍倚着宋野枝，朝里面的人摇头道："不去深城，小野哥哥去北方。"

这几天，宋野枝一直好奇宋俊和孙秀的教育模式是什么样的，养出这么一个既卑又傲的人来。在易恩伍和陶勋这两个半大哥哥跟前，宋聆语娇蛮，浑身是刺；到了宋野枝和宋英军等人面前，他又异常乖，近乎可怜。

看着那个叫自己哥哥的小孩儿，宋野枝没能说出话。

宋聆语被他们看得不自在，扭头向屋里跑去。

临了，宋英军在旁边开口："小野，我得四月再回北方了，你和小巍在那边要照顾好自己。"

"四月？易爷爷之前说……说你们立春了就回。"

"宋俊要开学才能来接宋聆语，我就待这儿，带着一个孩子，就不跑来跑去了。"宋英军抬手，"你记得——算了，也没事，到时候我会在这边常常打电话督促你俩，你去吧。"

宋野枝愣了愣，问道："您得照顾他到开学？"

他一抬眼，二楼阳台冒出个头，宋聆语双臂扒着铁栏，踮脚往下看。

宋英军喊道："小野。"

宋野枝回过神，低着头说："爷爷，等北方天气好了，我打电话告诉您，元宵和立春挨得近，您别不来。"随后声音更小，"别顾我，我什么都不想，怎样都没关系的。"

"不可能。就算你说没关系，我也——唉，总之是不回了。"宋英军推他，"好了，再多说该误机了，好好吃饭，好好睡觉，好好工作，听见没？"

宋野枝点头，跟众人道过别，走了。

他步子大，走得快，易槿在后面追，喊道："小野，回去了记得请阿姨打扫那栋房子，那么久没人住，别攒灰尘！"

宋野枝驻足转身，应道："好，小姑。"

易槿追出去老远，见他在前头停下了，她继续走，近到身前，替他整理衣襟，说："去了之后，请阿姨打扫的时候，也帮着做点儿，特别是你小叔的书房，你仔细点儿整理，嗯？"

"好。"

"还有，咱开开心心地过自己的日子，不跟其余的闲人多计较，知不知道？"

"小姑，我知道的。"

"行，去吧，路上慢着点儿。"

易青巍提前回家的这几天，一个人做足了准备，把各处售楼部扫荡了个遍，筛出几个可圈可点的地方，等宋野枝回来后，铺开一桌，两个人一起精挑细选地滤一遍。

宋野枝看中了一个刚竣工的楼盘，周围没有学校和商区，绿化好，面积广，房型大多是复式楼，分布散，入住的人少。他最中意一点——每户前面都拓了一个私人小花园。

后来去实地看过后，发现是半毛坯房，易青巍否了。

他考虑的是带装修的，一手交钱一手交房，可以立即打包入住的那种。

宋野枝犹豫道："挑得出装修风格合您意的吗？"

易青巍不慌不忙地说："多看看，慢慢来。"

"小叔，你这不像慢慢来的样子啊，我们自己装修挺好的呀。"

易青巍半耍赖半分析地说："装修费时费力。要不我们定下这一套，再去挑一套精修房，先将就住进去——装修的事情，我们之后再好好琢磨。"

宋野枝沉吟半晌，说："小叔，我俩没那么多闲钱。"

"……"

宋野枝没追问下去，心里一直惦记着他的复式楼，再被领着去看其他的，就全是毛病。

二月初，房子的进度暂时停滞。恰好这天易青巍要在医院值班，留到午夜十二点，宋野枝一个人随意对付完午饭，便抽出时间去办易槿吩咐的事了。

房子不脏，只是大，家政阿姨带来的工具都没怎么用上。

"先生，书房您自己弄是吗？"

宋野枝正发短信给易青巍，问问这边有没有他需要的资料。

"对，书房我一会儿去弄，辛苦您了。"

宋野枝等了一会儿，没得到回音，易青巍应该是上了手术台。宋野枝去易青巍的卧室转了几圈，滚了一遍床，摸了几轮钢琴，才慢悠悠地晃去书房。

映入眼帘的是一张宽大的楠木书桌，桌面上，烟盒和火柴盒在一堆文件里极其扎眼。

宋野枝一一打开这两个盒子，里面的烟和火柴都所剩无几。他拉开最底下的柜子，打算把烟藏深些，结果，柜子里已经堆满了红彤彤的纸质烟盒——空的、未开封的，全被易青巍放到一处了。

"啧。"

宋野枝反而不着急去藏了，顺势盘腿坐在地上，划燃火柴，点了一支烟。他平时看别人指间的烟头都冒火星，现下自己手中的却是黑乎乎的，飘出淡淡的烟，不清楚有没有彻底燃起来。

福至心灵，宋野枝又划了一根火柴，将烟蒂送到唇边，一边吸一边点。

一口烟猛灌进来，矮柜"砰"一下关了，被撞得震天响。宋野枝按着柜门咳嗽不止，呛个半死。

等到宋野枝喝了几杯水，缓过来开始正经打理书房的时候，已近黄昏。

那个医院专属塑料袋，宋野枝最初并未注意，本想将它挂去墙上，没钩稳，从里面滑出了病历单。他瞄一眼，原地蒙了。白纸，黑字，署了易青巍的名。

胃出血、轻微脑震荡、软组织挫伤，六月入院，七月初第一次返院复诊，七月末第二次复诊。

一口烟的味道，一升水也消不尽。苦涩滋味从喉咙里重新涌上来，宋野枝喉结一动，咽了几下口水。一番徒劳功，苦愈演愈烈。

这时，易青巍发来短信，问他去那边家里做什么，还问他晚饭吃什么。

宋野枝不顾一地凌乱，抱着病历单去了易青巍的卧室，趴到床上，脸埋进枕头。第一轮窒息感袭来，宋野枝感觉到冷，脱了鞋和外套，盖上被子，握着手机拨了他的电话。

"喂。"宋野枝声音闷闷的。

易青巍失笑道："在床上呢？"

"对啊。"宋野枝说，"你的床。"

"还没回啊？"

"还没，等家政阿姨搞完才能走。"

"躺我的床上干吗？"

"暖和。"

"记得脱了衣服躺，别感冒了。"

"脱了的。"宋野枝说。

"想没想好一会儿吃什么？"

"我要去和你一起吃。"宋野枝今天格外黏糊。

"我七点还有台手术，你现在跟阿姨打声招呼，赶紧过来。"易青巍嘟囔，"我姐咋不使唤我，就盯上你了，真行。"

宋野枝懒懒地笑，把被子裹得更紧，胸前的病历单也攥得更紧，说："那我不去了，再躺会儿。"

他听起来像快要睡着了。

又嘱咐了几句，易青巍被叫走，电话就挂断了。

宋野枝闭着眼睛静静待了半个小时。

地板失光，天黑了。

宋野枝又拨了宋英军的电话。

"喂，爷爷。"

宋英军他们那边天还大亮着，正张罗晚饭，问宋野枝和易青巍吃了没。

宋野枝这次没话家常，只问："爷爷，小叔知不知道宋聆语要和您回北方的事？"

宋英军先说："小野，我说了，我不可能带他回北方。"

宋野枝倔道："爷爷，小叔知不知道啊？"

宋英军才听到重点，说："哦，小巍啊……"他回忆了一下，"知道啊，你爸——宋俊跟我说这事的时候，他在。"

宋野枝睁开眼，眼前也一片黑。落地窗紧闭，窗帘也拉得严实。时间是空荡的，空间是宽阔的，耳边唯一的声响，是阿姨在楼下摆弄瓷杯发出的声音。

"好，爷爷，先这样。"

又沉默了几分钟，宋野枝蓄满了力气，再次拨了一个电话。很快，手机一振，提示已接通，他却没开口。

那边的人等了几秒，说道："喂，小野？"

"正月十五之前，您去南岛把宋聆语接走。"

宋俊早备好了许多道理，在宋聆语出生时就备好了，等着要和宋野枝讲。前些天在南岛，宋野枝面对他，一点儿情绪不外露，一句质疑没出口，事不关己，云淡风轻。

他那时暗叹：好，这就好。

现在这一出，猝不及防。

宋俊可说的情太多了，混在他的脑子里，酿多时了，但宋野枝此时从未有过的冷漠与强势，让他一句话也没能说出来。

"小野……他也算是你的弟弟啊，毕竟——"

输了。宋俊才说半句话就后悔了。输了。宋野枝还什么都没怪，他就先把自己做的破事摊开了，揽全了。

宋野枝蓦地觉得好笑，就真的笑出来了。

宋俊现在让他认宋聆语做弟弟。孙秀那年找到教室门口，挺着大肚子，让他认她做妈妈。

真像啊，这半道凑成的夫妻二人，疯到一路了。

宋野枝说："嗯，十五之前。到时您不去，那么，就换我去了。"

宋野枝挂断电话，有些累，有些轻松。

病历被他揉皱了，他的人生却被一些东西熨平了，服帖了，伸展开了。

历来，空气中那些细小的、硌人的、密密麻麻的疙瘩，碾磨作尘，沾着湿水，升腾的、坠下的，都不知所终了。

易青巍失约了，凌晨两点才摸黑到家。

携着一身寒气，易青巍先去浴室草草冲了个热水澡，把自己焐暖了。

宋野枝哑声道："回来了？"

"被我吵醒了？"

宋野枝摇头说："一直没睡沉。"

"怎么呢，睡晚了？"易青巍问完，又去捂他的嘴，"好了，不说了，就着困意继续睡吧。"

宋野枝还是说了，但嘴被手掌挡着，让人听不清。易青巍实在好奇，松开手，让他再重复一遍。

"我还是喜欢那套复式。"宋野枝说。

想起自己小时候坐在桌边吃晚饭，遇着爱吃的那道菜，即使困极了，打着盹儿也得咽干净。易青巍倏地笑了，说："好，好。"

"宋聆语不来了。"宋野枝忽然说，"不管他来或不来，小叔，全挑好的、喜欢的，往里搬放。不要将就，只要那个，好不好？"

"好。"易青巍顿了很久，说。

他刚从浴室里出来，水擦干了，身体却依旧是润的。宋野枝又觉得此刻的易青巍好像一团雾，那日山顶上、太阳底下，经久不散的雾。

这几秒，宋野枝神思恍惚。他好想，无比想，成为掌管世界的神灵，让时间出差错，永远停在这一刻。

又反悔——算了，没关系，继续过下去吧。

"小叔，明天我有假，中午在医院等我，我们喝排骨汤。"

第十章
向南飞

立春时，宋野枝到南岛把宋英军和陶国生一家接回北方，剩沈家和易家一起过元宵节，在这栋房子里吃最后一顿晚饭。

赵欢与辞了之前的工作，游手好闲，偷了几个月的懒。符恪一向惯着她，沈锦云不得不唠叨两句敲敲警钟，让她落实一下在北方的工作。

易槿和李乃域年后没回过公司，当了小半个月的甩手掌柜，向赵欢与伸出橄榄枝："小欢与，来我这儿，业务去年也做熟了是不是，表现还挺好。"

赵欢与贪闲图乐，含糊道："年后再看吧。"

殊不知，早已是年后了。

初四上班，十五又从北方赶来过节的沈乐皆刚到门口，听见这话，问："看什么？"

"逼我就业。"

沈乐皆低头换鞋，说："就什么业，安生休息，什么时候有劲了，什么时候再琢磨这档子事，不晚。"

赵欢与浪荡一圈，最后还是回归北方，整日待在自己眼皮子底下，沈乐皆求之不得。

"听沈厅的。"

赵欢与朝众人吐了吐舌头，起身去端菜盛饭了。

沈锦云没胡子吹，只能瞪眼道："安生休息？下半辈子你养她得了。"

沈乐皆笑了笑，符恪推了丈夫一把。

"有什么不行？"她转头对儿子说，"我也出一份力。"

吃饭时氛围好，符恪试探了几下，盘问起霍达的个人情况和家庭背景。易槿垂着头只吃饭不说话，唯恐引火烧身。沈乐皆就更安静了，菜没夹几筷，饭含嘴里也不见嚼。

"听起来都不错，你和他发展到哪步了？"

今天宋野枝和易青巍不在，少了帮腔的和插科打诨的人，符恪指望着能问出个踏实答案来。

赵欢与确实没法儿了，坦白道："红本儿，拿了。"

符恪和沈锦云猛地放下碗，可惜气势卡半截，被突然吭声的沈乐皆堵了。

"你们打算什么时候办婚礼？"

"不知道，没打算。"

"我帮你们打算，我来给你俩办。"

沈乐皆气定神闲地坐在赵欢与对面，太远了。

他在她的目光下，开始认真吃饭。不过三秒，赵欢与一同低头，数碗里的米粒，刚才理亏和瑟缩的样子烟消云散，成了厚冰湖面下一颗无言沉底的石子，那么重，沉下去，就没有能再浮上来的理了。

"好，前两年哥哥的婚礼我也操了不少心，算还我的情。"赵欢与面朝碗，笑着说。

十几年的执念，不知所以地崩出裂痕，在赵欢与勾出浅笑时，破了。

在座的人不知道这两个人怎么一来一往的，就把婚礼的事定下了。赵欢与抬头安抚符恪和沈锦云，说："没事，舅舅、舅妈，我妈知道，她见了霍达就拍板了，说可嫁。"

之后，赵欢与起了头，草草讨论起婚礼该如何办。

符恪和沈锦云娶过一次儿媳妇，有了经验，老练不少，讲得头头是道。但娶媳妇和嫁闺女总归不一样，赵欢与问沈乐皆："哥，到时候走红毯，是舅舅牵我，还是你牵我？"

沈乐皆没说话。

沈锦云争道："得我牵。我这辈子就只有一次牵着闺女托付到女婿手里的机会，你哥他想牵就自己生，来得及。"

赵欢与笑成月牙儿眼，说："行，舅舅牵，明里暗里还催起生了。"

请哪方客，做哪款婚纱，选哪套婚房，赵欢与一一问清楚，倒没了沈乐皆的事，大家七嘴八舌地献策，把婚礼的流程都说齐全了。

赵欢与笑得脸酸，任由他们继续热烈地谈、信马由缰地想，自己先下桌去洗脸了。

她去了三楼自己的套间里的洗手间。

她用习惯了，就换不了了。

洗手池的瓷面过于滑，赵欢与手心撑了几次，没撑住。她弯着腰，脸埋进水里去。水柱打进池里的声音在耳边持续炸开，放大了几百倍，她暂时从失去呼吸、视觉、听觉的这一段里，这无比贫瘠、无比喧闹的一段里，获得了宁静。

有人从背后拉她，拉出她，拧紧水龙头。

"你在干什么？"

赵欢与再次打滑，磕到了手肘，肌肤上一秒浮起红印。她以指做梳，把额前的湿发捋到脑后去，不看人，只盯着镜中的自己，懒懒地说："我说了，洗脸啊。你呢？你干什么？"

沈乐皆不看镜，就看她，不借介质地看她。

"太久，我来找你。"

"我饱了，收桌的时候别留我的碗。"

赵欢与说完，见沈乐皆无回应，转头轻轻地问："还不走？"

不断有水珠流过她的脸颊，沈乐皆的眼神却是静态的，他问："你怎么不笑了？"

"水，凉的，冻着了。"

"我来单独找你商讨，刚才说漏了一项。"

"什么？"

"日子，你想定哪天？"

霍达喜欢哪天，我定哪天。

这是赵欢与喉口的话。

"哥，我到底是靠什么撑着，喜欢你那么多年的啊？是我的罪，还是你的罪啊？"

这是赵欢与心口的话。挤赢了，她就问了出来。

沈乐皆蹙眉。他刚才在吃饭时就一直隐隐蹙着眉，没平展过。

赵欢与的食指摸上他的眉心，水珠从指间滑到他的眉间，走岔了路，流去鼻梁侧边，路过嘴角，像泪。

"这儿，什么时候有的纹？"赵欢与仰脖，抬下巴，歪着脑袋，问。

"老了，今年就三十岁了。"沈乐皆声音柔柔的，似掺着沙，哑哑的，很脆弱。

听到这个声音说这句话，今天第一次，热潮一样的泪涌进赵欢与的眼眶。

手指缓缓滑，手臂垂下来，揽上了后颈。

赵欢与抱紧了沈乐皆。

触觉才被惊动，嗅觉未传到神经末梢，赵欢与就记起了沈乐皆的味道。从小到大她缩在他怀里嗅这个味道，他独有的，她爱惨了。很多年没能离这么近，她还以为自己忘了。

"哥，大白死了。那年，我去参加你的婚礼，室友看它脏，把它丢进了洗衣机，它被搅成一堆棉絮，拍成一张照片，编辑成一条彩信，发给了我。"赵欢与说，"其实它不脏，是太旧了。我平时连手洗都不敢用力。"

"你当时就为这个哭的？"

"你看见我哭了？"

"看见了，吻完新娘，看见了。"

"哦，那不是，那时候，我在想……"

"想什么？"

他搂上她的腰，抓紧，固牢，手臂像一截铁。

"想我到底，是靠什么撑着喜欢你那么多年的。"

还没想明白，就是还喜欢。

她的泪，染上他的衣襟，衣服成了深色。

赵欢与想不通，沈乐皆也不替她想，这就真成了一个问题，没有答案，不解之谜。

赵欢与又说道："哥哥，如果我早些，不是十九岁，是更早的时候，就敢坦诚说爱你，坦诚这爱，结局，会不会不一样？"

赵欢与极慢地说着话，如蚂蚁啃食米粒一般慢。

那时我们年少，轻狂合理，是被吹满勇气的气球，没来得及被系上绳子，少顾虑，不懂忧愁，是不是真能头破血流地斗天斗地？

"日子，定十月吧。鱼儿，你最爱秋天。"

又多一个有问号，却不见句号的题。

"好。"赵欢与疲惫地闭上眼睛，"谢谢哥哥。"

"待在我身边，怎样都可以。就这样，待完下半生，怎样都可以。"沈乐皆说。

热气喷薄在耳郭上，赵欢与想，或许，八成是在求吧。

赵欢与越来越喜欢凝视着虚空发呆。

符恪和沈锦云出门了，她就把自己反锁在卧室里，搬把椅子坐到窗边，一看就是一个下午。等符恪和沈锦云回家了，她又将自己放出去，陪他们吃饭闲聊。

一天天过下来，她大多如此。

日子久了，在客厅里和几个人聚在一起谈天说地的时候，偶尔瞭到窗户，她会忍不住打寒战，激灵一下。

窗有框，有时像眶。

外面的世界投进来的亮光是眼瞳。

不知是她望它，还是它望她。

自从赵欢与舍弃自己的小公寓，回到家里住后，沈乐皆就来得越发勤快。他经常来和赵欢与说话，关于婚礼的筹备，关于新房的装修。婚房，是他作为哥哥为妹妹置办的，连带装修和家具也全权负责。

他历来爱把赵欢与的事情都揽他一人身上。

沈乐皆吹毛求疵的性子显露出来了，他总喜欢为某一处的某一个细节深抠半天，赵欢与被磨得不耐烦，就笑他说"哥哥好像在办自己的婚礼"。

听到她说这种话，沈乐皆一般会就此妥协，闭嘴。但沈乐皆也不走，有段时间甚至回来小住过，后来是被沈锦云撵回去的。

不见儿子想儿子，见多了儿子又嫌儿子。沈锦云问沈乐皆怎么老把甘婷艺扔家里。沈乐皆顺着答"那明天领来坐坐"。

符恪把他的不在乎和无所谓看在眼里，分析道："这两个人，还是散，过两年生个孩子，就能黏得紧些了。"

沈乐皆不吃饭了，单手成拳，用手背指节揉着太阳穴，疲累道："前些年催婚，婚结了，就开始催生孩子，孩子生了得催什么？没完没了了。"

看他要生气，符恪转头，祸及池鱼，问赵欢与："你和小霍也是。礼都要成了，也不见他来家里看看长辈。"

"他妈妈身体不太好，现在去 A 国治疗了，身边离不了人，他走不开，过些天能来。"

沈锦云点头，表示理解："对，他家就他一个，他得辛苦点儿。那按理你该去看望看望。"

赵欢与说："我也这么说，但他……"

沈乐皆插嘴道："婚礼就在下个月，怎么，他结婚也卡点？"

水量不合适，米煮得硬，吃得人心浮气躁，火气不小。

沈锦云扭头教训沈乐皆："人，本来就是没完没了地活。孩子生了催什么？我们就催孙子结婚，再催孙子生孩子，行不行？"

"行，您开心就好。"沈乐皆按了按眉头，说，"您和我妈那边的客人的名单拟好了吗？"

沈锦云说："天天叫我拟，还拟什么，用你结婚那年的那份不就得了？"

沈乐皆看了看赵欢与，重新摆弄好筷子，笑了一下，应道："是，您查查，有漏的跟我说，再补。"

家里没有人，赵欢与有些喘不过气。她出了门，没有目的地，和很多年前一样，晃着神往胡同那边的院子去了。

她碰到了宋野枝的车停在大门口，宋英军和陶国生下了车，驾驶座上的人继续往前开，绕出去找车位。

他们都没注意到巷口的她。

十月了，没有风，不冷，但赵欢与习惯抱着胸，靠着墙，等宋野枝回来，和他一起进门。

宋野枝钩着车钥匙走来，看着她，上下扫一眼，笑道："你一个人来的？"

赵欢与站直了，点头说："你们呢，去哪儿了？"

"爷爷不舒服，刚从医院做完检查回来。"

"怎么样？去小叔的医院看的？"

"嗯。血压高，肾和肝不好，就是老人家上了年纪都有的毛病。"

"得好好养，好好吃药。"

赵欢与走到院子里，跟宋英军和陶国生道过好，吸了吸鼻子，问："你们大白天的，爷儿仨喝酒了？"

宋英军说她是狗鼻子，指了指角落的几个小罐子，说："桂花酒，你陶叔酿的。"

赵欢与仰头看院里的树，说："难怪呢，我说今年这桂花树怎么光秃秃的。"

宋野枝笑道："全打下来酿酒了。"

宋英军背身给自己倒茶的工夫，赵欢与已经拿来小杯子，蹲在罐子前舀上酒了。

"大白天的就喝啊？"

"我尝尝味道，还没喝过自家桂花酿的酒呢，您来点儿不？"

这次不用宋野枝苦口婆心，宋英军自觉地拒绝："这东西我暂时得戒了。"随后摇头，似笑似叹，"还是小孩儿，下个星期就要结婚了，小姑娘成为大姑娘，也就一眨眼的事，岁月不饶我咯。"

"都安排好了吗？"宋野枝坐在树下的石桌旁，问道。

"我哥在弄。"

"婚纱呢？挑的时候叫上我，陪你去。"

"我哥也弄好了。"

不只如此，沈乐皆连婚礼当天霍达接亲的车辆都打点好了。这场婚礼，他是总策划师，事无巨细，亲力亲为。知情的人，无一不说沈家哥哥的好——新娘照顾得周全，新郎的事也包圆，恐怕亲兄亲父也难做到如此地步。

霍家真找了个好人家。

赵欢与想起那日在婚纱店里，他替她选新娘服。幕布落下，掀开，她一件一件换，他一刻一刻等。从天亮试至天黑，店中的婚纱她穿过大半，他站在更衣室前认真地左右为难，确实难挑，每一条都很美。

哥哥好像在办自己的婚礼。

某一刹那，赵欢与看着他，像在看新郎。

"欢与？"

"嗯？"她再次无知无觉地走神了。

"婚礼过后，你是不是真要和霍达去南极度蜜月？"

赵欢与"咯咯"笑道："他还跟你聊这个？"

宋野枝挠头道："他无意间说的，但我记住了。"

赵欢与摇头道："应该不会这么急，他妈妈情况不好，他不能走。"

"那他现在——"

"我哥带着他，也就忙婚礼这档子事。"

浅尝完一杯桂花酒，宋野枝在考虑晚上多叫些人来聚会吃饭，酒味正好。赵欢与的手机恰巧响起来，是沈乐皆打来的电话，来找她要她的宾客名单。

"你在哪儿？"

"不在家。"

"我知道，所以问你在哪儿？"

"小野家。"

"我过去找你。"

赵欢与立刻拦道："哎——别来，名单今天是最后期限是吧，我在电话里给你。"

沈乐皆沉默了几秒，说："行，你现在说。"

赵欢与："……"

沈乐皆催促道："说啊，我等着。"

"好像没有。"

沈乐皆把电话挂了。

宋野枝问："同学也不请几个吗？"

"不请。"

宋野枝知道婚礼的性质，也觉得这样最好，便没再多说。

不醉，只累，赵欢与趴在桌上，睁大眼睛去看斜上方四合院的砖瓦垒出来的天空。有鸟儿扑腾翅膀的声音，可不见影儿，应该在脑后方，她懒得去看。

冬天要来了，它们都在往南飞。

浑身无力，隐约发痒，她的魂体，是真的变成了一只鸟，混入其中，逃走了。

"小野。"

"嗯？"

"我想要你院子里那株花。"

"哪株？"

"那年去海边带来的那几根木棍，你把它们种活啦。"

"对，但现在依然是棍，花只在春夏开，纯白色，特好看。"

赵欢与笑道："那就更方便了。小野。"

宋野枝和她一同趴着，说："总叫我，一杯不至于吧？"

"怎么会呢？"

"嗯，那这次是什么事呢？"

"记得想我。"

"啊？"

"见不到我的日子，记得想我。"

她不知道自己是什么时候睡着的。睡在冰凉的石桌上，有人替她塞入毛绒桌垫；睡在广袤的天地间，有人替她披上轻薄的毯。

她真的没有醉，只是累，所以睡着也没有做梦。

或许有，只是她忘了。

十月十八日，赵欢与女士与霍达先生，大婚。

凌晨天将亮，伴郎需和新郎去新娘家里接亲。

新郎不见了。

众人顺着找到新娘家中。

新娘也不见了。

酒席摆得整齐盛大，宾客还未上座，正好，不必上了。

紧锣密鼓地准备了小半年的婚礼即将开始，可惜未见人世，就偃旗息鼓，无声无息地消失了。

沈乐皆在冷清的两层大厅间穿梭，协调人事，道歉退桌。和经理将账算清楚后，空空如也的楼里借出一个角落予他，他坐着，拿出一本厚厚的宾客花名册。

之前是这一本，他一一打着电话请人来，现在也是这一本，一一打着电话请人回，未来的要道足歉，已来的要订好酒店。幸好这是倒霉丧气事，众人都顾主人家的心情，为主人家考虑，替主人家难堪，所以很好说话，很好解决。

很顺利，四个小时后，沈乐皆把五个月的心血收拾完毕。

王行赫问过经理，被带来二楼大厅，极目而视，找了好半天，才看到沈乐皆所坐的桌。

"查出行记录了吗？"王行赫问。

"还没。"

"打过电话了吗？"

"还没。"

"两个人一起走的？"

"不知道。"

"沈乐皆，我好奇。"

沈乐皆不看他，径自垂着头，也不接话，盯着手指出神。

"沈家兄妹互生情意，沈家女儿女婿双双逃婚。"王行赫问，"哪一个，你更受得住？"随后，他恍然大悟似的说，"哦！你现在没的选了——虽然，明明有过有的选的时候。"

沈乐皆知道了，王行赫这一趟是想来打架挨揍的。

但他自始至终没有动，被钉在了椅子上。他今天早上按了太久电话键盘，现在手指很痛，痛得出奇。沈乐皆的前半生、沈乐皆身体的热度和筋骨里的气力，都被这痛抽丝剥茧一样地噬尽了。

霍达坐飞机，要去 A 国。

赵欢与坐火车，往南，不知道要去哪儿。

火车路长，够她想清楚——应该能吧。若不能，那她继续换下一列好了。

车厢里人不多，有很多空座位。她一个人缩在最后一排靠窗的位子上，怀里搂着两根裹泥的木枝——这是她全部的行李。

风景从平原隆成群山，赵欢与昏昏欲睡。

世界上到底有没有安静的交通工具？

车厢密闭，流动的风从哪儿来的？

听说饭点会有餐车路过。

她去找妈妈吧。

睡意全无，赵欢与换了个姿势，跷起二郎腿，锃亮的鞋尖借着火车的力悠然自在地点着。

她伸手关了头顶的空调。

北方百无聊赖的秋天啊。

温水泡茶，味淡，沈乐皆端着，没喝儿口，杯冷了。水迟迟烧不开，他干坐着等着。易青巍进门来时，壶刚巧响了。

婚房的地段由赵欢与挑，户型由沈乐皆定。赵欢与要跟宋野枝买同一个小区，方便日后串门。两处房子离得近，互望着，打开阳台门就能看见对方家的檐尖。两家人请的同一个设计师，但沈乐皆这边的进度快一些，他赶赵欢与的婚期。

易青巍倚在门口，没进去，问他："坐多久了？新屋味儿没散干净，别待太长时间。"

沈乐皆说："不至于，差不多就行了。"

易青巍看他手法有模有样，很熟练，觉得稀奇，说道："一个人喝上茶了。"

沈乐皆答："常陪人喝，喝惯了。"

易青巍和他分坐沙发上，问道："找了吗？"

沈乐皆摇了摇茶叶罐，给他沏了一杯。

"火车，直达票。白查，随便哪个站她都能下。"

"两张？"

"一张。"

"宽心吧，好歹她是一个人走的。"

"怎么走都是走，没区别。"

"和霍达捆着走，你乐意？"

沈乐皆反问："我有什么不乐意？她和霍达走还好些，路上有人帮忙照看她。"

说起来，她还是第一次坐火车，买的硬座，不知道车上挤不挤。

易青巍鞋踩柔软的地毯，脚底不踏实，觉得既轻又虚。他低下头，不打算听嘴硬的无用话。

沈乐皆扬了点儿声，问："小野呢？"

"听说婚礼取消，我们就半路改道去医院了。"

"医院？"

"宋叔血压高，有点儿危险。前几天就该住院观察，但宋叔说得参加完欢与的婚礼。等拖拖拉拉办好手续，宋野枝就留在医院里了，我来看看你。"

"小野知道赵欢与要走的事情吗？"沈乐皆问。

"知不知道的……"易青巍盯着沈乐皆的脸，往后倒，靠在沙发上，"怎么，你能怨上他？"

"不是。"

唇贴杯沿，略略抿一口，易青巍咂摸着茶香，说："丢了谁就去找谁，别在我跟前摆谱儿。"

"沾点儿他的边儿你就急。"沈乐皆笑笑，说，"我疯了？怪他头上。我就是想知道，她走之前，跟小野说了些什么。"

开始时，在装修风格上，赵欢与和沈乐皆分歧不小，争了好一段时间。他建议低奢极简，她要活泼温馨。易青巍看着客厅沙发旁的立式落地灯，灯身是铁艺的，灯罩是卡通画的。

这两个人，好像都没赢，也都没让对方输。

"去把她找回来，把话说开。"易青巍想着，就对他讲出来了。

"什么话？"

"什么话，你继续憋着。下次看见霍达，你去照照镜子，仔细瞧瞧自己用的什么眼神——哦，没下次了，见不着了。"

沈乐皆"啧"了一声，易青巍这语气和王行赫的太像，还真是和王行赫穿一条裤子长大的主儿。

"其实她走，是怪我。怪我说错话，要她一辈子留在我身边。她和霍达回来的这一趟，变乖了好多，我没看透她的想法，掉以轻心，吐露心思，把她逼走了。"

各方各面，在沈乐皆的脑海里过了一遍。

他说："找回来，我指不出路给她走，不是更招她恨嘛。"

"怎么指不出了？说开，难处和压力，欢与扛得住。"

沈乐皆说："我扛不住。待我身边压力太大了，放她出去，她轻松些。"

官场上，沈乐皆和易焰至今拒不站队，对沈、易两家虎视眈眈的人多了去了。家里边，沈锦云和符恪把赵欢与当亲生闺女养大，哪受得住这个。易青巍看着他，替他想，进不得，退不能。

"但总得找着人吧。"

"我过几天给姑姑通个信。她只是想离我远点儿，不会胡乱走。"

"你别笑了。"易青巍低声说，"比哭好看不了多少。"

易青巍站起来拉他，说："晚饭在我家吃，以后也少一个人哭着喝茶。"

沈乐皆按住他的手说道："我今天在这儿吃。"

易青巍环视一圈，说："你真疯了。"

"厨房的锅碗瓢盆、柴米油盐，早为他们买齐了。"

"那你是不是还得睡这儿，住这儿，从此不走了？"

"只今天，就当给新屋开灶。"沈乐皆摸出电话，"我让小野来接你？"

易青巍点头道："行，连撵人也这么多弯弯绕绕了。"

走到门口，易青巍折返几步，记起件事，问："赵欢与是不是有一个同学搭上你的线，请你办事了？"

沈乐皆想了想，答："是有一个，不过这阵子事多，没空理。"

"行，别理了，方便的话再使使绊子。"

"怎么？"

"小事，就这样，我走了。"

"你得说，我才知道这绊子得使到什么程度啊。"

易青巍抓着门，不耐烦地说："就上次去他们高中同学聚会，这人面上挺和谐友善，背后说得很难听，话被人传到我的耳朵里来了。"

沈乐皆笑道："那两个崽子也挺傻，还特地嘱咐我，这忙一定得给人上心帮了。"

易青巍也笑道："是，他俩老不信人能这么坏。你嘴紧点儿，别跟宋野枝说。"

"知道，悄悄地，让他继续蠢下去。"

易青巍本来要走，后来抵着门，睨着沈乐皆，说："这会儿你话又多了。"

易青巍从沈乐皆那儿离开，直奔医院。他推开病房的门，灯已经开了。宋英军闭着眼躺在床上，宋野枝陪在床边翻书。

听见门响，宋野枝转头看过来，眼睛一亮，喊道："小叔！"

易青巍问："宋叔睡着了？"

宋野枝点头说："吃了晚饭，睡好一会儿了。"

陶国生提着水壶从走廊另一边走来，易青巍瞟见了，朝宋野枝招手道："走，带你喝羊肉汤。"

到了店里，挑角落坐好，易青巍用清水把碗筷粗略擦了一遍，时不时看一眼宋野枝。

"怎么了？"

易青巍把筷子递过去，问："你前几天从卡里取的那笔钱，是不是给赵欢与了？"

买完房子后，他们的钱都存在一张卡上。前些天宋野枝说想要取点儿钱出来，金额不小，见他没要说的意思，易青巍也就没多问。今天接到沈乐皆的电话，易青巍看宋野枝的表情，几秒钟就把来龙去脉理清了。

"赵欢与要逃，之前是不是也跟你通过气了？"

宋野枝一五一十地说："欢与一个星期前来找我，她没说——但也差不多是说了，我猜出来了。钱我划她的卡里去了，也不知道她打算先去哪儿，多备着点儿，总归方便。"

"先去哪儿？你还猜到她要去的地方了？"

"霍达说她一直想去南极，也想去世界各地逛一逛。"宋野枝说，"小叔，我怕我跟你说，就等于是跟乐皆哥说，所以使劲瞒着。这几天没个人商量这事，心里慌慌的，都没睡好觉。"

"我看你睡得挺好，一天天精神抖擞的。"

把盛好的汤递过去，易青巍语气软和了些，说道："吃好了，给你乐皆哥打个电话。"

宋野枝笑道："好。"

从小到大，沈乐皆唯红烧肉这道菜最拿手。他今天做砸了，鲜少做一个人的量，没估对糖的量，放少了，裹着米饭搁在嘴里，一点儿味道也没有，和下午的茶一样。

宋野枝打来电话时，他正准备将红烧肉往垃圾桶里倒。

"乐皆哥。"

宋野枝的语气里听起来有内疚之意，下一句就得是"对不起"，可沈乐皆不是叫他来道歉的。

他问："小野，宋叔情况怎么样？"

宋野枝看着易青巍，回道："稳定下来了，在观察。"

"行，那就好。"

"乐皆哥。"

"嗯，小野。我就想问问，赵欢与走之前，跟你说了什么话？"

"她没跟我说她要走的事，是最后那句，她让我记得想她。我猜到了。"

"其余就没什么话了吗？"

"没了，一直像寻常那般聊天。"宋野枝慢腾腾地补了一句，"但她那天来胡同里，管我在院里挖了两株花，带走了。"

"花？"

宋野枝深吸气，说："对，就是那年从海边回来，没能从你手里拿到的花。"

后来红烧肉没丢成，他咽完了，星点汤汁，泡饭吃干净了。

她是陪着他长大的，一天没落过。

十年前，赵欢与离家出走，往易青巍家去，三天。

九年前夏，赵欢与再次出走，往郊外去，七天。

八年前夏，赵欢与考入"中大"，离开整整一年。

六年前起，赵欢与再没回过家。

三年前十二月，他亲自去南方将人带回，她只待到来年五月，下一回，便是带着霍达回来了。

沈乐皆独坐黑暗中，捋了一路，不知道这一次她会什么时候回。

良久，月爬树梢。

他站起身，将衣服穿整齐，定在玄关处，回头将毫无生气的、阴森森的、冷冰冰的客厅览于眼底，从内兜里拿出钥匙，抛向空中，听它落在大理石地板上。他关上门，未做停留，走了。

第十一章
浮木

年初，假期才结束，易青巍就被派去外地学习，一走就得半个月。

爷儿仨关紧了门，围在暖炉边，垫着薄毯嗑瓜子，聊闲天儿。

宋英军问："你们什么时候搬进新房子住啊？"

宋野枝专心致志地剥瓜子，搁一个小碗里存着。他说："小叔定，我也不知道，家具还没买全，我还能赖着您好些日子。"

"哪是你赖我，是我赖你。"宋英军抓着头发回想，"房是什么时候买的来着？"

"去年……"宋野枝惊道，"一年了，去年元宵节前定的。"

"去年——"宋英军皱着脸费力地回忆，说，"你们从南边回来就买了？"

"嗯……对的。"

"你小叔提的？"

"嗯。"

"行，到时候你们要摆席吗？"

宋野枝愣了，问："什么席？"

"搬迁宴。"

宋野枝摇头道："易爷爷一家、我们一家，再加上沈叔叔一家，聚着吃顿饭就够了呀。"

宋英军把宋野枝剥的瓜子抢了,一把塞嘴里,问:"那我们能等到那一天吗?"

宋野枝将碗挪过去,贴着手腕,继续一颗一颗地剥瓜子。

"能的,爷爷。"他说道。

窗户附着湿雾,窗外一片白。下了雪,出了太阳,光全打到窗户上,衬得屋里极亮堂。被薄毯焐出了汗,宋野枝把它挪去了宋英军的腿上。

雪花一直在外面的世界里模糊不清地飘,三个人无所事事,也就一直看它漫无目的地坠落,时而盼它更大,时而盼它停。

宋野枝小时候听符恪说他是上午十一点出生的。自那时起,每天他都会惦记十一点的到来。后来他越活越不精细,十一点就渐渐失去了意义。那些可笑幼稚的仪式感,只持续了短暂的年月。

直到这年二月十八日,他一生中的每一个十一点,被多焐上了难以磨灭的印记。

周六早上,他多跑了一趟实验室。回家路上,他应宋英军的叮咛,到街口挑青菜,顺手请人多切了一块白豆腐。

就耽误了那么一会儿工夫,宋野枝推开院门,就见宋英军倒在地上,嘴里不断有呕吐物喷出,陶国生趴在他身边拨急救电话。

禁搬移,唤醒意识,防止秽物阻塞呼吸,确定急救车到的时间,宋野枝出奇地镇定,脑子一片空白,跪在宋英军身边,一边唤人,一边伸手指进口腔将呕吐物清干净。他在脑子和肌肉处于高度紧张的状态下,机械地处理着眼前的危情。

摊着手,脱了力,坐在重症监护室外,他脑子像失灵了似的,依然不断重复那四个念头,不断重复宋英军失控地躺在雪地里的画面。

宋英军脑干出血,出血量不乐观,考虑到患者年龄,不宜手术,医生建议保守治疗。

宋野枝抹一把脸，冷静道："陶叔，劳烦您守着，我马上回家拿卡。"

陶国生马上叫住他，扳正他的肩膀，说："把魂捡回来，陶叔在呢，没事，啊。"

"好。"

"跟你小叔说一声，他撑着你。"

宋野枝的眼神落到陶国生身后红色字母标的病房号上，他摇头道："小叔过几天就回来，现在跟他说也不顶用，还让他干着急。您别说，我挨得过。"

家里，宋野枝立在宋英军的床边叠棉衣，装去医院。

他无端想起去世十余年的奶奶，这些年他已经很少梦到她了。那段日子奶奶重病，进了ICU，宋英军特地带着宋野枝回家，给她拿平日最爱穿的裙子和鞋，再急急忙忙地瘸腿倚杖赶回医院，每天都趁她难得清醒的那一时半会儿给她换上。

爷爷奶奶都爱美，最讲究体面。

眼皮泛痒，宋野枝的嗓子猛地一紧，泪滑下来，打在手中衣服的白色纽扣上，不见了。

重症监护室里不允许闲人陪护，有家属在病房外的地板上平铺几张报纸或纸板，躺上去，蜷身裹着衣，就这样对付一整晚。宋野枝坐在椅子上垂眼看着，夜深凉气重，他们偶尔会猛地一颤，被冻醒，接着伸出指头拉拢外套，叹气挠头，继续闭眼补眠。

之前在医院也看过这种景象，只是他通常是匆匆而过的路人。如今成了一道的，他坐着，他们躺着，相互守着过了一宿。

凌晨，头疼不减，天马上要亮了，宋野枝就着冰水吞了药。

宋俊携孙秀现身，宋聆语跟在后面扯孙秀的衣角。他们站在楼梯口，宋野枝一放下水瓶就看见了。药片哽在喉间，他重新拧盖，猛灌了几口水，将阻塞感囫囵顺下去。

"陶叔给你打电话了？"宋野枝说话，牙打战，口腔麻，被水冻的，吐字也一串冰碴儿气。

宋俊答："是，连夜赶来的。现在情况怎么样？"

宋野枝抬手看表，起身道："你可以等医生来了问医生。你们来了就你们看着吧，换我下楼吃个早饭。"他擦过宋俊的肩，"行吗？"

问归问，宋野枝丝毫没有要他首肯的意思，迅速掠过人。宋俊点头，一个"行"字只来得及远远落在宋野枝身后。

大多数人没醒，一路上，世界是静的。医院外的早点摊热气氤氲，人声鼎沸。

宋野枝愈走近，分裂感愈甚。

天也没醒，是雾霾灰蓝，这片天底下的人吃饭走路，全靠车灯、路灯，还有矮窄店里的昏黄灯泡供点儿亮光。

宋野枝停在一家包子店前，要吃烧卖和豆腐脑。人多，队是横着排的，把店门口围得水泄不通。他站最边上，包子店老板的脸藏在一摞摞蒸笼后面，老板一直敷衍地点头，宋野枝不知道自己这单到底有没有点上。

宋野枝不想再重复开口，只默默地等。他偏头盯着侧前方脏乱的玻璃门放空。

慢慢来，人总会散尽的。

医院门口常年有出租车停候，一盏盏红色尾灯从身后映上身前的门，随人行道上走过的人影而明灭，闪动的频率过高时，像一面故障了的广告牌。

"豆腐脑要甜的咸的？"

等了半天没回音，老板指他，身边的人等得不耐烦，用手肘碰他，宋野枝回了神。

宋野枝正要说话，一只手轻轻搭上他的肩，隔开紧挨着他的人。那人却紧追不舍。

他抬眼看来人，话没了。

易青巍问："你吃还是陶叔吃？"

宋野枝回他："我吃。"

"咸的。"易青巍对老板说，"然后再来一份和他一样的，谢谢。"

人头攒动中，易青巍目光柔静。

"陶叔吃过了？"

宋野枝摇头道："陶叔被我劝回家了，不能两个人干耗着。"

"现在上头没人？"

"我爸他们来了，刚来。"

易青巍看着他的眼睛，问："多久没睡了？"

"爷爷倒下后就没睡着过。"

"我刚回到家，爸爸就跟我说了。"

宋野枝说："易爷爷昨晚来过，还有小姑和易焰叔，说今天晚上来替我。"他歪头，"累不累？"

易青巍反问："你累不累？"

宋野枝没有动作，睁着眼睛，扑闪地看着他。

"吃完早餐，我带你回家睡觉。"

宋野枝无力道："我睡不着。"

易青巍咽了咽干涩的喉咙，心脏揪着疼，许诺一样地说："会的。"

没去宋家胡同，没去易家独栋别墅，易青巍驱车往新房开去。宋野枝不专心，停车了才惊道："这儿？"

易青巍为他开车门，确定道："这儿。"

烧卖和豆腐脑凉了，易青巍把它们放到微波炉里，回头找人，见宋野枝躺在沙发上，外套被丢在地上。

"去床上。"

宋野枝摇头道："我今天太脏了。"

易青巍只好从卧室抱出毯子，自己躺到另一边沙发上。

宋野枝说："我们睡醒之后再吃，好吗？"

"好。"

宋野枝闭着眼睛，眼皮不停轻颤。一直以来，易青巍都用此辨认他是否在装睡。易青巍看了好一会儿，将手掌覆了上去。

宋野枝一吸气，跟小鬼遇符一样，定住了。

他坦白："我现在不太好。"

"指什么？"

"我现在一点儿活人气息都沾不上。"

易青巍的身影笼罩他，他就安心地堕入了黑暗。

宋野枝说："小叔，爷爷这次熬不过来了。"

"你会想关于死亡的事情吗？"易青巍问道。

"奶奶去世后的很长一段时间，我几乎时时刻刻在想。"

"想清楚过吗？"

"怎样算清楚？"

"我妈妈去世那时候，我也很小，我开始明白死亡这回事，做了医生之后，更是没逃开。有些病人会陪我很久，可最后还是会走。"

"每个人都会死。"宋野枝说。

"是。"易青巍说，"生命的平等就体现在这里，每个人都会结束生命，会消失。"

宋野枝清楚了，回道："我不害怕死亡，我怕离别。"

离别尚轻，死亡是诀别。

生者可怜。

而易青巍没说出口，存在于人类社会的这两样东西，区分它们，似乎并无意义。

气氛被拉扯成轻飘飘的哀痛。

"那你又要说，每个人都会离别。我想想也是，生离或死别，总不可能永远在一起，对不对？"

易青巍依旧没说话。

他自认为比常人经历得多，淡然处过大悲大喜，到头来临时剖析一番，也还是世间一俗物。

"会的。"易青巍低声说，无根据地笃定。

"好好睡一觉，打起精神，陪爷爷熬过这一程。如果结果真的不算好，不要哭，轻松些送老人家走，好吗？"易青巍又说。

他听到了，都听到了，声音再低也听到了。

低语对低语，灵魂慰问灵魂。

"我若活到七十七岁，托人料理后事，要海葬。"

"七十七岁？你功高德厚，万一长命百岁呢？"

宋野枝醒来，时间仿佛停滞了，闭眼是墨色天，睁眼也是墨色天。

易青巍刚从厨房里回来。

他解宋野枝的惑："下午六点。"

宋野枝迷迷糊糊地问："爷爷醒了？不过应该是我做梦。"

易青巍瞟了一眼手机，说："是梦，没消息。"

"我现在起床去医院，也许刚好赶上梦成真。"宋野枝举臂打气。

气泄出来，成了笑，易青巍说："我吃不了的那几个烧卖得你负责。"

他们整装去医院，病房前只剩宋俊一个人。宋聆语年纪小，撑不住，孙秀下午时带他去附近的酒店开房休息了。

宋野枝和易青巍并肩朝他走去，易青巍率先说："宋俊哥，见过李医生了吗？"

"见过了，但还是不准家属进去探视。"宋俊顿了顿，问，"你认识主治医师？"

"我——在这儿工作。"

"哎——"宋俊拍手，"我糊涂了。"

宋野枝偏头看向白墙，这腔调听得他心烦。

他说："您回吧，待会儿陶叔也要来，人够了。"

宋俊问："陶叔带饭来吗？"

宋野枝早比他高了，眼皮垂着，冷冷地说："带给你吗？"

宋俊被他看得不自在，说："之前没人在这儿看着，我也不敢去吃饭。"

"孙秀呢？"

"酒店——"

"那就回酒店吃，比陶叔做了再送来快得多。"

易青巍拍了拍宋野枝的手臂，走开去送宋俊。

出了医院，宋俊分他一支烟。易青巍没接，宋俊诧异道："还没学会？"

"不是，戒了。"

宋俊勉强笑了笑，说："年轻人自律性强，孩子他妈也叫我戒，没法儿，戒不了。"

易青巍说："如今金玫姐还管着您这档子事？"

孩子是宋聆语，不是宋野枝。孩子他妈是孙秀，不是金玫。

言，是有意失的，所以把宋俊问得愣头愣脑，易青巍也故意不知有不妥，没收回。

十几分钟的脚程，宋俊嫌冷，要打车。

易青巍说："那我开车送您。"

"多麻烦。"

"不麻烦，您在这儿等几分钟，我把车开出来。"

当然得一起，两个人又返回，去医院停车场。

有车经过，易青巍站去外道，将宋俊护在里面。他扫了一眼，看到了宋俊鬓边生的一撮白发。宋俊老了，父亲也往耄耋之年迈了。

易青巍有些心软，说："到时我和宋野枝搬家，请您赏脸多去坐坐。"

宋俊自嘲道："那小野得多糟心。"

易青巍说："不至于，您有空就来。"

快要到目的地时，宋俊斟酌道："小巍，李医生和你熟，还要请你跟他说，麻烦他多费心——"

至此，易青巍的语气淡了些，他说："宋俊哥，不论熟不熟，他都会不遗余力地治病救人的。"

宋俊才知不该跟医生说这种话，连忙解释道："你知道的，哥不是这个意思。"

易青巍笑笑说道："我知道，但我确实是这个意思。您到了。"

陶国生晚上的确是提了汤和饭来的，三个人或多或少吃了点儿，一起待到晚上十点，好说歹说，陶国生又被宋野枝赶回去了。

过了十二点，宋野枝反被易青巍赶。

黑眼圈一夜就能折腾出来，往后十天半个月都消不掉。易青巍用他劝陶叔的话劝他："没必要两个人干耗。"

宋野枝坐得笔直，刚好能透过门上窄小的玻璃看里面的情况。宋英军毫无生气地躺在病床上，氧气罩遮了大半边脸，密密麻麻的线从被子底下延伸出来，连接复杂的仪器。

他昨天一个人在这儿时，没合眼，就是看着仪器上的数据度过长夜的。

"我能留这儿，就一定要留这儿。无论什么事，都要第一个知道，得些心安。"

"不舍昼夜陪君子。"

宋野枝难得笑了，拨了拨他额前的发。

昏迷三四天，次日清晨七点，宋英军短暂清醒。

重症监护室里的机器尖厉地响，宋野枝从座位上蹿起来，被易青巍按住。地上横躺的人们都窸窸窣窣地醒了，起身用蒙眬的睡眼看前方发生了何事。

医生和护士拥进病房。

易青巍说："没事。"

宋野枝看着他。

他重复道："没事。"

等了很久，李医生走出来，宋野枝和易青巍早早站在门口候人。李医生朝易青巍点头，对宋野枝说道："可以进去和爷爷说说话了，不过得注意时间，老人家精神很差。"

胸口积存的气呼出来，差点儿带出眼泪。

"谢谢。"宋野枝弯腰，"谢谢。"

宋英军全身浮肿，手背瘀青。宋野枝想握他的手，又怕他疼，虚虚碰着，偷他的体温。宋英军的眼皮是半闭的，无力地耷拉着，剩一对眼珠，随着宋野枝转。

他站到床边，宋英军开口说话，声音小极了。

宋野枝凑近去听。宋英军缓缓攒力气，说了三四遍。

第五遍时，宋野枝听清了，宋英军问他："有没有，好好吃饭、睡觉？"

他看着宋野枝，又说："别哭，擦不到。"

不管是什么，宋野枝努力往下咽，狠狠抽了两口气，咬牙忍住了泪。易青巍在门外，看他背对自己面对病床，傻愣愣站着，耸了两下肩膀，就知道这人没绷住，哭了。

易青巍转身跟人借纸。

宋野枝说："我好好睡觉了，做了好多梦，梦到以前您带我玩。平时想不起来的事，全变成梦来叫我记了。

"医生说您情况好，心态好，抢救及时，求生意识强，恢复好了得再活几十年。"

宋英军模糊地"嗯"了一声，应他的话。

待了不到十分钟，宋野枝出来了。宋俊提着满满两袋子东西，全是早点。宋聆语缩在他身侧，小手挎着宋俊的手腕，他们和易青巍一同站着，殷切地等着。

宋俊急道："你爷爷跟你说了什么？"

宋野枝说："小叔，叫你们进去。"

宋俊问："有我？"

"嗯。"

宋俊要带着宋聆语一起进，被护士拦了，已超过探视人数。

"他很乖的，不吵不闹不说话。"宋俊辩道。

护士铁面无私。

易青巍说："您带他进吧，我陪宋野枝待会儿。"

宋俊应道："哎——"

护士左右为难，最后嘱咐几句，让三个人进了。

他们进去，门刚合上，宋野枝就握紧两只手，指节攥得青白，坐在椅子上，低着头，后来渐渐脱了力，徐徐蹲去地上。空旷的走廊上，除了时有吸气声，再无其他动静。

宋英军对宋俊本来有话说，可看到宋聆语，话变了。

他看着宋聆语，宋聆语也天真地看着他。

"他的宋，是宋俊的宋——

"无关宋野枝——

"也无关我——

"我真丢下小野走了，小巍，替我看好他。"

到了后期，宋英军开始吐字费力，护士查表，叫停，将人全部驱走后，宋英军再次陷入昏迷之中。

之后，他再未苏醒。

在重症监护室的第五日，宋英军呼吸骤停两次，有并发症，多器官功能衰竭，医院向家属下了病危通知书。

第六天，宋英军第二次病危。

第七天，一个白日，宋英军两次病危。

第八天下午，夕阳将暗，宋英军抢救无效，宣告死亡。

血泼一般红烈烈的天。

那厢黑幕欲落，这厢白布已遮。

丙戌年，庚寅月，丙戌日，酉时，时辰尽。

宋英军的葬礼，是宋俊一手操办的。

挂上白纸白灯笼，停尸七天，火化，头七后入葬，吊唁人、送葬者泱泱，挤满云石胡同，来往不绝。

宋野枝听了好多遍"请节哀"。

直至六月，春去夏来，还有老者迢迢赶来北方，被子孙搀扶，跪去碑前，说番体己话。宋野枝负手站在墓园的树下默然地等，躲这不饶人的艳阳天。

天气不似下葬那日的滂沱大雨。

那一趟后，宋野枝溅一身黄泥点，衣服泡了洗，洗了泡，一整天，没洗净，挂院里晒了几日，黄色晕在黑色西服上，干时像一幅抽象画，好看。宋野枝一件件折好，压在箱底。

易青巍下班早，宋野枝把人安置好了，独自回家，见他在厨房淘米。

"怎么样？"

宋野枝脱鞋换衣，说："是个好人。"

易青巍骂他傻，问："我是说，有没有订饭馆请人吃饭，有没有带去酒店安排住处？"

宋野枝想了想，说："真是个好人，我就把他们送去云石胡同住了。老爷爷和陶叔认识，两个人高兴坏了，一顿叙旧。"

易青巍把饭煮上，说："收拾客房也要费不少力。"

"陶叔——说他无聊，哪边的房都扫得干干净净的。"

"也好，离小陶勋来也没几天了。"

"他打电话说要来我们这儿住。"

"别，拒了。"易青巍完成任务，一身轻松，甩了甩手，"汤交给你了。"

"饿吗？"

"不饿。"

宋野枝往沙发上倒，叹道："那让我休息会儿。为什么拒？"

"陶勋来住，易恩伍也一定会来。来了就安生不了，养两个娃。"

"他们都很乖的。"

"我嫂子，易恩伍走到哪儿，她盯到哪儿。儿子放我们家，我们成她监督的对象了，一天八个电话，监督我们监督易恩伍写作业。到时候什么事都别做，当接线员算了。"

"夸张了。"

"那你这次试试。"

"啊——"宋野枝思虑半晌，开口道，"那你拒一下。"

易青巍说道："坏人我做？"

"有天赋。"

"给我点儿好处。"

"脸大。"

汤没让宋野枝做，易青巍上阵，听宋野枝指挥。

西红柿鸡蛋汤，简单、快速、营养。

放荤油，打三个鸡蛋，搅匀，等油热，小火煎鸡蛋。鸡蛋多，得一拨一拨煎，至金黄，缓慢加水。水也得一点儿一点儿加，沿锅壁细细淌，第一拨汤煮成奶白色，再加一碗清水。

"怎么停了？"

宋野枝揉了揉眼睛，说："忘记洗菜。"

"我去洗。"

"我呢？"

"你待这儿，继续加水啊。这点儿汤够喝吗？"

宋野枝呆呆的，挽起袖子，听话地点头。

汤很成功，鲜，不腥。宋野枝不饿，早早撂碗，易青巍把锅底舀净，汤一滴不剩。

宋野枝躲去书房看书，易青巍洗完碗去找他。

"有水。"

宋野枝靠着椅背坐，易青巍站在他身后。

"你看的什么？"

宋野枝快快的，两指一折，露出封面，扫一眼，答道："《世说新语》。"

"谁推你看的？"

"前几天路过一个卖二手书的地摊，买了一堆，没注意看。"

"合着你没注意看啊？我说怎么搬了三箱到家里来，是一堆吗？把人家的地摊搬空了吧？"

"那天太阳大，是个老奶奶守摊儿，我就全买了。"宋野枝说。

"怎么不叫我去帮你搬？"

宋野枝抬眼看他，说："出运费请了人的。"

得，又多照顾一个劳动力，拉动国家经济发展有宋野枝的一份功劳。

易青巍说："我可以挑一本过来和你一起看吗？"

宋野枝失笑道："来呗。"

宋野枝坐桌前，易青巍坐桌边，学他跷二郎腿，脚尖碰脚尖。

易青巍只为陪人，翻了几页《三国演义》，便兴致缺缺，捞起书桌上的医学资料看入迷了。反观宋野枝，《世说新语》没读几行，就直勾勾地看着木地板上的影子，也入迷了。

宋野枝的书掉到地上，发出闷重的一声响，吓了易青巍一跳。

易青巍问："今天晚上怎么了？"

"今天来的那个老爷爷，是爷爷的同学。他朝爷爷鞠的躬，我都数着的，扶人起来后，我都还了。路上，他跟我说了好多关于爷爷的事。"

"都是些什么事？"

太多了。

"好人好事。"

"就为这个？"

"鸡蛋汤是爷爷教的。但我忘了要不要放葱，想去客厅拨电话号码问，就一毫秒，我才想起来爷爷不在了，我拨去哪儿啊，我问谁啊？"宋野枝讷讷地说，失了神，"我居然把它忘了……这也能忘……以后怎么办啊？"

易青巍抚宋野枝的背，说："今天的汤很好喝，是不放葱的。"

他接着说："明天再做一次放葱的，我帮你尝，哪个更好喝，我替你记着，哪天去看爷爷，咱告诉他。"

"谢谢你救我。"宋野枝沉默许久，这样说。

"什么时候的事？刚才吗？刚才的话，不用谢。"

"要谢的。谢谢。"

宋英军下葬后没多久，翠凤凰开始不吃不喝，没撑几天，就死在了笼子里，姿势很狼狈，两只翅膀仿佛折了一样，撇向两边，小小的头藏在羽毛里，看不见灰白色的眼皮是否合上。

是易青巍拿着铁锹，带上宋野枝，找了地方去埋的。平平整整盖上薄土，易青巍返回去寻店家买纸钱，兜里没有打火机，又得多跑一趟。

"不知道万物通不通，死去的鸟能收到纸钱吗？"易青巍问。

宋野枝知道他想逗自己说话，也就说了。

"等会儿，那我把纸钱折成蚯蚓和毛毛虫，它爱吃。"

不伦不类的纸条排成一排，围着一个简陋的小坟堆。两个人灰头土脸地笑了起来。

这世间，一个人总要寄托点儿什么在另一个人身上，宋野枝猜想。

人若掉进茫茫人海，找不到浮木可怎么活？

有没有人一生只靠自己就游到尽头的？

宋野枝不信。

哪怕只寄托短暂的一刻，也算得上美妙的救赎。

何况，我就选他当我余生途中唯一一根木头。

救过一次，就是无数次。

易青巍珍惜而郑重地说："行，得收下。"

连带宋叔那份也收下。

那天在病房里，宋英军的最后几个字，是对易青巍说的。

"谢谢你，待他好。"

宋英军开始喘气，"好"字迟迟说不清，发不准音。易青巍懂了，连连点头，又忙摇头。

怎么能是您谢我？我心甘情愿，该我谢您。

易青巍来不及说，护士就撵人了。

说了，宋英军也难听到。

这是易青巍的悔。

第十二章
温柔梦

春秋不明朗，夏冬暴烈。

这年的冬天不冷，显得夏天格外长。

七月下旬，易青巍去渝城出差，宋野枝有几天短假，便陪他一起，当旅行。这一趟碰巧遇上了阴雨连绵的天，两个人出了火车站，齐闯进漫天蒙蒙的雾中。

易青巍低头拿着地图研究路线，宋野枝走在前面领路。他略抬胳膊，在虚空里掂了掂，自顾自地说："渝城空气湿润，分子密集，闷而重，潮得像海，如果跑快点儿，说不定能浮起来，飞出去。"

易青巍深呼吸了几轮，开口回："头上套了个塑料膜。"

宋野枝回身看他，真去瞧他的头，而后反应过来，笑了笑，面朝易青巍倒退着走，伸出一只手，掌翻成拳，一副故弄玄虚的样子。宋野枝的声音大了些，说："我拧一拧，能'哗啦啦'滴水，信吗？"

两个人没走出站口时，人依旧密密麻麻地挤在一块儿。挨得近的路人转头看他的脸，以为宋野枝是个大学生，搭话道："你咋子暑假来我们这里旅游啊？"

他的声调转折多，起伏不小。

宋野枝发现渝城话和普通话相差不大，不难听懂。不同的是，简简单单一句话，渝城人讲起来就塞满了情绪，生动极了。

宋野枝爱听。

他眉开眼笑道："来工作。"

那男人不高，一只手拉行李箱，一只手提麻布口袋，背上还背了个旅行包，压弯背，拱出一座小山。

宋野枝说："我帮您提一件吧。"

那男人摆手道："咋会用得着，没得事，谢谢你哈。"

"你从哪儿来？听到（听着）像北方人。"那男人问。

"是北方的，几句话就能听出来啊？"

"明显嘛，北方话烫嘴巴，说得快，尾音老是'儿儿儿'的，圆滚滚的，跟珠子差不多。"

宋野枝来这儿之前没想着做旅游攻略，和这男人聊得好，短短一路，行程就被他安排得明明白白的。

步行街有时间可以去逛逛，景——看习惯了，没什么景，无非就是山山水水，寻常得很。但是渝城味道好的吃食多，火锅、串串、烤脑花、小面——哪条街哪条道的老字号，都被男人点出来好一通介绍。

易青巍将纸折了几下，塞到内兜里，走到宋野枝身边。

那人问："兄弟伙一起来的啊？"

宋野枝转身，扭头看向易青巍，嘴角没放下来，和眼尾扬得一样高。

寒暄了几句，那人便走开了。

宋野枝眼睛里的柔色不变，开口道："他还说要请我吃脑花来着。"

"什么脑花？"

"烤脑花。很好吃。"

易青巍问："你吃过？"

宋野枝摇头道："他刚才告诉我的，打包票了。"

渝城人说起话来真的很有趣，心肠也热。男人走远之后也许还会借人潮的缝隙回头望他们，人海汹涌，宋野枝找不到他的背影，最后挥了挥手，喃喃道再见——随便向谁。

雾散，日头正盛。

车站外的一小片广场是小吃摊聚集地，讲究些的小贩会布置红棚和塑料凳，简易些的就是手推车挂上大喇叭随地移动。腾腾热气冒出来，成为雾的伪劣替代品。地上的人们热火朝天，和天上的太阳争辉。

一个摊位旁竖着白底红字的牌子，歪歪斜斜写着"烙锅"两个大字。宋野枝的目光在那儿停留得久了些，他没见过这种吃法。

"饿了？"

"不饿——这个也没吃过。"

"先去酒店放行李，出来带你找。"

出了小吃摊的圈，再往外围走，是出租车聚集地。

出租车师傅全国各地一个样，能从始侃到终。尤其遇到外地人，更有的聊，师傅讲渝城的历史，从上个世纪讲起。

宋野枝转头看向窗外，这是一座灰扑扑的城市，不脏，却陈旧，有沉甸甸的厚重感。易青巍坐在他身边，一句一句应前头师傅的话，没过几分钟，年龄几何、婚配否、工资几何、买房否，都一一交代清楚了。

宋野枝悄悄抿着嘴笑，猜小叔的心情很好，所以愿意答的话很多。

车行至拐角，路过一个中学，师傅说这是全市最好的高中，里面全是渝城的栋梁，"清北复交"的预备役。

学生们没放假，恰是放学节点，鱼贯而出。

校服只有单调的两种颜色，一件件混在一起，就在太阳底下透出斑斓的神采。

宋野枝睒了睒眼，蓦地想起十一年前的夏天，他为易青巍送饭，路过作为高考考点的四中：翘首以盼的中年男人、焦躁不安的年轻女人，前额滚下的汗、翕动的鼻翼、淋漓的面孔，宽大翠绿的树叶，热辣辣、明晃晃的阳光……当时，就是那一刻，他想过，以为，来年七月，小叔一定也会是这副模样吧，为自己守在四中门口——或许同样不能免俗，学他们带花来。

只是最后宋野枝没能参加高考，易青巍也没能站在考点前捧着鲜花等他。

车速不慢，宋野枝下巴搁在窗沿上，眼珠子不舍地转，追了他们好远。

下了车，酒店在对面，他们一前一后地走在斑马线上。

奇怪。

易青巍缓下脚步等他，宋野枝的注意力在车辆上，没有回头。但车都乖乖停在红灯前，有什么可看的？易青巍等了一会儿，发话了。

"跟紧些。"

宋野枝抬眼看他，说："是啊。"

易青巍问："那刚才为什么落我后面？"

宋野枝让他低头看地面，踮了踮脚，复又仰头笑道："刚才踩你的影子去了。"

一条宽阔的水泥路蜿蜒曲折，嵌进拥挤的居民区，道路两边，一楼皆商铺，成了一个小型菜市场。

从街口进去，走到尽头，有一家王记小面。

烙锅和烤脑花排在后面，来时路上，司机师傅极力推荐酒店附近的王记面馆，说它在老渝城人的圈里是响当当的招牌。

宋野枝和易青巍放下行李后，寻到这儿来，刚巧遇到卡车运货，他们只能停在街口让车。

旁边有个水果摊，一对父子坐在电动车上，怀里抱着个绿西瓜等孩子母亲在摊前挑石榴。

小孩儿年龄小，等得无聊，哭闹起来。

男人一只手抱着西瓜，一只手将儿子拎起来，哄他："起飞咯——"

小孩儿立即脆声笑起来，手舞足蹈地喊："起飞——"

西瓜"砰"的一声掉了，碎了满地，父子俩顿时噤声。

女人闻声回头，怔了一会儿，瞪圆眼睛，飙声骂："我飞你个鬼！"

宋野枝单手捂脸，收不住笑，把头藏到易青巍肩后，谁知这人的肩膀也抖个不停。

二人憋笑憋得好辛苦。

早过了饭点，面馆里仍稀稀拉拉地坐着人。

"您几位？"

"两位。"

馆子不大，一共八张木桌，店的装修不新，不亮堂。易青巍和宋野枝找了个角落的位子坐下，一个男生过来点单，高中生模样，应该是老板的儿子。

"吃啥子？"

扫了一遍泛黄卷边的菜单，易青巍说："能请你推荐一下吗，招牌面是什么？"

男生眉毛一挑，轻狂得很，说："没招牌，道道是招牌，看您的口味。"

宋野枝好笑地指了指，问："豌杂小面？"

"大小？"

"大。"

纸一撂，他往窗口喊："妈，两碗豌杂，大。"

"好嘞。"

点完单，男孩儿自己拿了一碗炸土豆，坐在他们前桌吃。

等面时没什么事可做。

"你不上课？"易青巍问。

男孩儿眼皮都懒得抬，回道："早放假了。"

宋野枝说："我们过来时，还看到有学生。"

"哦——你说那个，全市就那一所学校上课。"他不屑道，"校长管得严，光造孽。"

窗口内正煮面的女人听见这话，举着勺探头骂："还老子的洋芋来，我看每天辛苦做东西给你吃才是造孽。"

男孩儿蹙眉，要回嘴，店里晃进来一个人，挺拔的个子挡了门口的光，带来大片阴影。他瞬时没了不耐烦的样儿，眼睛一亮，脆生生地喊："榆哥，来了！"

被唤作榆哥的人没什么表情，长腿一钩，将塑料椅拖到脚边，坐去男孩儿旁边，抢了那碗黄澄澄的土豆，握着筷子在里面乱戳。他问："钱进，我在你那儿是不是没名字？再叫哥，揍你。"

"裴榆，裴榆。"

"小榆，今天吃啥？"女人端着两碗面路过，将面放至易青巍和宋野枝面前，又笑得殷切，说："慢吃。"

闻声，裴榆瞟了一眼对面坐在一起的两个人，移开目光，说："姨，我今天不吃，来找钱进说事情的。"

"行呗，你们聊，聊完，钱进滚来洗碗。"

钱进不乐意，嚷道："袁儿请我去给他家看店！马上四点了！刻不容缓！十万火急啊，妈妈！"

吃过几口面，宋易二人轻言细语地交换感受。

"味道怎么样？"

"好吃。"

"记下这家。"

"好的。"宋野枝把下巴抬起来，嘴里还叼着面，点了点头。

裘榆全程赤裸裸地打量他们，直到宋野枝抬眼和他对视，接着，易青巍也看过去。眼神不如前者温和，易青巍更锐利，带着警告之意。

默然对峙几秒，裘榆不慌不忙地提了提嘴角，懒懒地撤回视线。过了很久，他才接钱进的话："袁木是不是也没名字？"

钱进回道："有。"

裘榆拍了拍他的脸，起身说："那就别再叫'袁儿'这两个字。走了。"

"找我啥事，没说呢！"

"现在没了。"

他离开得很快。

他们再见到裘榆，是在街口的水果店。来时，宋野枝注意到苹果的品相很好，惦记着吃完面回来买。到了摊前，见裘榆抱着胸大叉着腿坐在店里的老板椅上，像位爷。

有客人想买西瓜，在和他砍价。

"少点嘛。"

"卖千种人万种人都这个价。"

裘榆没料到能再遇到这两个人，收了腿起身，扯了墙上的塑料袋走向他们，问："买什么？"

"苹果，怎么卖？"宋野枝问。

红色塑料袋在手中兜满了风，裘榆递给宋野枝，说："先拣。"

宋野枝征询易青巍的意见，问："买多少？"

易青巍想了想，说："三斤。"

"不说斤数，说个数。"

"哦——"易青巍笑道，"六个，六个。"

裘榆在一旁盯着他们看。

易青巍生出厌烦感，只冷下脸，不显山不露水，偏了偏头，问："有事？"

裘榆没有再看他们，隐隐有些烦躁，不冲谁，没出口发泄。那位客人最终买了西瓜，裘榆转身抽刀，去帮她切瓜，走前撂话道："拣好了就走吧，请你们吃的。"

他们没客气，甚至拿了八个。

"谢了。"易青巍朝店里喊。

"谢啦！"宋野枝跟着喊。

裘榆没有回头。

易青巍和宋野枝走去路口等红绿灯，半路听到钱进在身后不远处的店里咋咋呼呼的。

"榆哥，你怎么跑衰儿家来了？！"

没人回答。

随后响起一声惨叫。

"楼下有小孩儿在放鞭炮。"

列车从北方出发，抵达渝城，需一天一夜。夜里宿在火车卧铺上，宋野枝侧躺着，脸埋进柔软的枕头，调动感官，清晰地感受车轮轧过铁轨的感觉，身体随车体细微颤动，听偶尔的鸣笛声和规律的机械声相撞。

宋野枝睡得沉，到地方了以为自己还在火车包厢中那张窄小的床上。他规矩极了，不敢翻身，听到易青巍说话，迷糊地应了一声："嗯……"

意识逐渐苏醒，宋野枝开始想为什么会有楼下，耳边还回荡着稚嫩的尖叫嬉闹声。

易青巍合了窗帘，从窗边回来，走过去，手肘压到床边，棉絮陷落，充当了易青巍手肘的支撑点。冷空气入侵，宋野枝缩了缩肩，彻底醒了。

"几点了？"困意锁着嗓子，声音既低又哑，还在耍赖。

易青巍没回答，自顾自地说："宋野枝，外面要下雨了。"

宋野枝的声音断断续续的："那，步……步行街……"

易青巍笑了，问："天黑尽了再去，好不好？"

雨，是银丝一样的雨，微润柔腻，落到天地间，让鞭炮炸得更响亮了。

渝城建成的第一条商业街，十分繁华，在夜幕下被一盏盏灯点缀，五光十色。天下起细雨，多数人撑伞，少数人戴帽。整条街上穿雨衣的只有宋野枝和易青巍两个人，往前走，又多一个被父母牵着的三岁小孩儿。

宋野枝望着酸辣粉的招牌咽口水。

易青巍稀奇道："饿成这样？"

宋野枝说："看见这三个字就控制不住，我没法子，要不怎么古有望梅止渴呢？"

酸辣粉的店没有座位，窄小的门面里，只有两个人站在台前，一人收银，一人打包。饶是这样，长队仍拐着弯儿排到了路中央。

宋野枝点单，加了两碗玫瑰冰粉。

易青巍问："玫瑰冰粉是什么？"

"等会儿解辣的。"

幸好明智，穿了雨衣，两只手将将够用。

易青巍跟在宋野枝身后追问："哪儿有玫瑰？"

有两个小孩儿扛着冰糖葫芦过来吆喝，一个一个挨着撒娇。宋野枝买了两串，递一串给易青巍。

"来，你的玫瑰。"

他爱酸酸甜甜的味道，除了巧克力，就爱冰糖葫芦。以前，易青巍接他放学的时候，心情好的话会给他捎一串。

他们找到一家亮堂堂的珠宝店，屋檐下有几级长长的矮阶，空出道中央，两边坐满了嗑粉的人，仔细看碗盒，是同一家。

宋野枝仰了仰下巴，易青巍顺着他的意思，坐去最下面那级楼梯上。

没吃几口，易青巍被辣椒呛到，顶着红彤彤的眼睛和嘴唇问宋野枝："好不好吃？"

宋野枝斟酌几秒，回他："这个我也做不出来。"

下午吃完豌杂小面后，回到酒店，休息前，宋野枝上网浏览许久，研究半晌，说："小面的味道我做不出来。"

易青巍沉默了一会儿，说："宋野枝，你别逗我行吗？"

"怎么了？"

"我是不是不小心把我家保姆带出来了？"

宋野枝歪头看易青巍，听易青巍补充道："还兼职了我的出纳。"

时间愈晚，人群愈密集，南方的夜晚好缤纷。

地摊上在摆卖手工绣制的香包、手工穿制的珠链，都不值钱，但都很精致。宋野枝蹲着看了好一会儿，挑了两样付钱，再想找易青巍时，发现他不见了。

他有那么几秒感到惶惑，心跳无序。

可长街再长，一踮脚就能看到尽头。人潮摩肩接踵，汹涌归汹涌，谁还真能丢了不成？宋野枝面无表情，暗笑自己可怜，二十七的年岁虚长。

师傅是手艺人，刻刀走笔流畅有力，易青巍立于店门口默默观摩片刻，而后转头去看对面地摊前的人。

宋野枝已经站起来了，捏着两个香囊，茫然四顾。

"宋野——"

"枝"字含在口中未成形，他的视线立马循声追过来，眼瞳里映着各处的光，沉沉地发亮。易青巍向他招了招手，他的脚步立即朝这儿来了。

易青巍笑眯眯地等他，结果宋野枝凶巴巴地说："你别——你不要乱跑。"

察觉到宋野枝的手心濡湿，易青巍敛了嬉皮笑脸的神色，说："好嘛，好嘛，我错了。"

项链完工，老师傅打断他们的对话："哎。"

羊头背后原本是光滑的平面，现在多了一个字，刻上了草书的"枝"。

易青巍见他埋着头半天不说话，犹犹豫豫道："是不是有点儿土啊？"

"嗯。"宋野枝指他的行为。

"但我确实最喜欢'枝'字。"原来易青巍是在说他的名字。

空地上有歌声传来。并不高档的音响和话筒，传出的声音失真，掺杂着"刺啦"的电流声，倒是传得很远，拥挤的街道莫名其妙地变得空旷。

有人唱歌，有人停留。

唱的人很认真，听的人却不甚投入。是真正的旁观者在看戏，背手塌肩，大多数人膝盖还屈着，脚撇得很开，端着随时要离开的态度在听。

易青巍和宋野枝在圈外一棵大树下驻足，不远不近。

"你听过这首歌吗？"易青巍问。

"你快乐——"

易青巍低头问："什么？"

"所以我快乐。"

那边的歌者忘我，话筒以奇特的姿势转向围观的人，没一句接上，剩孤零零的伴奏在响。

灯光照不到的角落，只有宋野枝在唱。

"喜怒和哀乐。

"有我来重蹈你覆辙——"

唱者回神。她一定刚从夜市脱身，从酒场下桌。歌缠绵至死，她却撕心裂肺，接混了词。

"天晓得，天晓得。"

空气中弥漫的味道进入易青巍的鼻腔，再刺激他的神经。或许不是味道，而是不知名的物体，化作奇特的形态，被他的感官感知。

无论哪样，总之让他想起很多年前的那个下午。回忆开头的刹那，一般没有具体的景物，只有抽象的感觉。它证明他们存在过，又给易青巍一种错觉，一种他们已在这时间往复的封闭空间里历经过数次轮回的错觉。

一样的夏天。

宋野枝躺在卧室的凉席上，窗帘根本挡不住光，那他就是躺在阳光里。宋野枝睡得很沉，随身听的黑色耳机里在放《执迷不悔》，一碰就醒，醒了就乖乖地叫"小叔"。

那天他们一起喝了酸梅汁。

酸甜的味道穿越这十年，于此刻重新泛上易青巍的舌根。

宋野枝还在小声哼，细声唱，用响指打节拍。

雨衣是深蓝色的，宋野枝戴上了帽子。

十二点整，钟响，三声，在天际形成浪，一拨一拨推来耳畔。

今天这条街上，有没有人为此而来？

反正宋野枝是。

希望天地再广阔些，他和易青巍再渺小些。

像此时有大树庇佑，往后也能自享其乐，不必应付风雨。

后备厢装了几箱水果和粮油，宋野枝只能把车驶进胡同长巷。他刚开进去几步，一只黑猫跳下围墙，无视庞然的机器怪物，慢条斯理地穿过路中间，跃向另一个瓦檐。宋野枝脚踩刹车，轻敲方向盘，耐心等它。

流浪猫的数量似乎变多了。

陶勋在寒假期间打篮球把左腿摔断了，在这儿多待了一段时间，至今没去学校。篮球是某天上午他约着易恩伍一起去露天球场打的——易恩伍比他好，小指骨折。

宋野枝严重怀疑他们把球打成架了。但男孩子青春期脾气硬，他死活撬不出实话。

陶勋听熟了宋野枝的汽车的引擎声，倏地从躺椅上翻起来。拐杖只当是挂在腋窝下的装饰品，他全靠单腿蹦，两三下跳到门口。

"啊？小野叔，怎么又弄这么多东西来？"

"又？多？小崽子不当家不知柴米……贵。"

陶勋瘸着腿还想帮忙，被宋野枝拨开了。

"陶叔呢？"

"例行午睡。"

"大冷天的，你怎么来院里躺上了？"

"我在屋里打乒乓球，爷爷嫌我扰觉，把我轰出来了。"

宋野枝正屏着气提米提油，笑得泄了劲，腰一软，差点儿把袋子砸地上，有些幸灾乐祸，接着同病相怜。

你爷爷倒真是在我爷爷身上学到好东西了。

"你一个人打什么乒乓球？"宋野枝问。

"左右手对打，八比三。"陶勋说，"腿不行了，但生命不息，运动不止。"

宋野枝打听道："伍儿没来给你解闷儿啊？患难兄弟呢？"

"周末会来。不过没解闷儿这回事，他那闷葫芦样儿，来了还得指望我伺候他开心。"

宋野枝搬进搬出三四趟，陶勋蹦去给他倒水，端个茶杯坐在门槛上候着。

视线扫到陶勋胳膊边的拐杖，再定睛看，宋野枝乐了。

他用食指点了点，问："陶叔给你从储物间找出来的？"

陶勋点头道："嗯！灰尘老厚一层，搞得我坐地上洗了一下午。"

拐杖也变老了。

时间从上面淌过，把新木原本的鹅黄色沉淀成了深褐色，淌过，没留住把拐杖当清明节礼物送他的恣意少年，顺便带走了穿梭几个过道替他揍人出气的野蛮少女。

他们都不在他的身边了，流落回各自的路途上。宋野枝随即否定自己，又或许不是流落。

搬完，放置好，宋野枝拍手掸灰，和陶勋一同坐在门槛上。

他摸出手机，跟陶勋商量着说："咱给你欢与姐姐打个电话。"

"她最近去哪儿了？"

宋野枝一边拨号一边说："上个月说在筹备去南极，要找船，问问她找到没。"

两个人盯着手机的动静。

"我以后也想像她一样，全世界遍地野。"陶勋开始眯着眼睛畅想。

"您把全国弄清楚就不错了。"

陶勋来兴趣了，问："你和易叔叔暑假去的渝城好玩吗？"

"好吃。"宋野枝真心实意地说。

"那等我长大，再带你去一次。"

"怎样你才算长大呢？"宋野枝问他。

"等我大学毕业……"陶勋改口，"不对，高中毕业就行，我去兼职攒钱，把大家伙儿都带上，租个私人别墅，在渝城待一个月，每天吃了睡睡了吃，吃饱睡足再打两圈麻将。"

宋野枝听了，不禁咋舌道："不得了，托你的福，我们这把年纪了还能过上这等好日子。"

春风料峭，后劲凛冽，裹成一团，正面猛扑过来，陶勋要张嘴说话，接了个正着，一口气背过去，咳个半死，缓和过来后，发现宋野枝手里一直"嘟"的电话自动挂断了。

他凑过去看，说："没人接听啊。"

宋野枝摇摇头，说："是无法接通。"

陶勋看宋野枝失落，不似平常，赶紧说："南极能有信号吗？"

"也是。"

易槿的电话打过来时，宋野枝和陶勋正一块儿浏览网页，在讨论要不要给二灰和三黄做绝育手术。

易槿在国外，请宋野枝帮忙，明天陪李乃域带易一去打疫苗。

"那要不我们明天就给猫绝育，一道？"陶勋在旁边插话。

"这个可以。"宋野枝点头，他也热衷于把事情集中到一起做。

"到时候叫上易恩伍呗？"

"怎么呢？"

"他不得对自己的小堂弟上上心啊？"陶勋抠手指，"顺便来帮我抓猫。"

陶国生听到院里有声音，披着薄棉袄出来看，见宋野枝和陶勋并肩坐在门槛上，屈着长腿，抱着膝盖，可怜又可爱。

他留宋野枝吃晚饭，让宋野枝给易青巍打电话，一并叫来，甚至马上转身去厨房择菜。

宋野枝赶忙拦道："陶叔，您别忙，我下午要去所里，有事。小叔这段时间也忙，今晚指不定又得忙到凌晨。我只是偷闲过来看看您和小勋，再喝口水就走。"

他喝不惯茶，涩口。陶勋殷勤地给宋野枝换上了一杯水，冰的，差点儿把他的牙齿冻掉。

"我倒成酒了？"陶勋分析宋野枝的表情。

"我想喝杯热的。"

陶勋怔怔地说："小野叔，你以前被逼着才肯喝。"

冰水过喉，入胸腔，又是一阵寒战。

"改了。"宋野枝想了想，说，"好早就改了。"

陶勋低头，遮住没有笑容的脸，心想，小野叔现在这么乖，宋爷爷该高兴了。

因为易青巍晚上没按时回家，餐桌边只有宋野枝一个人。

今天的蛋炒饭没有味道，宋野枝慢吞吞，可有可无地嚼咽，过了一会儿，餐盘里仍剩大半，已然完全冷了。

他去厨房回锅热了一次，加了很多辣椒。

吃两三口饭，喝一两升水，半盘蛋炒饭再次凉了，宋野枝撑得吃不下了。他坐在椅子上消食，颈靠椅背，眼看天花板，感觉自己也要被搁凉了，易青巍还没回来。

门口碎了一盆花，正中央，是从天而降的。炸裂的声音过于凄厉，宋野枝惊得站起来。他揉了揉胃，走出去看。

他拉椅，扶杆，开门，碰哪儿，哪儿有静电。春天穿不得毛衣，一路上"噼里啪啦"，火花带闪电打得欢快，他边走边盯着手指，心道是不是要变成皮卡丘了。

复式楼前的花圃被宋野枝分为两半，一边种草莓，一边养花——卧室的阳台上也养花，放的是宋野枝最爱的花——那年和赵欢与一起从海边带回来，又和赵欢与一起从胡同院里移栽到新家来的。她分走两株，留给他三株。

碎在面前的便是这三株。

宋野枝站在一地的残花烂泥中，抬头看向二楼的阳台。

陶勋白天提过一嘴，说今日有大风预警，是他没放在心上。

但好端端的花被大风卷落下来也实在太离谱。

今晚他终于有事情可做了。

宋野枝找来新的花盆，跪在地上把泥与花捧起来，点滴不放过。这世上似乎物物皆脆弱，易毁。你呢，能把你救活吗？

易青巍凌晨回到家，拧锁关门，沙发旁边的小台灯亮着。他一身浓重的消毒液的味道，是洗得太干净了，鼻腔却总闻到淡淡的血腥味，是永远洗不干净了。

宋野枝侧趴在沙发上，手指蜷缩，贴在脸边。他知道给自己盖件外套。人睡得很熟，呼吸均匀。

血，心脏，焦躁的因子，最终平静下来。

易青巍扯下领带，解开皮带，上楼拿睡衣去浴室冲洗换装，下楼来看宋野枝，没靠多近他就醒了。

"今天晚上你没有打电话回来。"宋野枝眼睛紧闭，声音闷哑，明显没清醒，话脱口而出。

"是不是一直在等？"易青巍问。

宋野枝眨眨眼，说："等着等着就睡着了。"他问，"今天怎么了，是不是很累？"

"今天好忙，很累。宋野枝，我有些胃疼。"

"忙得晚饭都没吃？"

"从医院出来，在路上才吃的。"

"我去倒热水，你吃药，顺便用热瓶暖一暖。"宋野枝垂着眼皮，不知道在想什么，说，"我该去给你送晚饭的。"

易青巍反而笑了。

后半夜，宋野枝开始做梦。

他梦到自己登机，机舱外的天是墨蓝色的，机舱内无灯。临起飞，恐惧感攀升，蔓延过胸腹，淹没喉咙。他急匆匆挣脱系成死结的安全带，请求下飞机，乘务员没拦，笑眯眯地为他开门。宋野枝如释重负地走出去，门外是高空，像万丈深的血盆大口。

飞机早就在飞了。

失重感迫使他清醒，他适应黑暗后，冷汗附全身，风吹着，异常冷。

阳台门没关严，留了一点儿空隙，是关门的人粗心大意。黑夜里有火光，接着是风把烟味送进来。易青巍一个人站在阳台上，丢了火柴梗，将烟夹在指间，缓缓吸一口，更浓的烟味涌进屋子里。

味道不呛人，有些苦。

宋野枝静静地看了他的背影一会儿。

距宋野枝上一次撞见易青巍半夜起床抽烟，已经很久远了。他抽烟的姿势依旧是这样，没变，一只手插裤兜里，一只手夹烟，送到嘴边深深地吸一口，手肘固定，唯独撒开手腕，像朵花沉重地垂吊在枝茎上，懒懒的，离眼睛很远。

吞吐是慢悠悠的，他会追寻空中飘烟的轨迹，耐心看烟散尽，才微微低头，吸下一口。

他不会让烟燃到尽头，总是留下两三口。按灭烟头时，动作也不利落，左蹭蹭，右拧拧，把黑色的灰抹干净，露出黄色烟草，才会接第二支。

但宋野枝没有让他再抽第二支。

宋野枝看着看着，发现他的背影比烟味苦。外面的夜色太深了，他一个人孤寂伶仃。

"小叔，你说过，再抽烟会带上我。"宋野枝怀里抱着被子站在他身后，声音不清亮。

被子太长了，拖在地上——啧，宋野枝赤着脚。

易青巍收了手里的烟和火柴，捏成一团塞到睡裤口袋里，又把自己的拖鞋腾出来给宋野枝穿上。

"不穿鞋？"

宋野枝低头，脚趾动了动，说："你现在不也没穿了？而且也没穿袜子。"

易青巍说："半夜起床偷摸抽烟还能记得把袜子穿上的得是什么人啊？是不是还得梳梳头发洗洗脸？"

宋野枝沉默了几秒，没把头抬起来，要推他。

易青巍没动，身体还结结实实地挡着人。

宋野枝手肘用力，铁了心要推动他。

易青巍泄了劲。

宋野枝这才看了他一眼。

易青巍知道他心里有气，说道："我不该……我马上去睡觉。"

221 ♫

宋野枝拖着蓬松的被子坐到竹藤编的长秋千上，易青巍亦步亦趋跟着，最后蹲在他身前。

"生气也先回屋子里，该着凉了。"

"我不生气。小叔，只是不要总是一个人。"宋野枝说，"要我说几遍，你才肯记住？"

传染病是春夏交接时结束的。传染病结束了，医生的生活没有结束，甚至更加艰难。

之后的那一年，易青巍状态非常差。白天他如常工作生活，到了晚上就变得吃力，一闭上眼睛，进入浅度睡眠，就看到尸体。

更令他崩溃的是，这并非胡思乱想出来的，而是他亲历的现实。

有人上一秒还乖乖吃药，笑着说"谢谢医生"，转头就病发，死亡。

医生们曾组团去心理咨询室，易青巍去过一次，听了一会儿无关痛痒的话，又兜了些不愿吞服的药回来。

易青巍无法和心理医生或药物建立信任依赖的关系，他对此很疲惫，好像只能自己熬治自己。

同年冬天，宋、易两家去南岛过冬，留他们两个人住在云石胡同里。那段时间救了他。宋野枝守在他身边，他爱上了睡觉。

某天早上，宋野枝在院子的角落发现了脏兮兮的烟头，不止一个。他没有吭声，默默捡干净，只是往后都会有意放浅睡眠，注意易青巍白日的心情和夜里的动静。

过了很久，易青巍第一次被逮个正着。

"小叔，可以抽，但不要一个人。和我说说话。"

和我说说话。

那时宋野枝这样说，好像生病的是他，急需易青巍来做救世主的也是他。

"好，以后带上你。"

那时易青巍这样承诺。

后来他再没碰过烟。

宋野枝分了大半被子，铺去旁边的空位，等易青巍坐。

被子带着热意。

秋千上放着烟盒和火柴盒，易青巍各抽一根，点燃了，递到宋野枝的嘴边。

"会不会？"

宋野枝伸颈去够，将烟含到唇间，吸了一口。

"吞下去，再呼出来。"易青巍说。

宋野枝犹记得那次尝试，险些把喉咙呛破，顿了顿，干巴巴启唇将烟吐了出来。

"带上我的意思是，我陪着你，不是说我也要抽。"宋野枝用手指悄悄挠了挠肚皮，说。

易青巍垂首，小声笑起来。宋野枝踢他一脚，他笑得更肆无忌惮。

易青巍坐到秋千上，和坐沙发上一样，把宋野枝挤得缩成一团。

"上午的时候抬来六个伤者，车祸。伤者伤得太严重了，血浸透床，滴得满走廊都是。"易青巍说，"货车侧翻，撞压轿车，轿车里的一家四口全死了。货车司机重伤，想要命就得截肢，两条腿没了。下了手术台，他的家属反而不依，闹，叫主刀医师还腿。"

"货车司机的主刀医师不是我，比我年轻两岁，被家属提刀砍了，一刀砍在左边肩膀上，一刀砍在右边手腕上。"易青巍说，"后来他的主刀医师是我。"

"今天我身上沾了好多血，有些是病人的，更多的是小成的。后来去下面的办公室，好多医生、护士凑在一起抹眼泪，没等下班，就收到两封拟好的辞职信，等我签字。"

"小枝，你猜我签没签？"易青巍问他。

"签了。"他说。

易青巍轻笑道："没签。我十二点多离开医院，去停车场取车，被她们半路拦下，两个人又哭哭啼啼地把辞职信给要回去了。后来我请她们吃了夜宵，她们说吃完夜宵就好了。"

宋野枝仰着头，扑闪着眼睛，企图把泪逼回去。

青烟直指白月，坦荡勇敢，风一吹，如群群义士，决绝地奔赴月亮。

易青巍的手半握成拳，用指节去接宋野枝眼角的泪。

宋野枝不好意思地张嘴，鼻音浓重。

"哎呀，我今天也遇到了不好的事情。"宋野枝说。

眼睛涩疼得厉害，有一滴破了坝，剩下的就决了堤，一串串从眼角滑下来，被月光染亮，像一条条粼粼的河。

"我下午去学校，看到有家长跪在大门口，拿着纸板写的诉状在那儿哭。她儿子在学校没了，有抑郁症诊断书，家长说抑郁是学校害的。我往前多走一两步，就看到了名字，是我教过的学生。"

高景深。

他是个腼腆的男孩儿。

他在圣诞节祝我幸福，我还回赠过。

易青巍不厌其烦地为他揩泪。一滴下来，易青巍擦净一滴。一串下来，他擦净一串。

高景深的母亲那块简陋的纸板上，用鲜艳的水彩将字描了一道又一道。

春天好荒凉，让人一个接一个，前仆后继地成为殉道者。

后来他们都没有再说话。

易青巍脚掌点地，轻摇秋千。万物寂静，他也异常温柔。

宋野枝说："这个秋千买得好不好？"

易青巍承认："好。"

宋野枝抬手去捉空中的柳絮。

夜幕下的柳絮好像没有白日里遇到的烦人。

"明天我要和乃域姐带易一去打疫苗，午饭你尽量按时吃，我回来再给你准备晚饭。"宋野枝突然说。

易青巍蓦然笑起来。

"笑什么？"宋野枝歪头看他。

易青巍摇头，问："为什么又叫你？"

"为什么不叫我？"宋野枝也问。

"你最好使唤。"

"你这个小舅最自在。"

他们赏了很久的月，吹了很久的风，直到天际隐隐泛灰，才回房睡觉。

宋野枝合眼，眼皮微肿，涩涩的，没有困意。

这个世界好坏参半。

不过人们打算把坏的都忘掉，都丢弃在这个春夜里。

他给予他能力，原谅一切，并热忱地接近这个世界。

第十三章
别

易青巍皮肤白，因为他大多数时候早出晚归，躲在医院大楼里，碰不见太阳。他闭着眼的时候，眼皮更透出一股沉默脆弱的白，皮下布满青红色脉络，细窄，晶莹，不规则延展，像冬天里荒山中的枯树身上，野蛮生长的野枝。

宋野枝为他的眼皮作过画。

百千个早起的清晨看过百千遍，纹路边角在脑子里印得很清晰，于是在某个无聊的午后宋野枝信手画了出来。

真的只有条条蜿蜒的细线，描在广阔苍白的画纸上。

易青巍路过，看不懂，问他这是什么。

宋野枝亦真亦假地反问："你知不知道自己右眼眼皮上的血管长这样？"他还用手指指着那段相对平稳的线条，说，"这个除外，这是你的双眼皮的痕。"

易青巍拿起画来看，半晌，才说道："你当我傻。"

"信不信由你。"

彼时的宋野枝两指一翻，将纸覆在桌上，伸了个懒腰，起身睡觉去了。

那天确确实实是把画放在这张不常用的桌子上了，现在找不着了——书房里乱七八糟，宋野枝翻寻无果。

"宋野枝。"易青巍在卧室里，一睁眼就找人。

宋野枝停下动作，支起耳朵应道："怎么了？"

"哪儿呢？"易青巍慢吞吞地起床穿衣。

"书房——"宋野枝走出来，"小叔，你看见我的画了吗？"

易青巍没回话，也没问是哪幅，为另一件事着急，问："能烦您来帮我打领带吗？我今天好像又要迟到了。"

他在镜前刮胡子，宋野枝捧着条纯色领带站到他身后。

宋野枝拍他的双肩，说："低。"

易青巍分开双脚，半扎马步，矮了一小截，镜子里出现宋野枝的脸。

易青巍笑问："面对面怎么系的，还没学会？"

宋野枝垂着眼专心致志，手里忙活，嘴上很坦然地答："没有，你之前教得那么敷衍。哪天有空再练。"

领带快要成结。

易青巍扯了一张湿巾擦下巴，丢下剃刀，走出卧室，下楼向餐桌走去，说："先把我给你写的麻将公式练练，大家约了十五号去家里。"

天气闷热，太阳亮得出奇。

午休的同事们陆续回来了，吃饱喝足催生困意，偌大的实验室里没有人说话。宋野枝在电脑前输入新数据，属于枯燥乏味却不得不做的差事。好在这活儿经得起一心二用，他眼睛不自觉在密密麻麻的数字里挑出那几个，成一串号码。

他想打一个电话，问易青巍今天是否按时吃午饭了。

窗前有一个简陋的篮球场，一个篮球架竖在一棵树下，听说是供工作人员闲暇时活动筋骨的，大多时候是摆设，此刻是一个学生在用。

实验室里空调温度低，甚至能感觉到冷，于是窗外那个男同学的淋漓大汗和喘息声就有些失真，他像是另一个世界的人。倒是篮球撞击地面，扬起灰尘，让宋野枝有更真实的不适感。

声音砸得宋野枝一阵头晕。他起身去窗边，斟酌着能不能与精力旺盛的青春期男孩儿打个商量。

他站定脚了，脑袋依然眩晕着。宋野枝拍了拍额头，莫非刚才在食堂吃错菜了？

不等宋野枝开口，那男孩儿停下运球的手。很突然，篮球悠悠滚进草丛里。他则扶腰四处张望，最后定睛于高楼上方。

目光疑惑，迷茫，和实验室里众人是同一种表情。

他们回归同一个世界。

有人注意到桌上的半管试剂，试探着说出结论。

地震了。

这年春末，西南地区发生八级地震，多地有明显震感。

地震的传播速度比信息快很多，宋野枝接到易青巍的来电，已经是下午四点。

他叫宋野枝在研究所等他，没说完，立即改口，或者宋野枝到医院去找他。易青巍一个人在两个选择之间徘徊，最后才定说："回家，咱俩现在一起往家走。"

总之他要见宋野枝一面。

宋野枝把手机放在耳畔，默默听他安排。身边越来越多的人开始讨论这场天灾，宋野枝穿梭于人流间，不安感愈放愈大，膨胀着变沉重，再往下坠，不见底。

这种不安感很熟悉，宋野枝记得，不过已经过了很多年，又显得陌生。日子顺逸，他没想过会重来一遍。

宋野枝抵家时，易青巍正拉着小型行李箱在衣柜前收拾衣服。宋野枝拉开门，他们看见对方，都没有出声。

宋野枝垂首，把易青巍的箱子接到自己手里，把衣服一件件拿出来，重新叠，叠得更整齐，更小巧。

　　往常易青巍出差，都是宋野枝来为他整理行李。易青巍不擅长归纳，行李箱两套衣服就塞满了，谁看了不着急？

　　易青巍空着手小心翼翼地跟在他后边，看他忙前忙后，想离他近点儿，又怕碍着他做事。宋野枝从进门起，牙就咬得死紧，眼睛在沉默中越来越红，易青巍没来由地有些怕。

　　"我也要去。"宋野枝没头没尾地说，说完开始叠自己的衣服。

　　易青巍拦他，抓住他的手。

　　外面那么热，他们怎么那么凉？

　　"你要去哪儿？"易青巍小声问。

　　"你去哪儿，我去哪儿。"

　　"我去西南地区。"

　　"我也去西南地区。"

　　"这次不像以前，不能带你。"

　　"不用带，我自己去，分开走。"

　　"你在担心什么？"

　　"什么也没有。"

　　"不止我一个人去。"

　　"也不多我一个。"

　　两个人异常强硬，刀来剑往，一句不让。

　　"多。"易青巍率先退步，语调温软，"你跑这一趟做什么？研究所没事了？还有，过几天去家里吃饭，你得代我陪爸爸。我姐那边，易一周末是不是也要麻烦你接送？也许我周末就能回来，回来给你带礼物，还能和你一起照料易一。你不要记挂我。"

　　"小叔，你就让我去。"语言匮乏，宋野枝如今忘记了劝服的技巧，只知表明目的，"你就让我去，让我跟着你。"宋野枝求他。

他拦不了，不能拦，那就让他陪着易青巍一起去。这样也算奢望吗？

摇头，再摇头，易青巍说："各路去支援的人很多，我们只是第一梯队之一。我保证，医生在其列，安全系数排最高。别担心，也别想多余的事情。"

宋野枝铁了心，放弃和易青巍交流，松开了手。

易青巍低头看自己空荡荡的腰间。

"这次我带队，只给大家一个小时的自由活动时间。二十分钟后，我必须走，你必须留下。宋野枝，你去了什么也做不了。"

宋野枝把行李箱交到他手里。

"嗯，你走。至于其他的，你管不了。"

"宋野枝。"

"我能做的事很多，你去救人，我也去救人。我去挖石刨土，去送食送水，去搬砖挑瓦，做什么事不是做？我就是要去，去看着你，去陪着你。我更想问我留在这儿做什么，和五年前一样苦巴巴地耗着等你吗？"宋野枝最终喉咙喑哑，大声控诉，"数来数去，谁都需要我，就你不需要！"

泪不是泪，是清亮纯粹的水。

"谁不需要你？"易青巍追上前，"这么委屈，谁不需要你？好，去，那么想去，但你十五号之后去。大震后有余震，专业搜救团队都很难下场，也就轮不到你去挖石刨土。后面肯定会有更多人组织志愿者过去，到时候你跟着他们，好吗？"

易青巍追问："好不好？"

宋野枝吸了吸发红的鼻子，用潮湿的眼瞪他，说："看，说周末能回来和我一起照看易一肯定是假的，你又骗我。"

"要送你礼物是真的。"

易青巍认真地看着他笑，只是笑。这是一次长久庄重的凝视，两个人相对无言。

宋野枝被易青巍郑重的神情迷惑，听他徐徐开口："如果我这次出了门，没能再回来——或下次，或下下次，我死了，只剩你一个人。宋野枝，你一个人也要照顾好自己，努力生活。"

易青巍清晰地感知到宋野枝在颤抖。

教年轻的他尊重生命，坦然地面对死亡——尤其是自己的死亡，是需要一些勇气的。

没有人不惧死。

应该是没有的吧？

红手印按在请愿书上，遗言散会后就写好，封存到私人箱柜里，等自己回来亲手撕毁，或别人帮忙拆开。此一去，只这两种结局，无非是这两种结局。

但由此又能牵连出更多结果。

谁叫人生错综复杂？

宋野枝发蒙的表情很可爱，听话点头的样子更乖。

他后知后觉地认为易青巍狠，也残忍，却又莫名其妙地能抠出几丝易碎的感觉，迫使宋野枝拥抱他紧些，再紧些，怕他真的脱手而去，找不回来了。

学校广场上停了几辆医疗车，十几个医务人员坐镇。学生站满场地，在排队献血，竖着排了几条长龙，一直排到路边的人行道上。

血要送到灾区，救人性命。队伍里多是青春年轻的脸庞，一个个老早就挽高袖子，裸着一条胳膊前后左右地转着圈聊天，一半愁眉，一半兴冲冲的。

电话在口袋里振动，桌子做介质，声响巨大，发出骇人的嗡鸣声。黄色橡胶管已经捆上手臂，扎紧，医生放开他的手。

"同学，你要先接电话吗？"

排在后面的几个学生认得宋野枝，听到这称呼，三三两两地笑起来。

宋野枝侧了一下身子，让手机远离桌面，摇头道："先抽吧。"

没能靠咖啡因吊住眼皮，褐色液体喝进嘴里，在肠胃里被搅成硬泥。宋野枝浑身上下，从脑门儿到脚尖，没一块地方舒服，他低敛眉目，沉默地看着暗红的血经过透明的细管，淌进袋子里。

站起身离开座位，等冒出血珠，宋野枝才重新将棉签按上去，听医生流程式嘱咐："按紧啊，别着急拿开。"

宋野枝贴着衣服缓慢地把手机夹出来。右臂涌来一阵一阵的无力感，他猜是心理作用。

手机上显示的是陌生号码，三个未接来电。

宋野枝准备回拨，第四个电话打了进来。

看起来是个大事件。

屏幕上，绿色图案跃动，频率高，紊乱，没有规律。图案像是莽徒奔逃，闯到自家门前，想破门而入。宋野枝看得脑仁疼，眼皮直跳。以前他怎么没有发现？不适感强烈。

宋野枝按了接听键。

"请问是易先生的家人吗？"

世事多数难预料，多数不赐先兆。

"哪位易先生？"

广场熙攘吵闹，宋野枝的声音只有他自己一个人听得见。

"抱歉。是易青巍先生，现在是骨科主任医师，于昨日赴震区支援。"

"我们按照他所留的紧急联系人的联系方式拨此号码，打扰您，请问您是否能联系到易先生的家人？"那边的人正一个字一个字确认姓名，说，"宋野枝？"

"我就是宋野枝。"

"请问您是易青巍先生的家人吗？"

"我是。"

"易医生于今日凌晨四点陪运危重病人，所随车辆在山间遇到余震引发的山体滑坡。发出救援信号不到十分钟，全车失联。搜救队伍最终在山底挖出车体残骸，和……和三名医护人员、两名病患、一名司机……当场确认，六人均……均已无生命体征。非常遗憾，深感悲痛，将这个消息告知您。"

"请节哀，"她说，"易医生是我们的人民英雄。"

那边的人正轻微哽咽，声音传到宋野枝的耳朵里，听来是干呕。

"喂——

"喂——宋先生，您还在听吗？"

人群乍起一串喧哗声。

血珠一颗一颗连成线，在那条失力的手臂上流出一条刺眼鲜艳的河。

宋野枝举目和他们对望。人人看向他的胳膊，每张脸都是惊异之色。

就这样，易医生成了我们的人民英雄。

炎热的午后，初露夏天的端倪。宋野枝站在二楼，才是二楼，过往的行人已经小得像流窜的蚁。

树荫下有老人在吸烟，身材枯瘦，眼神涣散。烟头弹到草丛里，冒起黑烟，那人激灵了一下，眼睛才开始像睁开了一样，跳起来朝浓烟下的绿草狠踹。

"小野，他……遗体是否运回，是否举办葬礼，哪种方式安葬，全由你决定。"

手机放在手边，摁了免提，音质差得多。易槿的声音糅合"刺啦"的杂音，很难听清。比如"遗体、葬礼、安葬"等字眼，宋野枝的大脑处理半晌，用了好些时间。

于是空出一段沉默。

"小姑，我要先去看他一眼。"

将一些衣服丢进洗衣机，一些衣服丢进行李箱，宋野枝合上了箱子。

生者就是这样可怜，宋野枝到现在也不信易青巍死了，是真的不信，必须见一面。找到他，见一面。

易青巍昨天还在跟他说话，可他回忆起来，好像是很久以前的事了，成为模糊的前半生。

电话没有挂断。

这通电话满是大段大段的沉默。

之后宋野枝才听见易槿说："我和你一起。"

易槿化了妆，比往常要好看，唯独眼睛里缺少情绪。她的眼睛一贯会说话，嬉笑怒骂全在里面，现在看不见了。等宋野枝走入她的视线，她垮塌的肩颈才稍稍提起来。

她朝他转过脸来，眉轻蹙着，宋野枝看到了疼痛之色。

飞机上，他们坐一排。易槿闭着眼假寐，挽着宋野枝的手臂。

"妈妈走了以后，我的性格才开始变得细腻些。因为家里只剩我一个女人，他还小，我怕他得不到细微照顾。"易槿说话，话里有困意，像呓语。

"小巍高考填志愿那年，家里没有一个人不同意。当天夜里，我悄悄去寺庙里许愿。小野，我们的妈妈是信佛的。我跪在佛像前，把愿望说给妈妈听，也说给佛祖听。我想——我说的是，要保佑小弟，拿我的任何一样东西换。寿元、运气、快乐、健康，可以通通拿去，换他平安顺利。你知道的，妈妈是医生，全家都清楚医生的苦。我不怕他受苦，我怕他受伤害。"

易槿睁开眼睛，眨了眨。

飞机在爬升。

"可今天——今天——是不是我当初心不够诚？"

宋野枝没有说话，伸手把易槿眼角的泪擦了。小姑疲态尽显，他让她靠到自己肩上。他今年二十九岁将满，已成长为被人依靠的角色。

等易槿呼吸变均匀，宋野枝把手心汗湿的纸团揣进了兜里。

他突然想起，十二年了，他和小叔只同乘过一次飞机。

那年冬末，他们一起去南岛。

那时候他们很快乐，是相聚。

其余，好像次次是分离。

有人接机，他们得驾车进灾区，途中换过很多辆车。

结构清晰，分工有序，每一辆车只负责完成自己的工作。宋野枝和易槿被交接，天黑时似乎终于辗转要到达目的地。

是似乎，因为宋野枝没问。他不想再说话，不管说什么，最后都会得到"请节哀"的回应。爷爷去世那年也是如此，现在复一轮。车况颠簸，他听得要吐。

车的速度慢下来，车内也渐渐没有人再说话了。

宋野枝在车里，看到殡仪馆的字样，有些恍惚。那些人说会带他们去见易青巍，而易青巍在这儿。

空旷的房间里，宋野枝手脚僵直。

"请问，易青巍在哪儿？"易槿问。

"2号冰棺。"有人答。

2号冰棺。

这四个大字是钉子，一颗一颗被捶进宋野枝的太阳穴。

他像白天树荫下吸烟的老头儿，失火的草丛惊活干瘪懒倦的身体。直到这一刻，宋野枝才蓦地痛醒了。

他想离开。

可小叔就在这儿啊，他还能去哪儿？

他们从密密麻麻的柜子里把易青巍拉出来，他躺在透明棺里，躺在众人面前，静默地合着眼。

有人痛哭。

宋野枝听了一会儿，反应过来是小姑。

宋野枝双脚动了，脚尖重新转回来，朝易青巍走去。

和以往没有不同，易青巍在哪儿，宋野枝就是要往哪儿去的。

死了，真的像睡着了，易青巍被打理得很好——头发、眉毛和眼睫落满白霜，嘴唇失去颜色，表情淡然平静。

"眼泪不要落到他的棺上，不吉利。逝者在那边会不安。"有人这样提醒。

宋野枝抬眼看了看出声的那人，摸了摸自己的脸。

没有眼泪。

"他——"宋野枝张嘴说话，发现自己没有发出声音。

"他——"

声音嘶哑。

"他——"

声音异常。

有没有人听到，他最后说什么了吗？就是他死前那一刻，咽气前那一秒，有没有说什么？

"他——"

宋野枝问不出话来。

易槿早被人扶了出去。

宋野枝依然站着，像另外一具尸体，被冻在此间。

他站了很久，久到其余人意识到自己该出去，为他留个独立的空间。

于是房间里只剩宋野枝一个人。

手触上冰棺，他呆滞了数秒。

刚才有人说，如果眼泪落到你的棺上，你在那边会不安。小叔，那边是哪边？你丢我一个人站在这儿，一个人跑去哪儿了？小叔，我刚才好丢脸，一直一直说不出话，他们一直一直盯着我看。小叔，我的喉咙里有飞蛾，现在也很痒。

小叔，昨天我说了，叫你等我的。

宋野枝深深地弯腰，如此便能离易青巍更近些。

这里太冷了，宋野枝永远直不起身来了。

易青巍真的死了，从这个世界消失。一切没有变化，宋野枝要开始过没有他的生活。

冰棺能把手指割破，越痛越攥，越攥越用力，但他什么也留不住。

他后悔点头，后悔放易青巍一个人走。

易青巍变成了一捧骨灰，由宋野枝经手，一点儿一点儿撒进海里。

那天海风很大，呼啸着把易青巍卷走。宋野枝徒劳地握紧手，怎么抓也抓不住。

宋野枝回到家，家里只剩他一个人。门口摆着两双拖鞋，一黑一白。宋野枝没急着进门，扶着柱子盯到眼干，下雨了。

吉姆发来邮件，说看国内新闻时看到了易青巍的讣告。大家都在缅怀不幸逝世的同胞，缅怀为民牺牲的烈士，接着黑白色的遗像一张张被列出来。

其中一人英气过人，明眸皓齿，笑着。

这是吉姆认识的易青巍，他大骇。

宋野枝回他，是的，昨天葬了。

吉姆没有再回复。

宋野枝说，没关系的。

和吉姆聊完，道别，宋野枝去卫生间抱着马桶吐了一通。没有人拍背，没有人倒水，吐完之后，自己爬起来洗脸漱口，湿淋淋地去开电视。

他打开电视就是新闻频道的界面，音量骤大，吓了他一跳。

确实，电视里整天在报道大地震的事。记者正采访受灾的百姓，拦住了一个灰头土脸、衣衫褴褛的中年男人，他说他全家都死了，老婆没挖出来，儿子女儿没找到。他挠挠头，说不找了，这里没吃没住，得走了，这么多天，找不到了，找到也是没了。

记者失语，镜头停住，望了男人摇晃的背影许久。记者缓过神来，开始总结播报，没说几个字就哭了，泣不成声。

没有看到易青巍，他不再看，走开了。不过没有关，留电视机自顾自地说话。

宋野枝忘了管阳台上的洗衣机，都忘了是什么时候按开始键的。水漏完了，洗衣机还在运转。他的衣服和易青巍的衣服皱巴巴地缠在一起，转不动了。

洗衣机"呜呜"地哀号，像是要坏了。衣服也在哀号。它们被困在那一圈狭窄的天地里，无论如何挣，如何挣，就是挣不动半分。

宋野枝看着看着，忽然捂住眼睛，颤抖着哭了出来。

这么多天以来，他第一次听到自己的声音。

日子历来像水，匆匆流走，偶尔有迹，多数无痕。

这无聊的说法在宋野枝这儿失效了。

往常让水出逃的口被堵死了，他如今度过的时间是石头。这石头一样的日子是摞起来的，日复一日地积累，无法打发，硬邦邦，死气沉沉，直挺挺高耸着，要把他压去地底下，要捅破他的天，把心脏硌成一片单薄的膜。

六月份，宋野枝异常嗜睡。

一天二十四个小时，他睡足二十四个小时。有一次，他睡的时候是中午，醒来时也是中午，地板上的太阳光一模一样。他挂断易焰的电话，定睛看日期，才知道日历已经又翻新一天。

没办法，睡觉成了他见易青巍的唯一途径。

七月中旬，陶勋放假，来北方了。他到那栋复式楼去陪宋野枝，住了一段时间，发现宋野枝每天要抽很多烟。

宋野枝说："这个别学我。"

陶勋战战兢兢地观察了宋野枝几天。他小野叔一点儿也不消极萎靡，还和以前一样理智温柔，认真吃饭，照常上班，只是话变少了，少得可怜。

陶勋在宋野枝身边，什么家务也不用做，可能需要扫扫尘，浇浇花，有时得在宋野枝下班回来前把浴缸里放好热水。

小野叔热爱泡澡，泡了澡的那晚就必定看不到他再抽烟。他还有倒香水泡澡的习惯，平时却不见喷。陶勋发觉香水通常和沐浴用品一起摆在浴缸前，用得很快，几天空一次。

七月末的一天，宋野枝起晚了，在卫生间洗漱，陶勋先去楼下餐厅吃早饭。

他听到宋野枝稀松平常地说："吸完烟马上刷牙，嘴里有一种面包的味道。你有没有这样过？"

之后就没有声响了。

不像在打电话，陶勋急忙跑上去，见宋野枝一个人怔怔地站在镜子前，含着一嘴牙膏沫失神。

陶勋很少见到宋野枝这样失了魂、没有神采的样子，有些怕。他隐隐知道了，烟是易叔叔的烟，香水是易叔叔的香水，话是说给易叔叔听的话。

吃完饭后，宋野枝就不让陶勋和自己待在一起了，把人哄回了云石胡同。

当天半夜有烟花，就炸在落地窗前。

"轰"地爆裂，接着淅淅沥沥地散落，像一场彩色雨，是一场视听宴。

宋野枝侧躺在床上，睁着眼睛看，眼泪无知无觉地掉出来，钻入枕头。

这分明就是十七岁那年，广场上夏夜的景，易青巍为他造的梦境。

可怎么如今手边空空荡荡，偌大的屋子只余一人？

烟火燃尽，小区里群车的警报"呜哇呜哇"叫起来，此起彼伏。

他回归俗世，起床为自己倒了一杯酒。

六月那段昏天暗地的日子过去，宋野枝到后期变得难以入睡，常常一两个小时就转醒。没有梦了，这可怎么行？

吃药。

他服了过量的药，被送去医院洗胃。

那真的只是意外。他不会轻易死，他对易青巍点过头，答应努力生活，努力照顾好自己。

白昼短，而夜漫漫，后来他学聪明了，用酒代替药，喝得脑袋发昏，时效更久。虽然依旧没有梦，但也足够了，他珍惜大脑没有意识的时刻。

无光的房间里，宋野枝单手端酒杯，单手弹琴。一曲《梁祝》，弹至化蝶，他手指越来越快，越来越快，全身出了一场大汗。

一个人弹琴，出奇辛苦。

酒杯碎在地上，他也随之软软倒向地板。

云聚云散，从窗角看，月亮阴了又晴，圆了又缺。

月光照到脸上，宋野枝一动不动，神经性耳鸣袭击他，声音越发高昂尖厉，身体像要起飞。

起飞的是它们，宋野枝还被搁置在没有温度的地面上。

眼睛完好，他就去痴痴地看月亮。

小叔，我想你。

八月四日，雨水丰沛，阴天更缠绵。

宋野枝调休一天，早上被易恩伍的电话吵醒，说他和陶勋弄到了几张奥运会开幕式的门票，要请宋野枝带他们一起去。不巧，宋野枝八号不能请假，有不能缺席的实验和总结会。

宋野枝头重脚轻，喉咙发痒，挂断电话，先下床抽了一支烟。烟灰缸端来得不及时，落了满身烟灰。

反正脏了，他就再点一支。

火柴没划燃，他听见易青巍叫他。

"宋野枝。"

他浑身战栗，没有动作。

"不理人了？"

宋野枝望着虚空，愣愣的。

易青巍，我有多久没听到你的声音了？

到下午，有一通陌生电话打进来。那天以后，宋野枝看到陌生号码会心悸。可现在不是以前，他没什么能失去的了。

他接通，对方是一家珠宝店的店员。

"您好，易先生一月份在我们店定制了礼物，预订八月一日取，现已超时三天。他本人的号码显示已注销，请问宋先生，您能否择日来代取？"

"易先生……"

"是的，易青巍先生留了您的号码做备用。如果您也不便来拿的话，我们将取消订单。"

"您说地址，我……我七号去。"

宋野枝甚至舍不得按挂断键，生怕这也是可笑的幻觉。

细长的烟，烧出雪白的灰段，宋野枝将它搭在杯沿，食指一点烟身，烟灰抖入清水中。

"唰。"

轻促的一声，火星死在水里，与划燃火柴的那一瞬间十分相像。

熄与燃以同一种形式呈现在宋野枝面前，给予他微妙的安慰感。生与死是不是也同理，是不是其实也根本没区别？

八月七日。

一个起，一个末，一个始，一个终，说破天去，都只是端点而已。

想到这里，他的心陡然松垮下来，像被成吨的水洗过一遍，轻盈极了。

这天仍不见太阳，但世界变好了，明亮几度，鲜艳几度。

宋野枝没有开车，提着一个木箱步行，途中收到几条生日祝福，他耐心地一一回复。

赵欢与的手机依然拨不通，宋野枝改为发短信。

在哪儿？到南极了吗？什么时候会回来？你的房子我一直在请阿姨打扫，我远行之后就让伍儿接班了。欢与，来不及了，我不能等你回来了。回来之后别赖账，把家政钱还给小孩儿。

他做完一切，彻底将其关机。

易青巍选的那家店很远，不知道他是怎么找去的。宋野枝走得比平时慢，呼与吸比平时频繁，想多待一会儿，想多体验一些，反正街上的新奇玩意儿比以前多几倍，反正时间还早。

他早晨出发，中午才抵达目的地。

那是一间精致典雅的店，艺术气息浓重。展览柜上摆放的定制品经物主同意，均有名牌写明所有人的姓名、制作人的姓名和制作日期。

宋野枝看到的礼物款式极简。

"这个表盘刻的是部分血管的纹路，另一个表盘刻的是部分骨头的轮廓。"

将盒子递与宋野枝后，店员重新打开一个更大的盒子。

"这里面分别是易先生当初拿来的两张手绘稿纸，按他的要求，要原样交还，您打开检查一下，看看是否有污迹或破损。"

一张是宋野枝那张不翼而飞的血管图，另一张，是落了易青巍的字迹的画——"脊背"。

"您……如果不方便的话……"

客人望着那幅画，眼神痛切，久久凝视而无话。店员以为东西不合他意，如此建议一样符合店内规矩。

是宋野枝失态，他抱歉道："不好意思。要拿走，他交代过我，一定要帮他一起取回。"宋野枝打开手中的木箱，"箱子还带对了，您不用再把稿纸装回去。"

"好的，您慢走。祝您……"店员措辞。

宋野枝微微笑了，问："祝我什么？"

"祝您万事遂意，生活愉快。"

他笑得更好看了。

店员想，他今天穿得也格外好看，像是要去赴约。

宋野枝在花店与饭馆之间徘徊，先进了花店。

人在远行前还需要吃饭吗？

宋野枝不清楚。

总之他需要花。

即使手提箱里已经有了一朵不朽的。

挑完花枝，在花柜的边上看到一捆绳子，宋野枝说："可不可以再给我一段绳子？"

花店老板爽朗地说："这绳子是刚才拉枝和做吊花剩下的，您全拿去都行！"

"谢谢。"宋野枝把绳子装进箱子，花拿在手里，"您把绳子和花算一下钱。"

"绳子是送你的！"

宋野枝只买一枝花，觉得很不好意思。绳子都比花贵了。

老板挥挥手让他快走，叫他不要耽误赴约。

宋野枝呆了一刹那，随后好笑地点头，的确是赴约。

街上有很多捧花的人，宋野枝和他们中的大多数人走的截然相反的方向。

太阳落了一半，还剩一半。

宋野枝将木箱打开来，银镯、银链、装着标本花枝的玻璃瓶，"叮叮当当"，一阵乱响。

他盘腿坐着，挺直腰，反手摸上自己的后背，由上往下，反反复复去抚那根脊骨，笑了出来。

很久之后他抬头，太阳沉没，天际还残余亮光。

宋野枝从前胸的口袋里摸出一张照片，抚了又抚，看了再看，最后和花一同撕成碎片，送去风里，让其悠悠飘散。

昨晚求你来我梦里，你没有来。

这次呢？

这次一定要遇到啊。

太阳明天还会升起。

我还想要再见到你。

易槿和易焰去家里收拾时，已经是八月中旬。

宋野枝把东西全带走了。

易槿一个人在屋子里静静地待了很久，易焰沉默着等她。直至天黑尽了，他们不得不走。

易槿关门前，差点儿站不稳，易焰手疾眼快地扶住她，掐得她疼，但难消猝然涌上胸腔的那股剧痛。易槿的视线摇摇晃晃，落到房间角落的那架钢琴上。

琴上的玻璃烟灰缸内，干干净净地躺着两个烟蒂。

番外一
尘封的遗书

　　回顾前半生，其实我没有多余的话要说。这一生过得好顺遂，在你们的庇护下，我长成自己满意的样子，一路无灾无坎，无悔无憾。

　　不知道我刚才离开之后，留爸爸一个人在家，您有没有难过？我下跪磕头，还不了您对我十万分之一的恩情。我清楚。

　　怪我冲动，不懂瞻顾，不知考虑，院长话没说完就起身第一个报名。等到肃穆地摁下红手印，坐在这儿开始写遗书了，我才后知后觉自己接下来要经历什么。

　　我要舍弃您，舍弃哥哥，舍弃姐姐，舍弃我的生命。但是，爸爸，世事两难全。妈妈亲自教我，我没忘。说实话，回家跟您道别时，我很忐忑，怕您不让我走，也怕我走之后再回不来，因此没敢向您瞎许平安回家的诺。您当时沉默着看我，欲哭欲笑，我猜，您是和我站到同一边了。等半晌，您开口夸我，夸我是精英中的精英，神情好骄傲。所以说，做您的儿子好幸福，走大运。

　　如果有轮回——我是不是封建了？但您肯定是相信的，当年妈妈去世前，您说要和她做两世夫妻，我听见了的。

　　奇了怪了，今天格外想念妈妈，脑子里总是她的笑、她的唠叨。她那时还年轻，说大学毕业以后最好留在学校里当老师，说夏天多喝水，说空腹不能灌牛奶，说打完篮球不准用凉水洗澡。

我也异常想我姐，想我哥。

今天来不及了，没能和哥哥姐姐见一面。你们真的好忙，算起来，我们快一个月没一起吃饭了。不过，我走了之后，哥哥姐姐要常回家，陪爸爸。免得我不在，他老人家耳根子清净，一清净，就容易寂寞。

没有我，少个弟弟烦你们，你们会不会也寂寞呢？允许寂寞，但不能伤心。

完了，我说不出更多话了。

我只是想，你们真的不要伤心，不要为我流太多眼泪。

说起为我流眼泪，我记起来，这辈子，遗憾好像是有的，可惜不能再补救。

姐，我昨天晚上还梦到了宋野枝。

他到底想不想回来？

会不会回来？

哪天回来？

我的葬礼不能不办，这样的话，他总会为我的葬礼来一趟吧？那他肯定会哭，到时候，还请你站去他身边哄哄他，给他擦一擦眼泪。

但应该擦不净。这人哭起来不管不顾，很难办。

那你就抱一抱他，抱紧一点儿，抱久些。等他哭完这一场，带他一起好好生活，把你以前教我的，都教给他一遍。

这封遗书不能传阅，尤其禁止落入宋野枝手里。

人死了，没有留下只言片语就消失不见，这样兴许会更容易被忘记。

海葬，从简，不要刻意记我的忌日。

我爱你们，会一直爱着。

易青巍

番外二
忆欢与

沈乐皆长大，渐渐明白些事理的时候，心中对沈锦里是有恨的。

他的远房小姑二十岁和男人谈恋爱，爱到尽头毅然分手，不在乎已有身孕，决然要把赵欢与生下来。十月怀胎育出鲜活的生命，沉甸甸的，会哭号，不依不饶，向母亲索要乳汁。沈锦里小心翼翼地把乳头塞入那张粉嫩的嘴巴，迟来地陷入苦闷和惶恐情绪里，才意识到这同时是束缚，是枷锁。而她爱自由。

赵欢与足月之后，沈锦云和符恪从沈锦里怀中把孩子接到了自己手里，珍而重之，连她的名字也由他们来起。

沈锦里计划去更远的地方流浪玩乐。谁让天大地大，万物万处没有任何能拴住任何，理应每个人都如此——

虽然世上的大多数人似乎更情愿去承受，甚至去寻找某种难以割舍的联系，那会让他们比独身时刻更坚强一些。

就这样，赵欢与被生母抛弃。

应该能称作抛弃吧，总之那时沈乐皆刚满四岁，门口的人在忙着送别，只有他一个人守在婴儿床旁边。

沈乐皆想，赵欢与没有爸爸妈妈爱，那他来爱她好了。一个人一生就那么点儿有限的爱，他无论如何要匀一半给她。

恰巧她也十分可爱。

赵欢与学会说话走路后，就成了沈乐皆甩不掉的小尾巴。那时院子大，一帮男孩儿爬树凫水野回来，跟猴群归山似的，一个个挥棒拿棍呼朋引伴。他们身后总跟着一个浑身是泥、麻花辫松松垮垮的赵欢与。

　　别人手上的是金箍棒，到她手里成了大拐杖。

　　一般这个时候，其他穿着干净碎花裙的小女孩儿都会停下过家家的游戏，为他们驻足，叹为观止。

　　其实每次易青巍都不愿意带这小屁孩儿去，因为他们的娱乐项目危险系数很高。此外，赵欢与的小短腿会拉低团体玩耍的效率。

　　易青巍跟沈乐皆说过，小欢与像超市里和可乐捆绑销售的小塑料杯。沈乐皆无所谓地笑笑，说那可乐先带小塑料杯回家睡午觉了，后被易青巍拽回去，绑就绑吧。

　　知道易青巍嫌弃自己，赵欢与没哭，也不说话，只看着沈乐皆，反正她哥不会丢下她。

　　她不是很在乎能不能去蹚泥过河。

　　等到能独立思考的年纪，赵欢与更是事事向沈乐皆看齐。她擅长数学，对数字有惊人的敏感度，是大院里出了名的小天才。没人想过，赵欢与或许是有天赋，但更多其实是自幼由沈乐皆有意识地手把手培养出来的兴趣在起作用。

　　历来是这样，沈乐皆有的东西，赵欢与同样要有。且不论妹妹愿不愿意要，总之他一定先一股脑儿地给出去。

　　以上的例子是往大了说，若再朝小玩意儿数——那个年代许多人抓耳挠腮集不齐的卡牌，赵欢与还只会吃手流口水的时候就拥有一套完整的了。

　　沈乐皆回忆起来，十四岁以前的赵欢与真的很乖。哥哥给什么她都接着，说什么她都照做。

赵欢与十九岁那年，整个夏天热得要命，日头盛，虫鸟疯鸣。

沈家挑了个凉快的夜晚，在后院的花园里为赵欢与举办派对。三个由头——她十九岁生日、她考入"中大"、她即将离家上学。

赵欢与今天穿吊带衫配短裙，过肩的头发高高束成马尾。两条银色的耳线坠在颈边，随脑袋晃荡，比平时更添三四分古灵精怪。嘴巴抹了亮晶晶的唇釉，她不习惯，时不时抿唇，吃蛋糕、喝果汁的动作变得小心翼翼。

隔得远远的，但好像能闻到她身上夏天的味道。她笑的时候很浓郁，没有表情则退为淡雅。

嘴巴张得很小，杯口弧度大，绿色的猕猴桃汁顺着嘴角淌下来，滴到白色吊带上，赵欢与浑然不觉，头也不肯低一下，只伸手指擦了擦下巴，又用染了汁的手去拿杯子，要把它喝完。

看到这里，沈乐皆露了点儿笑，跟着喝了一口水。直到有人握着酒杯来寒暄，他才移开目光，微微转身，重新退回及人高的绿植后。

或许因为这场聚会的主角是赵欢与，今晚来找他聊天的人，话题总是先落在女孩儿的身上，说小鱼儿现在气质和样貌变得真好，比得上明星；又说变成大姑娘之后话就少了，不像小时候不忌生人；还说怎么兄妹两个看起来不如原来亲近……

听至此句，沈乐皆转头，去找她，像是不经意，像是今天晚上第一眼而已。

她终于发现了干涸的暗色污迹，用手指把衣料掂起来，垂着眼皮看了几秒，放下去，没再管。

沈乐皆眼神淡淡的，说："长大了都是这样的。"

不知道他在回答哪一个问题。哪一个都适用。

如果不能归咎于时间，那还可以拿什么来顶罪呢？

派对的后半场临近午夜十二点，厨房开始备夜宵。小孩儿们聚成一窝在客厅玩"超级玛丽"，大人们则还零零散散地站在夜空下聊天。

沈乐皆去找赵欢与，发现她一个人缩在角落里，背对着人群荡秋千。他怕吓到她，于是远远地就叫她的名字。

"赵欢与。"

她闻声歪了歪头，没等眼神落下，又转回去，荡得更高了。

沈乐皆走近，单手抓住秋千链子。

秋千停下来不动了，赵欢与才肯看他一眼，不耐烦地瞪着他。

"干吗？！"

"去吃酒酿圆子，要不要？"

赵欢与直起身子往屋内看，见没一个人端碗，问："大家都吃完了？"

"还没做好。"

"那你让我吃什么？"

"提前通知你。"沈乐皆说，"和他们一起去玩游戏等着。"

"一群小孩儿，我才不去跟人抢。"

沈乐皆接不上话了，一时半会儿没人言语。

赵欢与又悠悠荡起秋千来，低声说："你女朋友今天晚上怎么没来？"

"甘婷艺？"

赵欢与在心里暗骂一声，道："你还有几个？"

感受到沈乐皆在身后轻推慢拉的力，她的两条小腿放松下来，挨缠着，在空中起落。

沈乐皆发现她脚下换了红色凉鞋，有红色绑带，系在瘦削的脚踝处，脚指甲上也涂了红色指甲油，随光明灭，像一粒粒刺人的红晶石。

这个颜色在朦胧的灯光下收敛了热烈的张扬，显得迷离。红的够红，所以白的更白。

沈乐皆说："为什么要来？"

"二窦的婚礼你都带她。"

"前两天和我分手了。"

不是前两天和她分手了，而是前两天和我分手了。

和我。

那就是说沈乐皆被甩了。

那也是说不分手的话他就会带来咯？

"为什么？"

"她遇到了更喜欢的人。"

赵欢与朝他仰头，眉眼间是疑惑之色，她问："什么样的人？"

连嘴唇也这样红，赵欢与怎么回事？

她还看着他，他居然走神了，慢半拍地回答："不知道。"

赵欢与坐正了，说："我想荡高点儿。"

沈乐皆用力推了一把，紧接着又往回拉，问："机票订了吗？"

"你帮我吧，哥。"

赵欢与已经很久不让哥哥经手自己生活中的琐碎事情了。

沈乐皆的心脏蹿高，顿了一秒又平稳落下来，留余劲在胸口"咚咚"弹个不休。手心的一点点汗就使人脱力，他攥紧了铁链，面不改色地应道："明天给你看。"

泳池那边突起一阵骚动，沈乐皆在赵欢与之后看了过去。架子鼓、键盘和音箱不知道什么时候被搬到圆台上去了，王行赫背着把电吉他站在中央，挑着眉一直看这边，守到她投来惊喜讶异的眼神，得意地笑了，吹了一声口哨。

手下一晃，一轻，等沈乐皆再转回目光，赵欢与已经尖叫着跳下秋千，朝王行赫所在的台子跑去，嘴里还喊着："乐队不是解散了吗？"

一看 VIP 观众就位，他们开始演奏。吉他先响，抓人耳朵。

是沈乐皆没听过的歌，他合理怀疑这是王行赫自己写的。鼓点密集，贝斯却悠扬，还没进入歌词，就已经让人明了热切而温柔的情感主题。

午夜的气氛重新热起来，台下的所有人都很吃这一套，或新奇地打量，或激情地舞动。

沈乐皆一个人站在角落里，正对着客厅的大电视。游戏手柄横躺在茶几上，马里奥被乌龟杀死了。

赵欢与活跃在最前排，跳着，笑着，太像夏季的风里摇曳的一朵含苞欲放的花了，生机勃勃。

沈乐皆想，明亮处和昏暗处的她是两个人。面对王行赫与面对自己的她也是这样，两副面孔，没一点儿相同。

两组对比给予他的割裂感完全一致。

是什么时候开始的呢？她以前可不是这样的。

那时几家还住在一个大院里，王行赫和沈乐皆鼻青脸肿地站在墙角面壁，大人们围着他们质问起冲突的原因，轮番上阵。两个人都赌气不吭声。

他们刚打完一架，其间仇怨是不清不楚结下的——好像是积怨已久，又好像是一时脑热。总之是一方说了不讨喜的话，递上导火线，另一方随之配合地攥起拳头，点燃它。

符恪说："这么大个人了还用打架解决问题，丢不丢脸啊你们，啊？"

赵欢与不似这一圈成年人，执着于这场冲突的原因，她抱着医药箱挤到他们腿边，只在乎哥哥的鼻子流血了。

她抬眼看到沈乐皆的人中血糊糊的一片，又去看他的手指，上面乱糟糟爬满深色血迹，心脏和喉鼻一起酸胀，她连忙深呼吸，不断吞咽口水——是哥哥教过的憋泪技巧。

赵欢与觉得，如果自己哭出来，场面会更乱，又觉得，王行赫太讨厌了。

符恪把她握着棉签的小手拉过去，往家走，边走边说："疼死他得了，不听话。"

沈乐皆看见赵欢与三步一回头地看他，将满腔冷硬的情绪缓了缓，趁她再偷偷瞥过来时扬了扬嘴角。赵欢与愣了一下，也偷偷笑起来，眼睫一弯，反而把之前兜着的汪汪的泪水送出来了，又手忙脚乱地擦掉。

王行赫目睹全程，说："小鱼儿真的挺可爱的。"

沈乐皆抿紧嘴唇。

"等她长大，我就娶她。"王行赫火上浇油，"一会儿就去问她以后要不要嫁给我。"

符恪回了房倒杯水，来不及坐下，门外沈乐皆已经把王行赫按在地上又揍了一顿。

她没料到自己儿子能这么浑，上前去拉人还死活拉不动，最后是王行赫他爸把沈乐皆抱开的，其间沈乐皆还死死盯着躺在地上爬不起来的王行赫，警告道："赵欢与是我妹妹，我的，你最好离她远点儿。"

符恪甩了他一记耳光，一时间所有人都静了。沈乐皆是这帮小孩儿里最乖的，从小到大连重话都没听过几句。

"王哥，你放开他。"符恪对沈乐皆冷声说，"打，再打给我看看。"

沈乐皆偏过头不再动。

符恪才生气地骂道："你这做的什么事，说的什么话？！"

也许沈乐皆不记得，那年赵欢与百日宴上被一群人围着逗弄，他就发过类似的牢骚，把宝宝的脸护在自己手掌下，不准任何人摸她的脸。当时符恪念他才四五岁，没管，没承想儿子长大些，嘴里还是同样的话。

她戳他的额头，说道："你当妹妹是玩具吗？你们两个小兔崽子就因为这个在这儿争！谁赢归谁吗？"

谁赢归谁？对。

当晚，符恪让沈乐皆在书房里反思。赵欢与蹑手蹑脚地溜去看他的伤处，说"呼呼"就不疼了。沈乐皆的手背上只有一块小的瘀青，她郑重其事地用绷带将他的手绑成了白色大猪蹄，然后蹲在他脚边陪聊，直到十点整开始准时打瞌睡，蜷到他怀里。之后的小半年，话痨王赵欢与没搭理过王行赫。

沈乐皆心说，是我赢了。

不过，反思什么呢？沈乐皆琢磨了一宿，没个结论。

他想不到自己古怪的占有欲从何而来，搞不懂它是否被允许存在。思绪翻来覆去地搅，只理出另一条清晰的线，悟得——这股占有欲到底对不对不晓得，可将其亮出来给别人知道是绝对错了。

多数人迟钝、忙碌，无暇关注一个半大男孩儿隐晦迷茫的心思。于是，只要他把嘴巴闭紧了，就不会有人看破。

从那个晚上起，清冷寡言的沈乐皆一天一天铸成形。

而赵欢与，在很长一段时间里都是黏人可爱的赵欢与。

直到她升入初二的某个早晨，她婉拒了哥哥替她编羊角辫。

一切以羊角辫为开端，接着是不必为她洗贴身物，不必费心为她开小灶，不必专程接她放学，不要三秒以上的拥抱，不要动不动就牵手，不要不敲门进她的房间，不要……

她逃他，逃得远远的。可远远地，她又默然地看过来。

沈乐皆在那目光里被推走，困惑，顺从，不置一词。

是因为长大吗？

这是妹妹长大的代价吗？

沈乐皆常常想，看着小猫小狗，看着幼时的相册集想：你不如永远不谙世事，禁止成为熟落的果，禁止做别人眼中的鹤，禁止自顾自地向前，把哥哥留在身后。

但他没有说，赵欢与也就听不到。

她最美的年龄、最好的笑容大多露给除哥哥以外的人看。沈乐皆只能站在旁边捡些边角料，顺便应付她靓丽青春背面的逆反情绪。

比如现在，沈乐皆去厨房为赵欢与端来酒酿圆子，她却懒懒地盯着另一侧，说不想吃。

沈乐皆顺着她的视线看过去，乐队已经散了，在各自收拾东西。王行赫的吉他还在腰间，杨徐静正挽着他的手臂兴高采烈地说话。

"看什么？"沈乐皆问。

"在想结婚是什么感觉，结婚以后过的是什么日子。"赵欢与说。

沈乐皆收回目光，看着自己手里的酒酿圆子。再隔热的碗，这么久也能感觉到烫了，烫得他有些痛了。

他问："真的不吃吗？"

她从鼻腔里发出一个"嗯"字。

又是这样。

总这样。

只对他这样。

上一秒旁观过她生动活泼的样子，也没来得及将情绪从回忆里抽出，此刻，沈乐皆头一次觉得这独一份的淡漠对待令人难以忍受，甚至到了让他当着众人的面失礼的程度。

他点点头，转身离开，路过垃圾桶，手腕一扬，连碗带食全抛了进去。瓷器破碎，发出巨大声响，甜腻的热汁反溅几滴到他手上，粘着。任灼烧感持续了几秒，沈乐皆才慢条斯理地掏出手帕擦净，顺便把手帕也扔了。

赵欢与在身后愣怔，等人很快消失在侧厅拐角，才后知后觉地哼着小曲抬头看星星。

闷热的夏倏然舒畅。

沈乐皆想找个安静的地方抽烟，却四处有人。他压着火气走了半天，最后不情不愿地去到秋千旁。这本是赵欢与的专属地，掩在两棵树下，灯光追不着。

秋千背对众人，面向长形花圃。他当椅子一样坐上去，脚落在实地，跷起二郎腿，手里把玩着烟盒，到底没点燃。

身后响起脚步声，尽管换了新鞋，沈乐皆还是听出了是赵欢与，心窝里的火瞬时散了一半，绵绵的。

她双臂横搭在他的肩上，身子前倾，歪头问："哥，生气啦？"

负荆请罪该是愁苦的低姿态，怎么他听到的是她藏不住的快乐？沈乐皆冷冷地看了她一眼，果然看见她双眸里全是笑意。

"是因为我不吃夜宵吗？"赵欢与自言自语，"以前那么多过分的事情你都云淡风轻，今天就为这事，我都替您不值当。"

听起来他好像被自己的妹妹逗弄了许多年。

沈乐皆拂开她的手，站起身，走到树下。烟身被捻坏了，漏得满手是烟丝，他默默用手指掸干净。

赵欢与倚着秋千看沈乐皆的背影，看了好一会儿，说："啊，或者是迁怒吧。"

明明他满心满眼都是自家妹妹，所以一句话、一个眼神、一个动作就能牵制他。说实在的，不吃我端来的夜宵而已，可气吗？不可气。可气的是什么？是她总看别人，总对别人笑，即使我已经站在她身边。

她倒好，到头来拉别人一起挡罪。

沈乐皆想，她可能打定了主意，今天晚上非把她哥气死。

"赵欢与，你没良心。"

她轻轻地笑起来，抿着嘴笑出声音，可爱又狡黠。

沈乐皆想转头看她，却慢了一步，腰被两条嫩生生的手臂环住。她环住他，手臂收紧，接着额头抵到他的背上，呼吸也是绵软的，一收一放，一起一伏，把剩下那一半火全吸了去。

赵欢与蹭了蹭，换以脸贴他挺拔的背。

她瓮声瓮气的，两个人承受同一种振动频率。

"哥，错啦，明天晚上我煮给你吃。"赵欢与说，"你刚才好凶，大家全在看你，你走之后大家还议论你。"

"议论我什么？"

"说你发脾气好吓人。"

"是你说的还是别人说的？"

"肯定是别人啊，我不觉得吓人，我觉得你发起脾气来很性感。"

沈乐皆评价她："牙尖嘴利。"

沈乐皆低头看腰间那双手，拉起一两根指头，迫使她伸直，翘起，方便他端详。

他问："怎么手上不涂？红色，和脚配。"

赵欢与反抓住他的手，攥于自己的手心。他也乖乖的，不再动，任其禁锢。她觉得他们之间更近了，她全身火烫，一阵阵发软，心脏都要融在他身上。

"我只涂不显眼的地方。"

"不显眼吗？"

"嗯，你是第一个问的，只有你看得到。"

沈乐皆哑口，失语几秒，笑了两声。

是吧，多数人迟钝、忙碌。美已经这样明晃晃，他们居然依旧没能发现。

"那可惜了，他们错失了很多东西。"

赵欢与评价他："可惜？牙尖嘴利。"

沈乐皆捏她的指节，一节一节往上，又说道："没大没小。"

她的手指肉少，捏着全是纤细的骨头。他以为手掌会软些，结果手背的关节更硌人。后来，赵欢与这些纤长的骨头，一根一根落进了他的指缝间，合拢。他意外地发现，并不硌人，很温柔。

她解释这场十指相扣的缘由："你别捏了，痒。"

沈乐皆却问："你上一次牵我的手是什么时候啊？"

"去年四月，爬山时。"

完蛋。

赵欢与想掌自己的嘴，回答得这么清楚干什么？！

沈乐皆说："不是，爬山的时候是我牵你。今年二月底，冬天还没完的时候，你在沙发上睡着了，我给你加毯子，你被弄醒了，抓着我的手不让盖，后来迷迷糊糊一直牵着，直到睡着。"

赵欢与沉默了几秒，哑着嗓子问："这也算牵手吗？"

沈乐皆说："算，你不知道这些年你什么样儿。"

她不说话了，手心渐渐发汗。

沈乐皆察觉到她手心湿润，说："没关系。下次我生气的话，你还会这样来哄我吗？会的话就没关系。"

赵欢与依旧无言。

沈乐皆问："不会吗？"

赵欢与说："之前有一次，我差点儿跟宋野枝分享我的秘密，但临阵脱逃了。"

"你这样的还有秘密？"

"我哪样？"

沈乐皆接之前的话："怎么临阵逃了呢？"

"觉得这是个大秘密，得先告诉你。"

"没听你说过。"

"现在说，你要听吗？"

"可以啊，需要我守口如瓶吗？"

"分享给你之后，就全由你了呀，哥哥。"

"哦？这么好？"

"嗯。"

沈乐皆享受和她废话的时光。

"说啊。"

"面对面说。"赵欢与蹿到他怀里。

沈乐皆低头看她，应道："好。"

赵欢与踮着脚，手臂揽着他的脖子，将他拉向自己。

她是要贴耳说吗？

可她一直盯着他的嘴唇。

沈乐皆想，明明可以推开的。

沈乐皆的脑子"嗡"的一声响。

密密麻麻的电流蹿上脊椎，往脑神经爬，头皮发麻。沈乐皆掐紧了
她的腰，可以把这酥麻的感觉传给她吗？

他的脑子里一颗摇摆的铁球，今天突然遭遇磁铁，被吸到另一条轨
道上。

对的，这条轨道才是他一直想要的路。

赵欢与稍稍退开，问他："你的前女友们也这样吗？"

沈乐皆只是看着她，不说话。

眼睛睁得这么大，她是怎么藏住这个秘密的？

"说话啊，哥。没推开我就说话。她们是不是也这样？"

沈乐皆的手掌渐渐移至她的后颈:"是,她们是这样的。"沈乐皆的声音轻极了,环在她腰上的手却很用力,"你呢,你要不要知道,我是怎么对她们的?"

他用拇指去擦她唇上亮晶晶的水。

白日里那杯绿色猕猴桃汁的味道怎么还没散去?

他从小教她说话走路、知书习礼,教她面要几分熟、米要几升水,教她牙要上下刷、卫生巾要分正反,教她真诚懂事别撒谎,没想有朝一日要相拥在昏暗的角落处。

沈乐皆知道,自己一定掐痛她了。

那就一起痛啊,谁轻松?只一方感到快乐,那才叫不公平。

赵欢与觉得自己飘在空中,而不管是痛还是快乐,总要踩到实地才彻底。

"沈乐皆,不要找其他人结婚,和我在一起好不好?我们在一起。"

他听到了,动作没有任何停顿。

而后沈乐皆盯着她笑,说:"赵欢与,你好幼稚。"

如果哥哥不笑,她应该还存有勇气。

可他笑了,喉结滚动,胸腔微震。他们抱得很紧,赵欢与的心脏和他的连在一起,被那声音和力度轻易碾成了粉末。

于是她碎在沈乐皆怀里,半晌没有动静。

沈乐皆望着树叉的纹路发呆。可眼前夜色沉沉,他什么也看不见。

"哥,如果下次再惹你生气,我一样会哄你的。"

她接上之前未答的问题。

第二天,赵欢与早早地便不见了。

符恪见沈乐皆在家里疯了一样推开每扇门找人,问道:"梦游呢?"

"赵欢与呢?"

"她今早的飞机啊，你爸送她去机场了。"

沈乐皆失神道："昨晚她还叫我帮她买机票的。"

符恪笑道："你又被那小骗子耍了吧，一拿到通知书，她就叫我给她订好了机票。"

他面无表情地站在原地。

哈哈，赵欢与。好一个赵欢与。

后来几年，他们很少见面。

她变得很听话。

不想参加哥哥的婚礼，他们多打几个电话，她就连夜赶回来了，第二天在婚宴上笑得温润可人，用力鼓掌。不想叫甘婷艺嫂子，沈乐皆只喊了一声她的名字，她便马上改口，说"嫂嫂得先给红包才能讨个好彩头"。

沈乐皆都觉得自己过分，想听她讲不愿意。

而她没有，全遂他的意。

直到后来，她瞒天过海，一去不回。

果然是个耍弄人习惯了的小骗子，沈乐皆想，这次郁气最难消解，承诺会哄的人怎么反而杳无音信？

沈乐皆更频繁地想起以前的日子，在可有可无的想念里碌碌终日。

易青巍去世，宋野枝远走，这已然从沈乐皆不丰裕的人生里挖走了一大半。缺失的灵魂再度因恐惧战栗起来的时候，他意识到，赵欢与连易青巍死了都没回国露过面。

她真能变成如此冷血冷情的人吗？

还是她恨他恨到连亲人挚友的葬礼都因避他而不参加？

沈乐皆酒醉后做过很多次一模一样的梦。

十八岁的他坐在沙发上看纪录片，赵欢与蜷在另一边陪着他。他们的兴趣爱好有很多交集，电视里讲南极探险生活，符恪和沈锦云嫌枯燥无味，剩他们二人看得津津有味。

看到一群人坐在履带运输机上，沈乐皆拍她，问："赵欢与，酷不酷？"

"挺酷的。"

"我蛮想去的，南极，无论如何一定要去一次。"

赵欢与殷切地看着他，比他还兴奋，说："哥，带我，我和你一起！"

"那我们秋天走，去过南极的夏天。"

"好啊！"

后半程，探险节目告一段落，沈乐皆调到另一个频道看汽车修理。

赵欢与盯了一会儿便开始打瞌睡。头不知不觉往后靠，靠空了，她激灵了一下，清醒了些。

她揉着眼睛四处看，沈乐皆立即压着笑意转头看电视。

窸窸窣窣一阵响，他余光看见赵欢与抱着抱枕爬过来，将枕头安置到他的腿边，然后躺下去踏踏实实地睡着了。

每一个梦，到这里就截止，因为后面确实什么都没再发生。那是沈乐皆去上大学前的最后一个晚上，汽车修理节目在凌晨两点结束，之后的频道没有节目，他看着静止的信号测试图，一直播到天亮。

偶尔被毯子压到手腕，沈乐皆会以为自己的梦还没有醒。顺滑的触觉传到神经，大脑告诉他那是赵欢与的头发。

沈乐皆的意识接着在一片迷蒙中活跃。

在赵欢与还走不好路的时候，沈乐皆是有猫的。小猫很黏人，因为它还在喝奶的年纪就被人送到了沈乐皆身边。

见到你吃饭，它就跳到你怀里"喵喵喵"地叫，爪子不敢搭上餐桌，于是玻璃珠一样的眼睛一会儿看你，一会儿看盘子，嘴里奶声奶气地催你，故意叫得可怜兮兮的。它从不孤零零地睡觉，一定要挨着人。

你在沙发上，它就蜷到你腿边；你躺床上，它就蜷去你的胸口。睡着的时候四仰八叉，戳一戳它的脸，它就会迷瞪地转醒，仰着脖子去蹭你作怪的手指，喉咙里发出"咕噜咕噜"的声音。

你去厨房，去厕所，它总想方设法地跟着你。你脚下注意不到它，会不小心踢着，踢多少次它也不长记性，反正要跟着你。你关门，它就爬窗，结果爬上去下不来，又"喵喵喵"地求救。后来就不敢爬窗了，端坐在门框边默不作声地等你。

后来赵欢与会走路了，懂得怎么翻出护栏，和猫没有清晰的界线，然后才发现她对猫毛过敏，程度很轻微，但家里人丁点儿不敢马虎，小猫被送去了姨妈家。

沈乐皆是生气的，因为妹妹也很喜欢猫。

但自从家里没有她到不了的地方之后，沈乐皆觉得她不是喜欢猫，或许她就是猫。不然，除了不懂"喵喵喵"和"咕噜咕噜"，其余地方她怎么和猫一模一样？

沈乐皆收紧手掌，领悟到手里不过是一块绒毯。对，他的小猫不会出现在这里。听说她去南极了，不知道是一个人，还是说找到了同行的伴儿。

之后他再得到她的音信，已经过了很久。

沈锦里回北方，点名叫他一个人去接机。出了机场先去餐馆，沈锦里吃不惯飞机上的餐食。

"小姑，赵欢与还在你那里吗？"

沈乐皆知道赵欢与当年去找了沈锦里。

沈锦里摘了墨镜，放进旅行包的收纳袋。她拉好拉链，拍了拍鼓鼓囊囊的包，说："她在这里。"

很奇怪，他几乎瞬间就明白了沈锦里的意思，并且相信了。

明明沈锦里的表情并不可信！

就那毫秒间，沈乐皆全身冷汗。

沈锦里转头向餐厅里的其他人致歉，捡起沈乐皆掉到餐盘里的刀叉，塞回他手里。他竟然在发抖，拿不稳刀叉，制造了二次噪声。

沈锦里这才抬头看了一眼他的脸色，笑了笑，说："开玩笑的。"

她点了一支烟，听沈乐皆在对面呼吸得很大声，像跑赢一场比赛，喘得用力，听出劫后余生的胜利。

"我倒想把她带在我身边，可我没拿到她的骨灰。因为她的遗体没找到。她跟着探险团去的，探险团里也死了几个人，带队的那个人告诉我，南极这个地方，找不到尸体的例子很多。他叫我不要难过，他们这样的人，葬在南极算是比较好的归宿。

"我差点儿两巴掌扇过去，他把我女儿当例子举。但那个时候我没有力气。"

烟没抽完就被戳进烟灰缸，她仔仔细细，一丝火星没留。

"就是今天，正好三年。"

回程是沈锦里开的车，符恪和沈锦云在家里做了一桌菜等他们。沈锦里没说他们已经吃过，洗完手又笑着上了桌。

"你怎么不叫欢与一起回来？"符恪说，"我好久没听到她的声音了，她总是和我发短信，有时候短信也不回，气得我。"

沈锦云说："嗯，这种时候你嫂子那键盘差点儿让她按坏。"

沈锦里也跟着他们笑，回道："我嫂子哪有那么夸张啊。她前年结婚了，和芬兰一个画家，成了艺术家的太太，整天和艺术家搞艺术，两个人在世界各地折腾画展。我和你们一样，见她一面都难。

"没跟你们说？啊……我忘了，我忘了我是怎么发现的，她也没打算跟我说的。"

"画成什么样我倒没了解过，但人长得不错，我就记得他那金头发和蓝眼珠。

"我回来看看你们，走也还是要走，我这人安定不了。

"肯定不是今天走，再待一段时间，过完冬天吧。每年冬天都找不到地方去，今年想留在北方，北方挺好的。"

饭吃完了，沈锦里喝了不少酒。她望着窗外发呆，沈乐皆麻木地望着她。

这个姿态似曾相识，是他为赵欢与筹划婚礼那段时间常捕捉到的画面，很多次。窗外空无一物，赵欢与在望什么？不知道他当时到底在为什么忙碌，最后竟也忘了问。

次年五月，沈乐皆去看他们。

坟墓里头都是空的，碑都是他刻的。

沈乐皆来了不会说话，清楚他们不在自己身边，聊天指定听不见。他常常躺着发呆，躺在赵欢与那块碑的旁边。她旁边空出来的位置本来就是留给他的，最终，某天到了和他们躺在一块儿的时候，他得挨着她，像现在一样。

他又忘了，赵欢与后来给自己改姓了，姓沈。

这是在餐厅里沈锦里说的最后一件事。

户口本上、身份证上、死亡证明上，她都叫沈欢与。欢与跟她说，改了姓就好了，成为真真正正的沈家人，一辈子就做他的妹妹。

每思及此，沈乐皆才真正地想笑。

赵欢与，你好幼稚。

沈乐皆起身离开的时候已经是晚上。

他回头看他们，坟墓如沉默的山，目送他一个人走。

路看着挺长的，怎么没走上两步，就不知不觉到了尽头？

番外三
没有见面的时刻

（1）

仰头看云，云是羽毛状。汗将要从额头淌到眼睫了，易青巍往后躺倒，身下是刺人的草地。他的胸膛剧烈起伏，张嘴不断喘粗气，再去望云，它已经变成一只立耳的小狗。

身旁投下一片阴影，少年瘦高的身形挡住耀眼的太阳，是沈乐皆也回到场边了。他一头滴水的湿发，走近时故意甩了甩头，水珠乱飞，洒易青巍一脸。

易青巍闭了闭眼，偏开头："啧。"

"你真不去水龙头那边冲一冲？"沈乐皆说，"踢完一场球，晒得我头晕。"

易青巍婉拒："不去，我妈不让。"

沈乐皆笑笑，把搭在肩上的两件校服仔细叠好，然后垫自己屁股底下原地坐下。他环顾四周，像是找人，问道："你们班这节体育课是全勤吗？"

"有话直说。"

"没看见王行赫，他逃课的话我会记名扣分。"

"不得了，学生会会长滥用职权，公报私仇。"

沈乐皆耸肩："他真逃课的话，我算大义灭亲。"

"现在是自由活动时间，他回教室了。"易青巍想了想，说，"本来是要一起来的，但听说和我约球的人是你，他就不干了。"

沈乐皆点点头："识相。"

他俩一贯不对付，易青巍习以为常，但也免不了多问一句："多大仇啊？"

沈乐皆没答，瞥一眼他的膝盖，伸手掀他的球裤瞧那块破皮泛血丝的伤口，反问："你和7号多大仇呢？他一见你就失心疯一样地铲。"

易青巍和7号踢了两年的球，近日这人的敌意确实明晃晃，易青巍之前同样不解，直到今天才咂摸出味儿来。手腕一转，他指了指不远处树荫下垃圾桶旁的两个塑料瓶："那水是和他一起长大的'青梅'送来的。按理说你也喝了，你也该被铲一铲。"

沈乐皆冷笑，看着球场中央那个飞驰的身影："别，我没你大度。他第二次对我恶意犯规的时候就别想现在还能蹦跶着表演开屏了。"

易青巍长长地叹一口气，闭着眼，声音低低的，满是在高温烘烤下疲软的倦意："算了，很无聊。还剩一个月，我的目标是，除了学习，其他多余的什么也不要做，你也是，知道吧？"

六月盛夏，空气沉闷，偶尔吹来的风也十分谨慎克制。

两人之间，历来是由沈乐皆担任画红线的角色。如今轮到易青巍一本正经对人耳提面命，在觉得好笑的同时，沈乐皆也体会到一种奇异且陌生的安心。

"我没说过，其实对毕业这件事，我有些紧张。"沈乐皆说。此刻他真羡慕易青巍这份清醒和自在。

"紧张？"

"对。或者说，是害怕。你不怕吗？有一种——千辛万苦登高，可是行至悬崖，前路不明的感觉。"

"我明白我喜欢做的事，也明白我想要成为什么样的人，所以不怎么怕。你试试这个办法呢？"

沈乐皆从易青巍那儿得到答案，他想他可能永远都无法消除自己内心这种随时随地一脚踏空的恐慌。但即使是面对易青巍，他也有他的不可说，于是他只应了一声"嗯"。

下课铃响，沈乐皆起身，一只手捡校服，一只手伸到易青巍面前。

"一会儿放学等我，一起走。"

"怎么？"

"小鱼儿说要提前为她的生日开个会，邀请你们今晚七点准时到。"

他们对视一秒，都看到了彼此眼里的无奈，易青巍"欸"一声，问："她不是不允许你叫她小名了吗？"

"真让我直接叫'赵欢与'？怪怪的。你不告状她就不知道。"沈乐皆往自己教室的方向走了，摆摆手臂，"顺便转告王行赫，七点。"

正当易青巍弯腰把足球和校服团成一团往球包里塞时，7号握着一女孩儿的手腕气势汹汹地走来了："易青巍，你说，你喜欢什么样儿的？"

他吓一跳，球包掉地上，一头雾水地看两人："什么喜欢什么样儿的？"

女孩儿秀眉轻蹙，紧盯着易青巍："就是你——"

"哦。"易青巍立马做恍然大悟状打断她的话，使劲一拉抽绳，重新提上包，越过他们往前走，"我喜欢小狗。"他又朝天空仰了仰下巴，"不怎么爱说话的白云小狗。"

女孩儿下意识追随他的目光，而天空澄澈，是干净空灵的湛蓝色，什么痕迹也没有。

（2）

"你不觉得你的话过于少了吗？"狭小的房间里，有人这样发问，好像是关切，不过是傲慢的关切。

宋野枝暂停擦手的动作，转身看向来人："我？"

"对啊。"彭书元打量一圈房间的陈设，目光最后落去房间主人的身上，不紧不慢地笑着点头，"是还不适应这边的环境吗？"

"我在这边生活五年多了。"

彭书元脸上的表情僵硬一瞬，好在房间门大敞着，客厅里的音乐和众人的谈笑声替他遮掩了尴尬。

"我听吉姆说你在读博，我还以为你刚来不久。你看起来年龄很小。"

"嗯，在读博，顺利的话明年毕业。"思考几秒，宋野枝说了面前这人大概率想要得到的答案。不然……总不可能是想问"看起来很小"的保养秘诀吧。

"厉害，那你毕业后有什么打算？是回国还是继续……"

吉姆在这时寻过来了："我还在想小野为什么去卫生间这么久不回来，原来是找到清净处聊天了。"

其实宋野枝不怎么介意彭书元冒犯的探究，只是希望这场冒犯的探究的地点可以转移到客厅，以减缓他的隐私空间被粗暴地入侵带给他的不适感。而吉姆一现身，彭书元接过话头，两人热火朝天地聊起来，脚像桩子似的钉牢不动了。

彭书元和吉姆聊老家的吃食，聊他初临异地的激动，聊他久居他乡的孤独。他端着啤酒杯唾沫横飞，认真听，居然是在红光满面地讲"乡愁"？

但是，孤独？

宋野枝很久没听过这么抽象的中文词汇了，当大脑自动将它具象化后，竟是一只壁虎。

四年前，宋野枝患过一场重感冒。在高烧四十摄氏度，独自一人蜷在床上一阵冷一阵热地打战时，他昏昏沉沉听见房间角落传来一声壁虎叫。很没出息地，彼时所有翻涌的软弱和绝望就这样被壁虎的叫声抚平，他就这样被一只壁虎轻易安慰到。四年后，宋野枝后知后觉，那夜经受的一切跌宕的情绪和反复的痛苦，原来早已经被一个简单的词汇轻松概括了。

"你有吗？"吉姆突然问宋野枝，对他眨巴着眼，兴致勃勃。

"他有。"彭书元指着书桌上的某物，笃定道。

"什么？"宋野枝茫然，顺着彭书元的手指看过去，书桌上一摞摞文件资料中，一张崭新的照片十分显眼——一身黑西装的新郎和一袭白纱裙的新娘并肩而立。这是宋野枝从昨晚收到的一组电子文件中挑出来打印塑封的唯一一张婚礼现场照。

"乡愁。"彭书元字正腔圆，他凑近查看日期，又说，"这对新人是你很重要的朋友吗？"

新娘是甘婷艺，宋野枝第一次见。

"是。"

"这张照片拍得好奇怪，新郎新娘失焦了，焦点全聚到身后那个伴郎那儿去了。"吉姆嘟囔，"小野，你可以重新选一张没有跑焦的留作纪念。"

宋野枝不置可否，像是终于回神，也不再在意那张照片，笑盈盈地对吉姆说："好。"

那个伴郎站在新郎侧后方，占整张照片小小的一角。他西装革履，面色沉静，左边手腕处露出一截白色衬衫的袖口，一枚袖扣闪闪发亮。

图书在版编目（CIP）数据

一枝 . 完结篇 / 绿山著 . — 武汉：长江出版社，
2024.3
ISBN 978-7-5492-9367-4

Ⅰ . ①—… Ⅱ . ①绿… Ⅲ . ①长篇小说－中国－当代
Ⅳ . ① I247.5

中国国家版本馆 CIP 数据核字（2024）第 050561 号

一枝 . 完结篇 / 绿山 著
YIZHI .WANJIEPIAN

出　　版	长江出版社
	（武汉市解放大道 1863 号 邮政编码：430010）
市场发行	长江出版社发行部
网　　址	http://www.cjpress.cn
责任编辑	陈　辉
策划编辑	鹿玖之
特约编辑	鹿玖之 梨　玖
封面设计	白砚川
印　　刷	大厂回族自治县德诚印务有限公司
版　　次	2024 年 3 月第 1 版
印　　次	2024 年 3 月第 1 次印刷
开　　本	880mm×1230mm　1/32
印　　张	8.5
字　　数	240 千字
书　　号	ISBN 978-7-5492-9367-4
定　　价	49.80 元